天津市重点出版扶持项目

我在中国教政治

贝淡宁的中国随笔

〔加〕贝淡宁 著　吴万伟 等译

Teaching Political Theory in China:
ESSAYS OF DANIEL A. BELL

天津出版传媒集团

天津人民出版社

图书在版编目(CIP)数据

我在中国教政治:贝淡宁的中国随笔 / (加) 贝淡
宁著;吴万伟等译. —— 天津:天津人民出版社,
2020.5
ISBN 978-7-201-14003-2

Ⅰ.①我… Ⅱ.①贝… ②吴… Ⅲ.①随笔–作品集
–加拿大–现代 Ⅳ.①I711.65

中国版本图书馆 CIP 数据核字(2019)第 282020 号

我在中国教政治:贝淡宁的中国随笔
WO ZAI ZHONGGUO JIAO ZHENGZHI: BEIDANNING DE ZHONGGUO SUIBI

出　　版	天津人民出版社
出 版 人	刘　庆
地　　址	天津市和平区西康路 35 号康岳大厦
邮政编码	300051
邮购电话	(022)23332469
电子信箱	reader@tjrmcbs.com

责任编辑	赵子源　霍小青
装帧设计	汤　磊

印　　刷	河北鹏润印刷有限公司
经　　销	新华书店
开　　本	710 毫米×1000 毫米　1/16
印　　张	21.25
插　　页	4
字　　数	250 千字
版次印次	2020 年 5 月第 1 版　2020 年 5 月第 1 次印刷
定　　价	89.00 元

序言

PREFACE

本书能够出版，我深感荣幸。从某种意义上说，这是个意外之"宝"。我从没想到还有人愿意将我近十五年以来的著作和文章收集起来出版成书。几十年前，我压根儿没有想过自己能来中国内地讲授政治理论。我曾经在中国香港拥有稳定的、待遇相对优厚的教职。但是，在多次来内地讲课之后，我意识到来内地教书可能从思想上收获更多。

我一直研究儒家哲学，也逐渐认识到，在中国内地知识分子看来，儒家学说不单单是个学术议题，它还塑造了人们的世界观和日常生活。我开始对这个话题感到痴迷。2004年，我决定和家人搬来中国内地亲身经历儒家的复兴。从那以后，我就一直在内地讲授政治哲学，先是在北京，后来去了上海和青岛。

我在中国内地的教学和研究主要集中在儒家传统上。正如本书所展示的那样，儒家伦理不仅影响了中国的国家政治，而且深深影响了城市精神和人们的日常生活。很少有人怀疑过去几十年中国儒家的复兴，我尽自己最大的努力记录了这一过程,不仅依靠哲学、历史和其他社会科学的研究方法,而且结合了自己在北京、上海和青岛的生活和工作经历。鉴于我所接受的政治哲学专业训练,我也试图区分对儒家政治伦理学的不同阐释,有些阐释在伦理上是值得追求的,有些阐释在伦理上是有问题的。为此,我试图提出能够得到中国和其他国家进步政治思想家认可的阐释。对儒家十分严重的误解之一是,认定儒家是一种给那些保守派老男人捍卫现状的伦理学。

事实上,历史上的很多儒家学者都是杰出的社会批评家,现在依然如此。儒家理想与"实际存在的儒学"之间仍然存在着很大的鸿沟,当代受儒家启发的社会批评家必须首先提出适合现代社会的儒家理想,然后再想办法消除或至少缩小理想与现实之间的差距。但是,我必须承认我的动机绝不仅仅是智识上的。回顾自己的经历,我意识到我的动机里同样包含曾经激励了过去几百年里来到中国的西方知识分子的那种"传教冲动",这种"传教冲动"大约是从16世纪的耶稣会传教士利玛窦开始的。不过,我没有传播西方宗教比如基督教的使命。我坚定信奉儒家的价值观,无论是在政治制度上还是在日常生活中,我都希望能够为今时今日中国的"(再)儒家化"做出一些贡献。

现在,我意识到了自己的局限性。我并不认为儒家或其他任何价值体系能够在当今时代所面临的挑战下为所有人或者绝大部分人提供道德指南。我们的世界也需要包括社会主义、女性主义和自由主义在内的其他伦理传统。而且,我们比从前任何时候都更加需要开放的社会,允许人们讨论什么奏效,什么不奏效,什么好,什么不好。在这些辩论中,儒家能够而且应该扮演重要角色,但是它不能也不应该成为伦理指南的唯一源泉。

从个人角度来看，我现在认识到教学也不是单向的。我确实教过不少学生，写过一些关于儒家和政治理论的书，也帮助中国知识分子在国外宣传和出版他们的著作。我大体上对自己所做出的努力感到自豪。同时，我也真正体会到了教学相长的含义，中国内地教给了我很多。在中国香港教学时，政治学辩论的焦点大多是所谓一人一票制的"充分民主"，很难想象除此之外的政治理想。

然而，在清华大学，我发现大部分同事拥有另一种政治理想，他们的政治学辩论主要集中在贤能政治的理想之上。我的同事们辩论的问题是如何选拔和提拔品德高尚、才能卓越的官员，如何评估才干和美德，以及才干和美德之间的关系，等等。我逐渐对这些问题产生极大兴趣，致力于追求贤能政治的理想，最终我决定写一本中国贤能政治理论和实践的书。如果没有来中国内地，没有在此教书，我根本不可能去写这样一本书。

我在中国的不同城市工作过，因为好奇中国不同城市之间的差别，以及中国不同城市的人是如何热爱自己的城市并为它感到骄傲和自豪的。在此，中国教给了我很多。我决定与艾维纳·德夏里特一起撰写有关"城市精神"的书，试图探讨中国和其他国家的城市精神到底是什么。

在过去几年里，我也逐渐认识到我的学术界同事致力于学术理想，同时也渴望通过担任大学行政管理者来为学术共同体服务。在西方，很少有学者愿意担任行政管理者，但在中国学术界，这种愿望却非常普遍，也许是儒家认为人生最高理想在于从政这一思想的遗产。中国又一次教导了我：在表明了想为大家服务的愿望之后，我非常荣幸地获得了山东大学政治学与公共管理学院院长的职务，我决定尽自己的绵薄之力为学院的师生提供帮助。

在担任院长期间，我逐渐认识到现代社会中的等级差异所发挥的积极作用，我们有必要思考哪些社会等级在道德上值得向往，哪些则存在问题。因此，我决定写一本书论述"正义等级"的理念（这是我和复旦大学汪沛老师合著的作品）。又一次，中国教导了我。

将来，我还打算写一本关于"成为中国人"的书，这本书将更明确地展示这种教学关系并不是我来中国教书，更是我从中国习得良多。哲学家赵汀阳将中国性比作"旋涡"，它能够把其他人和其他文化"吸进来"，与此同时也能吸收其他文化的内容。像佛教、伊斯兰教等这种有着悠久历史的文化传统和宗教，或许能够改变这个"旋涡"的某些特征，但是个人则根本做不到。我现在意识到我错了，我曾经天真地以为中国的旋涡可能会因为我的工作而做出某些改变。我渐渐发现，最终被纳入"旋涡"的却是我自己。

我非常感谢提议编辑此书的赵子源和黎振宇老师，正是他们的不懈努力促成了这本书的出版。我还要感谢吴万伟教授，是他在过去十多年里忠实和高效地翻译了我的大部分著作，并帮助我确定了本书的框架结构。我要感谢过去这些年来爱我和支持我的家人；感谢我在山东大学、清华大学和上海交通大学的各位同事。我也想借此机会表达我对中国文化的热爱与谢意，正是中国文化改变了我的品格。至于这些变化是好是坏，还请各位亲爱的读者来决定。

贝淡宁

2019 年 12 月 7 日于山东青岛

目录

CONTENTS

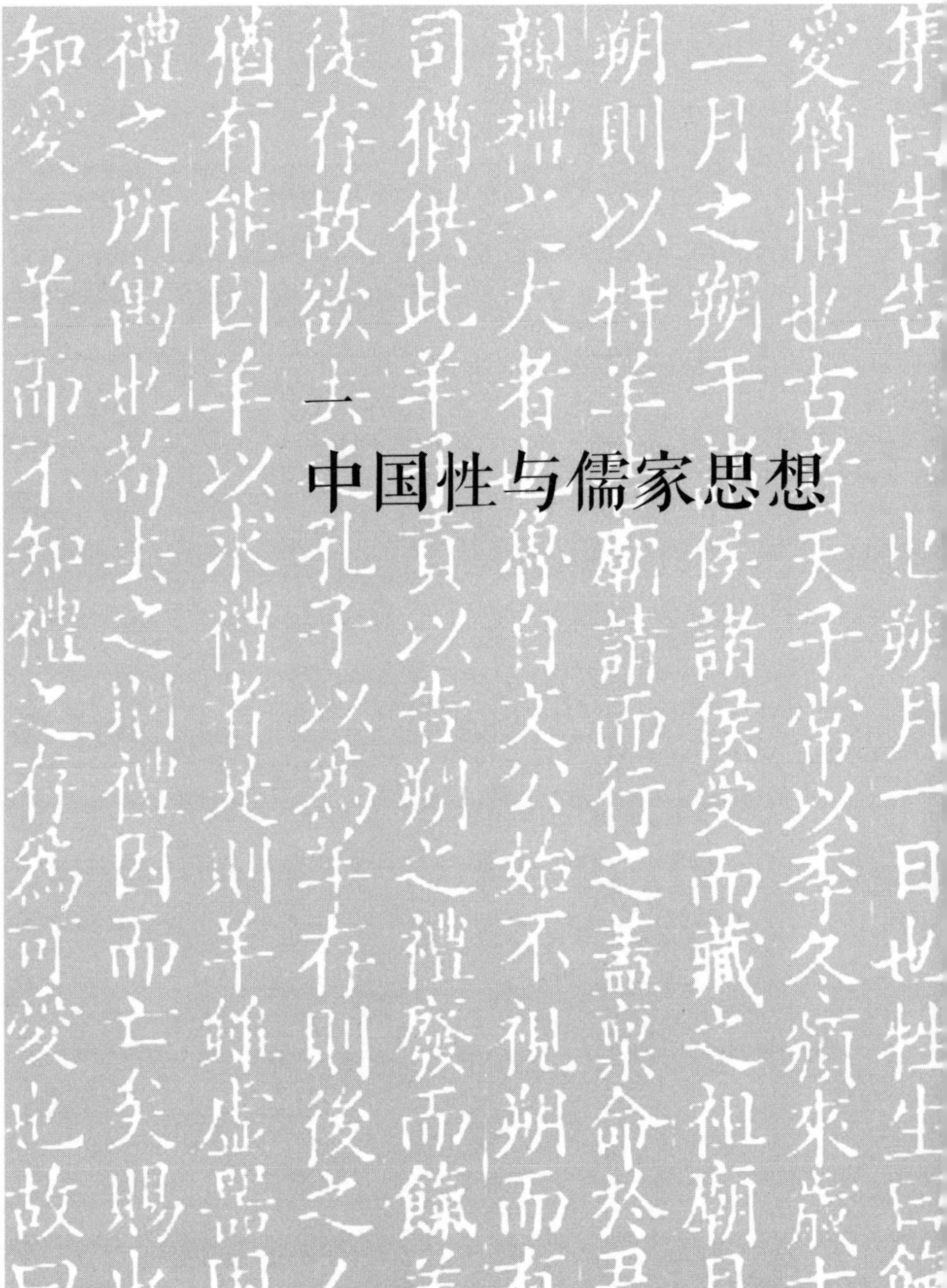

一 中国性与儒家思想

为何想成为中国人这么难

谁是中国人？答案似乎很简单：长得像中国人的人呗！

但是，想象一个在美国出生、长大的年轻女孩。她的祖母来自中国，她碰巧遗传了祖母的很多特征。她不会说中文，也根本不认同中国文化，她觉得自己是骄傲的美国人。若有人称她是中国人，她会理直气壮地反驳这个说法。

或者以我自己为例：我出生于加拿大，有着高加索人的身体特征，在中国生活和工作了二十多年，说中文，且认同中国文化，目前拥有中国永久居留权，但几乎没有人认为我是中国人。

这两个例子都说明中国人的身份认同基于种族，这种观念根深蒂固，而且很多时候可能是心照不宣的。

在中国，我感受到欢迎和喜爱。我妻子是中国人，自 2004 年来到中国内地后，我一直在尽力融入中国文化。不过，没有完全成功，中国朋友有时候称我为"中国女婿"。这是一种恭维，因为在中国人心中，我仍然不是正宗的中国人。

障碍不在法律层面。外国人可以与中国人结婚而获得中国公民身份，但是实际上很少有人做到这一点。根据 2010 年的人口普查，中国 13.9 亿人口中只有 1448 人是归化了的中国人。中国不允许公民持有双重国籍，这让外国人很难做出入籍的决定，但是在原则上，种族并非成为中国公民的障碍。

语言也不是中国人身份得到大众接受的主要标准。我的中文水平并非完美，但我能用汉语讲课。叫出租车时，我流利的汉语会让司机感到吃惊，通电话时，对方绝对想不到客户竟然长着一副外国人的面孔。一些教育水平不高的中国公民普通话讲得一塌糊涂，但没有人会怀疑他们的中国人身份。

就我而言，当然也不是缺乏对中国文化的认同。我研究儒家哲学多年，这对我的生活方式产生了潜移默化的影响。很多人一再告诉我，我比很多中国人更爱中国文化。在中国参加学术研讨会时，我常常发现自己是唯一穿着中式服装的人。

这大概是大众不愿意接受我的真正原因吧。中国人的身份认同是以种族为基础的，排斥外族的俗套观念在任何文化中都很常见，中国也不例外。十六国时期，羯族首领石勒建立后赵，但很快在 350 年前后就被灭掉了。据说杀戮就是专门针对胡人的,很多留胡子的人仅仅因为看起来像羯族人而惨遭杀害。

但是,中国历史上也有鼓舞人心的事件。正如耶路撒冷希伯来大学历史学家尤锐·皮纳斯注意到的那样,古代中国的主流精英文化强调以文化归属而非种族或民族性作为公民身份的最重要特征。中国人是遵循周朝共同礼仪规范的那些人,也就是说,一个人可以通过学习成为中国人。

在中国的历史长河中,尤其是繁荣昌盛的时期,中国是欢迎外国人的开放社会。618—907年的唐朝就是经典案例。都城长安是拥有将近百万居民的多元文化大都市,吸引了世界各地雄心勃勃的移民。中国最伟大的将军有突厥人、高句丽人、粟特人(Sogdians,属于古代伊朗文明),阿拉伯学者也能参加科举考试,最著名的诗人李白或许就有中亚人血统。

但是,唐朝的开放态度最终消失了。自8世纪爆发举世震惊的安史之乱,以及回纥人和吐蕃人攻占都城长安之后,唐朝人对待异族的态度出现了明显的负面转变。

这是一个循环往复的周期性模式。当中国强大和安全时,社会各界包括政府高层都欢迎外国人,愿意雇用外国人。当中国虚弱时,外国人常常受到质疑,甚至仇视。

事实上,中国最缺乏安全感的时期是从19世纪40年代到20世纪 40 年代的"百年国耻"时期。中国精英逐渐认识到中国不仅不是世界的中心，而且是连生存都成问题的弱国。中国一次次被西方列强和日本打败，领土被外国列强瓜分。

就在这些事件之后，中国人形成了基于种族的身份概念。当时的维新派领袖，例如学者和政治思想家康有为在游历世界后得出颇为悲观的结论，即不同的种族正展开为生存而战的殊死搏斗。他们认为中国人身份是建立民族国家的合理种族基础，并以此跻身类似国家的行列。

这个遗产至今仍然在影响中国人的态度。但是，中国已经复兴，重新成为强大的国家，不必惧怕再遭外国列强欺负，而且已经成为庞大的全球经济的关键一环。在我看来，中国已经回到这样一个历史时刻：关于身份的概念回归到更为宽容的状态，张开双臂拥抱符合中国人文化标准的人。

同时，这种转变也有现实主义基础。清华大学研究国际关系的著名理论家阎学通认为，中国应该聘请更多外国人担任公职，并且给予他们中国国籍。他说，一旦中国的硬实力跨过必要的门槛，中国要争夺的就是人才优势而非经济和军事优势了。

无论民族和种族背景如何，面向所有人开放，这样的尚贤制移民政策也符合中国的经济利益。目前已经废止的独生子女政策造成人口比例失调，老龄人口在总人口中的比例越来越大，中国将从世界各地年轻移民的贡献中受益。

这就是我自己的中国梦：不仅在我自己的心里而且在中国同胞的心里被当成中国人。

吴万伟 译

本文译自 *Why Anyone Can Be Chinese*，

原载于 *The Wall Street Journal*，2017 年 7 月 14 日

你可以通过学习成为"中国人"

　　我们该从何处找寻生命的目的？对于这个问题，一个可能在西方社会较为典型的答案，就是审视自己内在的"灵魂"。通过内省，你将发现一个"真正的"自我，它将提供给你所需要的一切答案。我得承认，这种方式对我丝毫不起作用。当我审视内心，只能看到无边的空寂与虚无。我不是在说什么生存的绝望，而是当我内省时，确实找不到任何意义上的目的或指导原则。

　　这让我想起了在国外时问起如何给小费的事。那些询问得到的回答通常都是："你想怎么做就怎么做，或者你感觉合适就行。"但在那些情况下，我根本不知道自己怎么做才算合适，正因如此，我才会问那个问题。我想知道的是相关的群体规范，而这根本无法仅凭审视自己的内心就能获得。

因此,我认为应诉诸外部世界而非通过审视内心来找寻生命的意义。当然,这并不具有普遍适用性。宗教圣徒或许能从整日的冥想或祈祷中获得满足,但我们大多数人却要通过参与群体生活来感知意义所在,即通过群体认同获得归属感和意义。

现在中国正兴起的国际化教育方式,就提供了这样一种绝佳的基础。一方面,学生们要学习中国文化、历史、哲学和语言。中国大概是世界史上最悠久的有持续性文明的国家,通过挖掘中国的文化宝库,我们可以获得无尽的满足。另一方面,学生们也被鼓励培养国际视野:形成一种全人类层面的认同,思考未来人类将要面对的共同挑战,如气候变化和人工智能等。

那些学生无须在认同中国文化与认同更广阔的人类世界之间做出非此即彼的选择,培养更具国际化的视野与加深对中国文化的了解同样重要。偏废任何一方,都与当代世界格格不入。

20世纪以前,大部分中国知识分子认为世界文明的中心只有北京。我们不能就此责怪他们,因为他们对于世界其他地区的认知极为有限。今天,我们无疑更了解世界了。但这又导致另一个问题,现在仍然有人觉得,他们可以发展出一种与中国文化和文明毫无干系的"普世准则"或全球视野。迄今,西方知识分子依然认为他们可以严格基于西方文化的规范和价值,构建一种"普世规则"。不过,现在我们已能识别甚至谴责这种更多基于军事、经济强权,而非有益论证的"狭隘普世主义"。

说到群体认同的意义和中华文明，可能也会有人提出质疑甚至持反对意见。比如他们会说：中国人认同中国文化，这没问题，但其他人就不一定了。或许，我这样一个生在加拿大、双亲与中国文化毫无关系的人，却在提倡认同中国文化，就有点奇怪了。

这种看法，是基于某种关于"谁才算中国人"的错误假设，即"中国人是一个种族范畴"的假设。事实上，以种族来划分中国人的方式几无历史溯源。用以称呼中国人的传统词语是"华"，其身份认同的基础是文化而非种族。正因如此，你可以通过学习成为"中国人"。

当然，中国历史上并非没出现过行径恶劣的种族区分。比如一些古代典籍中就有对非汉族中国人的轻蔑叙述，元朝和清朝也曾像种姓等级那样对中国人进行划分。

但从传统表述来看，更普遍的现象还是着眼于"华"的文化特性，即写汉字、遵守儒家礼仪、以中式烹饪方法做饭、操中华民族说的语言（现在称为"汉语方言"，就像欧洲语言一样彼此不同）。纵观整个中华帝国的历史，一些能够达到相关文化标准的移民也常获得"华族"待遇。比如，唐代就曾雇用大量"外国人"为官，包括朝鲜人、日本人和阿拉伯族裔。

不再以文化而是以种族来界定中国人的身份，这种转变在中国19世纪面对帝国主义侵略时最终成形。当时主要的政治改革者们游历世界,最终得出悲观结论:世界已划分为忙于生存竞争的不同种族。而"中国人"就是种族意义上的族群,它构成了民族国家的合法基础,并因此积聚了抵御外敌入侵的力量。

20世纪20年代初,孙中山提出一种极具包容性和同化性的理念,即任何人都可以成为中国人,只要他接受中国文化方式。直到1925年,中华民国的国旗一直都是五色旗,代表"五族共和",它们都被认为是"中国人"或"中华"的一部分。但这种对身份认同的文化界定尚未扎根和传播开来,因为彼时的中国仍然认为自身羸弱,还在饱受外国列强欺凌。

今天,中国已经重新建立了强大国家,不再害怕外敌欺凌。无论过去以种族为基础的动员对其抵抗帝国主义侵略是否必要,现在这种做法都是有害无益的。现在到了回归以文化界定身份认同的时候了。我们需要挑战殖民统治那些糟糕透顶的残渣,即倾向于以种族来划分世界。只要达到"中国人"的文化标准,任何人都应被大众视为中国人。

因此,无论你是什么种族或背景,请与我一起,共同探寻这样的意义:融入伟大的中国文化和文明,并引以为傲。以此为基础,我们还要更进一步,将爱与责任延伸至全人类。这种意义探索需要穷尽一生,而既了解中国文化又具有国际视野的"中国世界主义者"们,将为使这个世界更加美好贡献良多。

本文原载于《环球时报》,2017年8月2日

儒学应该如何复兴

20世纪80年代末，我认识了几位中国留学生，其中一个后来成为我的夫人。当时，我不会讲中文，对中国文化了解甚少，这似乎成了我和新结识的朋友们沟通的障碍。因此，我决定学习中文，也决定学习中国文化。但那时中国学生的心思几乎完全扑在西方文化和政治上，他们普遍认为中国文化是中国"落后"的根源和走向现代化的障碍。

很难预料到，二十年后我竟然到了北京的清华大学讲授政治理论，更没料到时代精神（zeitgeist）竟出现了这么大的转变：如今，中国学生常常从中国文化中寻找灵感和指导。儒学似乎特别处于中国文化复兴的前沿。如何解释这种时代精神的转变？它对于思考中国的未来有什么隐含意义？

为什么复兴

中国传统文化的复兴有几个原因。其中一个在本质上是经济原因。随着中国的经济力量不断壮大，文化上的自豪感油然而生。考虑到拥有儒学传统的东亚在经济上的成功，儒家思想不利于经济发展的韦伯式观点开始受到广泛质疑。随着中国成为全球性大国，现在轮到中国开始确认自己的文化传统了。因此，诸如儒学这样的传统在中国复兴就没有什么好奇怪的了。

另外，儒家道德能帮助填补往往是伴随现代化而来的道德真空。我们知道，现代性也有不利的一面。它常常导致一种原子主义和心理上的焦虑。社会地位和物质资源的竞争变得越来越激烈，随着社会责任感的衰落和其他倾向的世界观的出现，集体主义生活方式和文明开始崩溃。即使那些成功者也开始询问："现在该做什么呢？"人们认识到赚钱不一定带来幸福。它只是获得好生活的手段，那究竟什么是好生活呢？是仅仅追求自己的利益吗？

至少在中国，许多人并不想被看作个人主义者。只关注个人幸福似乎过于以自我为中心了。要真正自我感觉良好，我们也需要对他人好。在这里儒家思想发挥作用了：传统就是建立在有好生活从而尽到社会责任的假设基础上，做个完整的人，就要承担社会责任和政治承诺。

当然，传统复兴的背后还有其他的因素：国家领导人在演讲中引用孔子语录和儒家思想；奥运会突出展示了儒家思想，比如在开幕式上和发给外国记者的宣传册上引用《论语》的名言；在海外，政府通过建立类似于法国法语联盟或者德国歌德学院的孔子学院，旨在宣传中国语言和文化，推动儒学传播。

许多具有批评思想的知识分子也转向儒学来思考如何处理中国当前的现实问题。在 20 世纪的大部分时间里，中国的很多知识分子都在批评自己的文化遗产，向西方寻求灵感。今天，中国知识分子没有完全抛弃西方思想，但也从传统中寻求灵感。

在过去十多年里，讲授儒家经典开始再次成为社会主流。曾经被认为"封建""等级差别""家长制""落后"等而抛弃的儒家传统现在得到更加宽容的对待，以便从中得到一些启发。关于儒学的学术会议和书籍在中国大量出现，大学里的儒学课程往往是最受学生欢迎的。中小学课程现在也包括了儒家经典的内容，而且还建立了许多主要以儒家经典为教学内容的实验学校。

简而言之，心理、经济、政治和哲学趋势的这种结合帮助人们解释了儒学在中国的复兴。但是，因为儒学本身拥有丰富和多样化的传统，复兴的儒学也不只一个派别。

复兴何种儒学

儒学复兴中影响最大的是于丹，她写的有关《论语》的励志类图书销售据说超过一千万册。她成为闻名全国的明星，经常在电视上讲解儒学给人们日常生活带来的好处。但是从学术角度看，她的贡献或许不那么显著：她故意回避了有争议的问题，运用非历史性的简单化论证为她的观点服务。更重要的问题是，于丹自己公开承认，她对儒家的解释忽略了例如社会责任和政治承诺等重要的儒家观念。她的《论语》解读似乎是没有政治色彩的，实际上是把人们的注意力从造成人们痛苦的外部条件转移到了别的地方，因而是对于现状的一种委婉辩护。

学术性更强的复兴，当然包括一些并不是为了直接影响当代社会而进行的对儒家传统中重要人物的历史研究和解释，但我们更感兴趣的是那些对政治儒学的竞争性解释。这些解释都旨在影响我们的社会和生活方式。

其中一个派别是主要由海外学者诸如杜维明和狄百瑞推动的"自由派儒学"。儒学不一定和"人权""民主"等自由主义价值相冲突，它可以被用来推动这些价值。但是自由派儒学的问题是：自由主义站在道德立场来评价儒学，与自由主义吻合的部分应该被推动，与自由主义冲突的部分应该被抛弃。但是这种途径没有把儒学当作能够丰富和挑战自由主义传统的严肃传统学说来看待。儒学难道不能成为与西方自由主义抗衡的有说服力的其他选择吗？自由派儒家倾向于排斥这样的可能性，因此毫不奇怪的是，这个形式的"儒学"在中国知识分子中并不特别受欢迎，他们本来渴望从儒学中寻求灵感。儒学不是推广自由主义价值的工具。

另外一种儒学可以被称为"左派儒学"。中国的"新左派"和儒家知识分子在进行对话，商讨左派儒学的目标，强调知识分子的批评责任，以及国家有义务为民众提供物质生活幸福的条件等思想，这在十年前几乎是不可思议的。这些价值的根源主要来自孔子、孟子、荀子等，来自儒家思想成为官方正统思想之前的"原始儒学"。在皇权时代，批评的传统是由杨继盛、黄宗羲、顾炎武等学者实现的。如今，甘阳在研究儒家与社会主义、蒋庆公开承认他们对于儒家传统的解释最为贴近社会主义理想。这种儒学传统的目标是影响现实，但是它仍然区别于国家权力和正统思想，总是准备好指出理想和社会现实之间的差距。

左派儒学是什么

左派儒学是把社会主义传统和儒家传统结合起来的尝试。这个方式不仅把社会主义当作标准，而且平等、严肃地对待儒学，在接触交流中用儒学来丰富社会主义。但是我要指出，左派儒学在使用儒学标签来推动根源于西方的进步主义观点和社会主义观点，这种做法和自由派儒学是类似的。中国需要吸纳西方的一些价值，但同时它们需要由儒学来丰富，有时候也需要儒学来限制。通过突出传统的左派价值，添加一些儒学特征，左派儒学的意思将变得更清楚。下面的特征并非个个都是独特的儒家思想，但是它们合起来将构成保证配得上独特的左派儒学的标签。

1.独立的批评

苏格拉底以追求真理出名，他在揭露那些提出"虚假真理"论者的错误时是毫不留情的。苏格拉底的榜样仍然影响着西方国家的教育制度，学生被教导要培养对所学内容进行批评的重要习惯，他们在追求真理时并不担心破坏社会和谐。批评视角也影响着儒学。《论语》中最著名的段落之一就是"君子和而不同"，具有明显的政治内涵。"和"与"同"的对比首次出现在《左传》里，显然它们指的是统治者对于谋士的众多不同政治观点应该持开放态度。在中国皇权时代，独立社会批评的理想在由学者型官员组成的都察院中被制度化，这些人被授权批评王朝错误的政策。独立的儒家书院是培训学者的批评艺术的地方，它们常常位于远离国都的地方，这样不至于受到政治控制。受到儒家思想启发的社会批评家，比如杨继盛和黄宗羲，在正式的渠道外还发表更尖锐的政治批评。

但是儒学的新花样是——姑且这么说吧——批评只有建立在社会和谐与信任的基础上才能收到效果。如果两个敌人相互批评，他们就要质疑各自的动机，结果肯定是更多的流血。批评如果建立在相互信任的纽带基础上，可能是最有效的。批评应该被看作出于关爱而不是敌对的动机。实际上，它意味着批评应该以温和与谦虚的方式表达出来，以便维持和谐的关系。"不失面子"表达的就是这个理想。

2.关心弱势群体

社会主义者和左派儒家认为政府的首要义务是为社会中的弱势群体提供帮助。在一定程度上，他们对弱势群体内涵的理解是一致的：即被剥夺了确保任何体面的好生活概念所需要的物质资料的人。但是儒学可能加上新的含义，即弱势不仅仅是缺少金钱。同样严重的伤害是被剥夺了构成好生活的家庭和朋友的陪伴机会。因此，当孟子说政府应当首先考虑"鳏寡孤独"时，他说的不仅是那些在物质上贫穷的人。对于孟子来说，他们处于弱势群体是因为（不是主要的）他们被剥夺了主要的人际关系。这种观点帮助解释了为什么受到儒家传统影响的东亚国家常常依赖家庭来提供福利服务，国家帮助那些没有家庭成员的人。比如新加坡的健康保险计划是以家庭为单位,而不是以个人为单位的。家庭成员有责任互相担负保险,包括孩子成年后有义务为年长的父母办理保险,类似的安排也在中国的农村地区实施。国家负责没有亲属的老人的生活。这样的保险安排在西方似乎是奇怪的,但是在有儒家传统的东亚国家并没有多大的争议。

3.关心经济平等

社会主义者寻求减少贫富差距。在西方国家,他们也倾向于支持社会平等。也就是说,不管身份如何,人人都把对方当作平等的人,无论老少,无论老板还是雇员,在日常的社会行为中,应尽可能地不考虑社会地位。比如,他们应该使用名字称呼对方。社会和经济平等被认为是结合在一起的,可能有几个原因:其中一个是理想的社会应该消除不管是建立在社会地位上还是阶级上的所有权力关系(现代自由观点,比如约翰·罗尔斯的原初状态和尤尔根·哈贝马斯的理想话语情境都在表达平等权利的理想)。另一个理由是社会平等更可能造成经济平等,人们越平等地对待他人,就越可能支持旨在减少贫富差距的措施。

儒学不否认一个理想的社会应该消除所有权力关系。但儒家是现实主义者,他们想当然地认为权力关系必然存在于大规模的社会中,问题是如何让权力关系有利于无权者的利益。这是第二个儒学特征:

儒家不怎么担心社会等级差别，尤其是建立在年龄和成就基础上的差别。如果必须在社会平等与经济平等之间做出选择，儒家将选择经济平等，而社会不平等被用来为经济平等服务。

这是怎么产生的呢？古代儒家思想家荀子提出了包括由不同社会地位的人组成的社会礼仪的观点。通过参加共同的仪式，那些地位更高的人形成照顾他人的情感意识，因而更愿意为公共利益服务。比如，日本和韩国的老板可能喜欢和雇员一起唱卡拉 OK。这种仪式是有差别的，老板第一个唱，唱的时间或许还长些，但是经过了一系列唱歌和喝酒等活动后，亲热的关系得到巩固，老板就不大会在经济困难时期裁员。这种所有人都参与的礼仪有助于解释日本和韩国大公司实行终身雇佣的模式，也有助于解释为什么日本和韩国这两个社会最不平等的东亚国家在财富分配方面相对平等。

或许有些小国，比如挪威，相对来说社会单一并拥有大量自然资源，因而能够提供各种方式的平等，但是儒家认识到大多数国家需要做出选择，要么成为美国这样的"平等社会"，但用财富形式显示权力的不同；要么成为依靠非正式礼仪约束的"不平等社会"，有权者无须以物质财富显示同等程度的"优越感"。对于儒家来说，后一种社会更好，关键是推动包括有权者和无权者在内的共同礼仪，让有权者感受到和无权者的共同体意识，因此不大可能采取物质财富这样的支配形式。

西方社会主义者和儒家的另一个差别是如果它们和获取物质平等的经济权利发生冲突的时候,前者更容易选择政治权和公民权。美国宪法表达了公民和政治权利的基本自由倾向, 即使像约翰·罗尔斯这样的左派自由主义者没有多少论证,他们也认定,如果发生冲突,公民权和政治权优先于经济正义的原则。约翰·罗尔斯确实允许近于饿死的非常贫困的社会有优先获取食物的权利,但这是西方大部分左派在为了经济的利益而牺牲公民和政治权利时愿意走的最远极限。

在东亚,人们认为获得食物的权利是第一位的。国家有义务为物质贫困者提供帮助的思想可以追溯到两千多年前, 这和西方政治史不同。

4.和陌生人的团结

团结是社会主义传统的核心价值(对于自由主义传统而言就未必如此了)。在西方,社会主义者已经提出了实现团结的不同手段。对于法国革命者来说, 他们的任务是改变政治体制和等级差别的社会实践,比如他们禁止使用正式的个人代词(vous),认为应该代之以非正式的个人代词(tu)。对于马克思主义者来说,通向团结的道路在于阶级革命和废除生产资料私有制。社会民主党则认为国家通过推行公民权利平等的手段来实现团结的价值。

　　儒家实现团结的方式在手段和目的上都和他们不同。这个思想表现在《大学》中："物格而后知至，知至而后意诚，意诚而后心正，心正而后身修，身修而后家齐，家齐而后国治，国治而后天下平。"

　　关系纽带开始从家庭延伸至他人，再到国家，最终到达整个世界。但它的目的不是人人都被平等对待的全球团结。相反，关系纽带随着向外延伸而强度越来越弱。人们也许对待陌生人很好，但是肯定没有达到像家庭成员那样爱的程度。

　　这个"差等的爱"的理想是如何实现的呢？儒学强调了两个机制：第一个是在家庭内部学习关爱和照顾他人，然后将家庭成员的称呼和模式推广到非家庭成员身上，从而把这种关心延伸至其他人。比如，在中国好朋友和校友之间总是以兄弟姐妹相称，毕业留校的辅导员称学生为学弟、学妹，在最好的情况下，老板和雇员之间也用家庭一样的语言相互称呼。家庭称呼的这些术语向非家庭成员的延伸比大部分西方语言都更广泛，这有助于东亚社会的团结。

　　儒学团结还通过教导和提升人的道德的礼仪来实现，尤其是在竞争性关系的情况下，这种竞争如果不带来战争，至少可能产生敌意和对抗。儒学认为人类欲望能够破坏社会合作，国家的任务是将这些欲望文明化而不是压抑这些欲望。这对于"胜利者"、那些有权力有社会地位的人尤其重要。他们要以文明的方式行动，在将人类欲望文明化的仪式中表现出谦逊和尊重。这些礼仪在过去和现在的体育运动中表现得特别突出。

让我们看看《论语》中儒家对于君子射箭的描述："君子无所争，必也射乎！揖让而升，下而饮。其争也君子。"

这样的礼仪也指导了西方国家的体育运动，人们很快会想到的是把摔倒的对手扶起来，足球比赛结束后交换被汗水湿透的球衣等礼仪，但在受儒家影响的东亚社会发展起来的体育活动中，礼仪处于更核心的地位。在 2008 年北京奥运会上，中国的金牌获得者往往表现得更谦逊，对对手更友好，这或许是受到奥运会前进行的讲文明活动的影响。同样道理，中国观众一般来说也更尊重其他参赛队伍或者运动员。

5.全球正义

社会主义者在正义问题上往往采取全球视角。儒家同意政治的最终目的是服务于世界人民的政府形式，或者至少是考虑到世界人民的利益。这是全民政治，但什么人重要呢?西方的左派倾向于强调世界上当今一代人的利益，或者因为环境保护运动的影响开始关注下一代人的利益。但是儒家还认真考虑我们死去的祖先的利益。在韩国和中国南部省份例如福建，许多家庭和社区还举行祭祀祖先的活动。只关注当今世界一代人利益而忽略下一代或者逝去祖先利益的政府，在左派儒家看来是不公正的。

因此，左派儒家提出了比西方民主模式更好地实现全球正义的政治模式。这个理想不一定是前文所说的人人平等对待他人的世界，儒家更喜欢把关心向外延伸，但认识到关心的强度随着从亲人向陌生人的延伸而不断减弱。虽然如此，在这样的世界，如果与大部分以本国国民为基础的民主国家相比的话，陌生人的利益将被更严肃地对待。实现全球正义的一个关键价值是精英管理（meritocracy），也就是说，人们在教育和管理方面具有平等的机会，但领导岗位分配给该群体中最有美德和最称职的人。这里的观点是每个人都有潜力成为道德君子，但是在现实生活中，做出有效和可靠判断的能力是因人而异的。那么如何辨认出拥有超越常人能力的人？其中一个办法就是给予年长者额外的投票权：儒家认为，一般来说，人的智慧是随着年龄的增长而增加的，人们的生活经验随着经历了不同的角色而变得深刻（成年的儿子关照年长的父母，特别能培养同情和谦逊的美德），在某些角色上经历时间越长越好（比如有几年工作经验的医生肯定比刚当医生的人，对疾病有更好的了解和更准确的判断）。另外一个建议是，成立由精英分子组成的行政机构来维护经过民主选举产生的政治决策者往往忽视的人（比如外国人、少数民族等）的利益。尽管这个建议还谈不上完善，但它至少更好地接近了全球正义的理想。

儒学的普遍有效性

早期儒家思想家认为他们的理想具有普遍有效性，是适用于整个人类的思想，认同（或者生活在）这些理想中的人就可以共享太平，世界各地不同的人按不同价值观生活的差异性世界，长期以来被认为不是最好的状态。在这个意义上，儒学是具有普遍有效性的哲学。说自由主义是"普世价值"而儒学是特殊价值是不准确的。

但是哪种儒学解释在当今中国最有意义，取决于特殊的因素。它依赖于中国人现在实际上想的是什么。任何解释都必须与基本理想保持一致，虽然它也应该被用来改善这些理想。比如，左派儒学对中国人有吸引力，是因为它建立在人们普遍赞同的价值观（如关注弱势群体）基础上。儒学解释也要看某些说法是否能够得到经验证据支持：比如，通常认为，照顾年长父母乃是培养人们把同情心延及他人这一意识的一种重要机制，对这种说法进行检验是非常重要的。

在什么条件下，儒学可能被世界其他地方认为是有吸引力的呢？一个条件是当社会遭遇了漫长的信心危机时。一个或许让人伤心的真理是：当自己的方式存在问题的时候，人们才更容易向他人学习。中国知识分子就是在传统社会和政治生活崩溃后才开始向西方学习的。或许西方在经历类似的信心危机后，才能让多数西方知识分子转向儒学寻求希望和灵感。与此同时，西方如果不是尊重，至少要宽容，具有道德合理的差异性是非常重要的。帮助儒学走向世界的另外一个条件是，人们普遍认为儒家价值影响了中国的政治实践和制度，也就是说理论具有了生命力。一旦中国的国家行为符合儒家道德观念，那就能产生自己的软实力并把它推广到世界其他地方。

吴万伟 译

本文原载于《21 世纪经济报道》,2009 年 1 月 12 日

儒家与民族主义能否相容

　　基于儒家在两千多年中华帝国史上一直都是主流社会伦理和政治伦理的事实,中国的改革者和批判性知识分子日益将之视为关键资源,用以在当代中国社会倡导社会责任,这种情形应该并不令人惊讶。然而,这却导致另一个问题:是否有可能倡导这样一种传统社会伦理,它既意味着治疗过度的个人主义疾病,同时又不落入保守的原教旨主义。具有政治头脑的儒家复兴人士把儒家视为国族身份的核心,而且区别于自由主义之类的外来传统,他们力辩以儒家作为核心意识形态。但"儒家民族主义"是否会变成某种心智封闭、以族群为基础的民族主义呢?在印度,1980 年成立的人民党经常倡导一种排斥性、进攻性的集体感情,似乎与现代印度宽容和民主的气氛相异。在美国,政治化的基督教倾向于被认为与共和党鹰派相联系,偏好强有力的军事,并对对外援助、移民和社会福利持有敌意。因此,儒家在中国的复兴也许不应该让那些看重宽容、关怀弱势群体和全球正义的人道的进步人士忧虑——尽管忧虑也有理由:"儒家"易于被狭隘民族主义的保守派成员滥用。不过,笔者认为,有理由持乐观态度。

儒家民族主义的可能性

2010 年 1 月,电影《孔子》高调亮相,在片尾,孔子回到故乡鲁国。导演试图告诉我们:孔子真正在意的是对故里的爱国主义式的依附。但在《论语》中根本找不到这样的思想。相反,孔子说,"士而怀居,不足以为士矣"。①君子追求德性生活,至于在何处达成这样的生活,并不重要。孔子本人周游列国的经历,也说明他会服务于最能实现德治的政治共同体。

对于孔子政治思想的此类扭曲在中国很常见。儒家名言"天下兴亡,匹夫有责"是绝大多数高中学生耳熟能详的,人们往往把"天下"等同于"国家",并认为这句话表达了这样的观念:平民百姓应该服务和关心国家的福祉。但是,顾炎武的原本表述却有着颠覆性的含义:他认为亡国和亡天下不同,平民百姓的义务指向天下,确保国家或王朝政

---

① 《论语·宪问》。

体则是君王需要关切的。

如何理解对于孔子政治思想的扭曲？许多人据此论证儒家与民族主义是不相容的。一些批评家试图论证，儒家伦理不相容于针对一个有领土边界的国家的特殊承诺，即使由精英实行该承诺，但关注地方事务的人民群众对"国家"也毫无意识。一种观点是，儒家伦理捍卫的承诺，是指向家而不指向政治实体的，因此不相容于对国的特殊承诺。另一种观点则相反：儒家伦理捍卫的天下理想是没有领地边界的政治秩序，因此不相容于只针对特定民族国家之内人民的承诺。让我们依次讨论这些看法。

1."家与国"或"从家到国"

相比针对国或政治共同体之类的"抽象"实体的承诺，儒家更看重亲属关系的呵护和承诺。但是，无需把国视为一个流行于时空之上的超越本质。国是社会建构，它把处在多种多样的文化、语言、经济和政治关系中的人联系在一起，并且是具有历史偶然性的产物，这一事实并不让儒家感到忧虑。孔子本人承诺于某种超越的善道，并以此评价历史。但他认为，除了努力改善日常生活这一途径，其他任何方式都不能让"道"在这个世界实现或使之彰显。

不过，问题依然存在，儒家的"家庭论"似乎可以被理解为缺乏对政治共同体的关怀。在 20 世纪初，孙中山就抱怨中国社会"一盘散沙"，梁启超则更为直接地指责儒家注重家庭而缺乏对国家的承诺。不过，把承诺于家与承诺于国视为非此即彼的选择显然是错误的。事实上，儒家伦理很明确地指出，人的充分发展要求那些超出家的承诺。按孟子所言，"老吾老，以及人之老；幼吾幼，以及人之幼"①。在实践中，并非每个人都能发展出把爱和关心延及家外的动机和能力，但对君子却有更高要求。这也是为什么孔子说，君子"修己以安人"②。

孔子信奉等差之爱，因此随着从家庭延伸到国族，义务也就减弱，倘若家庭义务和国家义务发生冲突，前者优先。孔子本人就有"子为父隐"之说。但民族主义并不要求对国家的承诺超过其他义务。如果按照下述两点来定义民族主义：第一，服务于一个有领地边界的国家的志向；第二，对生活在该国的人民的特殊承诺。那么，它就相容于儒家的优先承诺家庭的观点。当承诺于家和承诺于国发生冲突时，儒家认为前者优先的看法并非就是错的。甚至一些西方国家也承认家庭的神圣性而不论公共之善的代价有多高：比如，不能强迫夫妻在法庭上相互对证。

在绝大多数情况下，家庭支持和鼓励其成员在社会生活中关心他人，包括对政治共同体的承诺。家庭是最初、最重要的"育德学校"。孔子在《论语·学而》中说"其为人也孝弟，而好犯上者，鲜矣"。反过来说，

①《孟子·梁惠王上》。
②《论语·宪问》。

那些没有家庭纽带的人一般也发展不出关怀他人的伦理,并将因此缺乏公共精神(家庭四分五裂的社会常常犯罪率高,社会无序和公共精神缺乏)。在此意义上,关于中国社会中家庭观念发挥的作用,梁启超和孙中山的看法可能过于悲观。理论上,儒家对家庭义务的关切并非不相容于对国家的关切,而在实践中,承诺于家庭常常对培育民族主义有益。

2.“国与天下”或“从国到天下”

列文森在《儒教中国及其现代命运》中有个著名说法:19世纪末和20世纪初标志着中国士人的身份认同转型,即从对文化观念的认同(文化论)转向对民族国家的认同。中华帝国本质上是依儒家来定义的文化认同。皇帝统治天下的天命预设了君临整个世界(天下)。中国的疆界并不被视为永久划定的。然而,随着西方列强的军事打击,儒家作为一种世界观的文化优势的信心被粉碎了,中国开始视自己为万邦中的一邦:在竞争性的国际世界,弱国需要增强经济和军事实力。对国的关切也就取代了儒家的天下信仰。

早期儒家思想家细致区分了天下理想和承诺于特定领地之国的次佳现实。春秋战国时代,列国为了领地优势而无情竞争,是根本不谈理想的政治世界,因此早期儒者试图提供可实践的、具有道德用意的指引。“公羊三世说”有明确说法:不同时期需要不同类型的君和国。在乱世，周围族裔难以德治，就有必要确保国家力量并在不同文化发展水平的人民之间明确区分和划定边界。孟子也明确认为，若受到大国威胁，小国君王可以正当地使用武力并保卫领土边界。

尽管在乱世，天下理想可以放松到容忍民族主义，但这并不等于认同作为一种道德理想的民族主义。我们还需要论证，儒家伦理留有为承诺特定领地、特定人群的民族主义提供道德支持的余地。牟宗三认为，"仁"这样的儒家价值观必须在具体的民族国家语境中得以实现，而且若以为只用天下就能把人的生活和价值概念化，那将是错误的，道德实践过程中，道德理性的实现，在可能扩展到天下之前，必须经由家、国的肯定。像天下这样的较高层次单元，只有当其与家、国这样的较低层次单元互动时，才有意义，如果跳过民族国家而简单地在天下层面运作，在政治上或许是错误的。

事实上，儒家伦理致力于更强有力的主张，即承诺于国与承诺于天下有冲突时，承诺于国应该具有优先性。《大学》言："物格而后知至，知至而后意诚，意诚而后心正，心正而后身修，身修而后家齐，家齐而后国治，国治而后天下平。"正如我们应该把感情纽带扩展到家庭之外，我们也同样应该把感情纽带扩展到国外，只是关切程度会弱一点。所以，儒家不必把民族主义视为政治上必要的妥协，是偏离理想世界的次佳选择。同样地，民族主义也不仅仅是通往天下政治的必要机制。至少，对特定政治共同体的特殊承诺是差等之爱的逻辑所要求的，当然这一承诺也应该(以减弱的程度)扩展到外人。

概括而言,儒家伦理确实允许这样的可能性:针对生活在有领地边界之国的人民的承诺。这样的承诺不是统领性的,家庭建制是个跳板,尽管家在家国冲突下具有优先性。而承诺于天下并不能把承诺于国搁置一旁,若承诺于国与承诺于天下有冲突,承诺于国具有优先性。就此而言,调和儒家与民族主义是可能的。那么,这种调和是不是可欲的呢?

论儒家民族主义之可欲性

民族主义吸引人的一个关键因素是它似乎满足了人们对共同体归属的深层需要,而国家是满足这种归属感需要的关键机制。不过,存在形形色色的民族主义,有些在道德上令人厌恶,如 20 世纪 30 年代和 40 年代德国的纳粹主义。更为自由的民族主义形式则试图在归属感的需要与自律、宽容这样的价值观之间做出调和。可以说,美国和印度的民族主义主流形式有着自由特色。儒家形式的民族主义对儒家价值观的承诺和对体现这些价值观的民族国家的志向,既不是基于种族的,也不是自由的,尽管它与自由的民族主义多有共同之处。

1.儒家民族主义与种族民族主义

早期儒家认识到,春秋战国时代存在各不相同的列国,但儒者基于文化发展水平来加以区分，这意味着，他们信奉的是儒家文化，而不是种族或地域。"中国"一词指的是受制于儒家文化的文化实体，原则上向任何人敞开，不分种族，只要他们分享儒家的规范。那些不分享儒家文化的人们则被视为"蛮夷"，但原则上每个人都可以被"文"所"化"。

在帝国创立后，把"仁"传播到整个世界的理想，受到更为严肃的对待。但从一开始就存在的问题是，并非每个人都准备服从官方钦定的儒教。为了克服不一定赞同的现实，即化外之民并不特别倾向于被同化或放弃自身的文化，朝贡体制才得以建立。在朝贡体制下，分封国君或其代表必须到中国向宗主国献贡，拜倒在皇帝面前，仪式性地承认皇帝的宗主地位。中国则确保其安全，提供经济上的好处，同时又运用"道德力"来传播儒家规范，并允许其传统的生活方式和实践得以存续。毋庸置疑，这种做法常常偏离理想。比如，明朝对抗蒙古人的策略就是运用纯粹暴力来解决冲突，安全价值被置于较高地位。在元、清两代，汉人对滋扰者的妖魔化几乎难以遏制。然而，我们还是可以认为，相比欧洲人的帝国主义，朝贡体系较少存在公然的种族主义和种族中心论。再者，韩国、日本和越南最终都被"儒化"，部分原因是儒家规范的"道德力"，就连清朝统治者本身也被儒家规范所同化。

到了 19 世纪后期，朝贡体制被打破，中国本身也被西方列强侵略，中央王国之幻象被粉碎，中国思想家终于认识到，他们的国家只不过是万邦中的一员,事实上比西方和日本都要弱。作为回应,民族国家开始成为政治关切的单元。如今,中国的儒家知识分子不再使用种族范畴。梅约翰观察到,"文化民族主义"与国族联系在一起的特殊文化构成国民身份认同的基础,在当代中国的儒家话语中获得不同取向的参与者的支持。但是,中国的(重新)儒家化意味着以承诺于儒家价值观为中心的国民身份认同的建构并不消除这样的可能性,即非中国人就不能是儒家信奉者。梅约翰还注意到,杜维明走得更远。杜维明认为,儒家在中国获得成功提倡之前,必须在中国之外的地方扎根,"儒家在20世纪余下的岁月里是否具有活力,将主要取决于它是否能够通过纽约、巴黎、东京等地充分地返回中国。儒家必须面对美国文化、欧洲文化和东亚文化的挑战,并进而在这些文化中播撒种子和扎根"。蒋庆则认为,儒家价值观不能与西方核心价值观相容,但他也拒绝种族主义的和种族形式的民族主义。被接纳入"儒家之国"的唯一相关准则是承诺于儒家价值观。

总之,儒家民族主义承诺于儒家价值观并立志建立一个表达这些价值观的民族国家,这与种族主义形式的民族主义是根本不同的。尽管实践常常偏离理想,但可以把理想作为批判视角去考量实践。

2.儒家民族主义与自由民族主义

自由民族主义是这样的观念:承诺于特殊的国族共同体可以与自

由价值观相结合。归属于特定的国家并感觉到与其他国民有着特殊联结，这无疑是好事，但是政治共同体必须保护言论自由、宗教宽容和选择政治领袖等平等的权利。

即使儒家价值观与自由主义不同，但也经常导致同样的政治意义，以致于承诺于儒家价值观的民族国家会更像承诺于自由价值观的民族国家。也许，被最广泛引用的句子来自《论语》中孔了说的"君子和而不同"。"和"与"同"的对比源出《左传》，指的是这样的思想：君王应该以开放心胸面对其幕僚中的不同政治观点①。孔子本人为政治言论辩护的理由是，指出错误政策是必要的（如其善而莫之违也，不亦善乎？如不善而莫之违也，不几乎一言而丧邦乎？②）。孟子则认为，批评君王之错是卿之义务（君有过则谏，反覆之而不听，则去。③）。在中国历史上，政治建言的权利通过御史台或都察院而制度化，士大夫负有批评朝廷错误政策的重任。中国的社会批评家也援引"和""同"之异提倡宽容不同观点。

当代自由派也许会回应说，像言论自由这样的公民权利，不仅具有工具性效力，而且还表达了"个体"之道德地位的观念。相比之下，儒家的道德自律指向追求善——我没有从事不道德行为的道德权

---

① 参见《左传·昭公二十年》。
② 《论语·子路》。
③ 《孟子·万章下》。

利,比如不孝敬父母。不过,正如陈祖为所认为的,儒家关于不道德行为的观点并不导致这样的结论——不道德行为应该在法律上被禁止:儒家并不主张施用法律的强制力来培育美德或防止人们沉溺于道德败坏的生活。陈祖为还指出,孔子思考过,法律惩罚并不能改变人心或灵魂,美德之养成,乃是通过教育和礼仪。换句话说,即便自由派和儒家为言论自由提供不同层面的辩护,但他们在实践意义上还是会达成一致的。

另一个关键的自由价值是宗教宽容。可以证明,对此价值的不同辩护也不导致实质上不同的政治结论。认真的儒者试图引导由儒家价值观启发的人生,我们生来具有同等的道德潜能(根据孟子的观点),但符合儒家价值观生活的人就比其他人在道德上优越。也因此,儒家肯定了相比其他伦理和宗教传统的一种优越感,这在自由主义者眼里是个问题。

但儒家也有使它与其他传统相区别的自由特点。如前面已提及的,儒家向所有种族敞开大门,这点类似于基督教和佛教。另外,儒家对其他形式的宗教相对宽容,并不要求儒家信奉者弃绝其他信仰。对一个中国人或韩国人来说,像"儒-道-释"或"基督徒-儒者"这样的串联宗教身份并不少见。这并不否认,一旦有冲突,儒者会声张他们的文化优越性,但从历史上看,儒教对其他信仰一直是相对宽容的。

概而言之,如果儒家民族主义者的观念得以实现,所导向的社会也许会更像自由民族主义者所喜欢的开放社会。除了这些共同点，也有一些关键差异，这些差异将影响到儒教国家的内外政策。

西方选举制民主的明显缺点就是，民主选举的政治领袖主要把注意力放在国内民众，他们要服务的是选民的共同体，而不是生活在该政治共同体之外的外国人。再者，那些运转良好的民主国家倾向于把焦点放在国民的利益，而不是外国人的利益上。另一个问题是，没有人代表受政府影响的子孙后代的利益，民主选举的政客首先要忠于选民。在新加坡那样的小国，我们没必要忧虑。但在中国、印度和美国这样的大国，政治领袖所做的决定常常会影响到世界其他地方的人民及其子孙后代，他们需要考虑被他们的政策所影响的那些人的利益。

第一次世界大战之后，梁启超就认为，政治统治者不应该只是强大和繁荣自己的国家，他们还应该关心整个世界的命运。梁启超明确批评西方民族主义过于狭隘，他认为西方应该学习传统中国的天下思想，把关切扩展到国家之外。当代儒家也已提出实现此理想的建议。对于确保当前一代国民的利益来说，民主机制或许是重要的，因此儒家一般也支持某种形式的民主。但是，仅仅有民主还不够。

为了实现受政府政策影响的非选民代表的理想，儒家倡导政治上任人唯贤的价值观：在教育和行政上的机会平等，把政府职位分配给共同体中最有德性和最有资格的成员。人人皆能成圣贤，但在实际生活中,做出称职的、道德上站得住脚的政治判断的能力是因人而异的,而政治体制的重要任务是识别出那些能力在平均水平之上的人。因此,一些儒家学者提出贤士院的提议:部分通过现代化的竞争性考试来选择贤士。贤士可能承担起这样的重任,去商议并服务于一般被民主选举的议会所忽视的利益(外国人、子孙后代、古人和少数族群)。

儒家或许也准备考虑平等公民权的其他修正措施,只要这些修正更可能实现蕴含儒家理想的国家。一个观点是给年长者增加额外的选票。儒家假定,当人生历练老道,越老就越有智慧。因此,如果年长者继续努力于自我改善和保持人际网络,他们也许应该被赋予额外的政治权力。

按照儒家理想,其他有所区别的公民资格也可以得到辩护。从西方自由民主的视角来看,户口制度在功能上等同于种姓制度,划分出二等公民群体——仅仅因为他们不幸生为农民。这在根本上是不公正的。但该体制的捍卫者则认为,这一体制防止了棚户区和贫民窟的出现,这终究使得中国的不发达地区的城镇受益,因为这样更容易留住人才。另一个论点是,相对富裕城市稳定有序的发展,最终能够有利于贫穷地区的再分配。有很多理由来质疑这种主张的经验基础,即使它们都是正确的,自由民族主义者也会要求取消户口制度,因为在当代自由理论中,平等公民权是所有价值之母。然而,如果它们事实上有助于消除贫困,儒家民族主义则会容忍这样的安排。

正如儒家民族主义者在有关国内平等公民权的问题上不太固执一样,他们还愿意尝试有别于国家主权平等这一自由理想的路径。当代国际关系理论家阎学通就援引先秦思想家（包括儒家但不限于儒家）的观点来论证层级性国际体系,这既是更为现实的,在道德上也是更可欲的。他以此对中国在国际关系中的作用提出观点,中国不应该采纳美国当前的行动方式,口头上说所有国家是平等的,但在实践上总是看到一个主导性国际地位。相反,中国应该公开承认,在一个层级性世界,美国是个主导力量,但这种主导还意味着它有额外的责任。通过强调与弱国的互惠,中国应该尝试赢得这些弱国的支持,允许在他们的赞同下应用有区别的国际规范。例如,在东盟和中国的"10+1"合作上,"中国被要求在东盟国家实施农业贸易零关税规范之前先行实施该规范。这一不平等规范使得'10+1'经济合作比日本与东盟之间的合作发展得更快。日本提出的与东盟间平等关税的要求使得它与东盟的经济合作进展放缓,落后于中国与东盟的合作进展"。从儒家民族主义者的视界来看, 国家之间的这种不平等安排是可以得到辩护的,只要受这类政策影响的国家和其他国家都获得益处。

总之,自由民族主义和儒家民族主义都捍卫确保基本人身自由的开放社会理想,但对公民间平等政治权利的重要性和国际体系中的国家间平等权利的重要性,两者存有差异。如果有区别的或层级性的政治安排能更好地确保实现"天下"这样的儒家价值观,那么在那些有志于表达儒家价值观的国家的儒者眼里,这类非民主的安排是可以得到辩护的。

3.儒家民族主义与法家民族主义

儒家民族主义在道德上是可予以辩护的,但流行的民族主义形式则是更为思想封闭的和有怨恨性的。从知识上说,与其把流行的民族主义归咎于儒家,不如把它归咎于法家——一种准极权主义的政治哲学,强调思想和行动的统一,靠严厉惩罚来统治,国家权力的建立根本不顾道德。流行的民族主义作为一种情感乃是基于深植的受害感,源于鸦片战争后西方国家和日本的入侵。现在,精英的道德主义的儒家修辞和大众层面的狭隘民族主义之间已经出现裂缝。已经有学者注意到,外交政策上的儒家修辞,尽管享有广义的学术支撑,却依然只是精英话语,有待普罗大众认同。世界的其他地方只能希望,儒家民族主义赢得中国人民的心灵。

徐志跃 译

本文原载于《文化纵横》,2011年第6期

论儒家民族主义：对批评的回应①

　　十分感谢周濂、唐文明、杜楷廷和安靖如富有洞见的评论。事实上，我同意其中的大多数评议，但我要讨论一个重要的争辩焦点：民族主义的风险，以及儒家民族主义是否能在减轻那些风险上胜任其职。周濂、杜楷廷和安靖如三位学者认为，我对儒家民族主义的解释过于薄弱，乃至不能抵御在中国和其他国家中出现的危险型民族主义。他们还认为，对诸如言论自由之类的自由权利，需要做出更为有力的捍卫。唐文明的观点则相反，他认为中国"当下的"民族主义根本不是此类担忧的原因，担忧与其归于现实，不如归于西方对中国的误读。他更忧虑美国式霸权民族主义：当中国在全球舞台上变得更强大，就会以

---

　　① 周濂、唐文明、杜楷廷、安靖如等学者围绕"儒家与民族主义能否相容"进行了评论，本文是贝淡宁做出的回应。——编者注

类似的方式做事。他由此建议,儒家民族主义也许更有利于挑战中国和其他地方的民族主义形式。下面我尝试回应这些批评,并希望能够锻造更大共识的"中间路线"得以出现。

周濂提醒我们,儒家不能仅仅由其理想来评判,而应审核理想在历史上是如何表明自身的,而儒家的政绩离完美相去甚远。周濂认识到,以儒家名义所行的并非总能归于儒家理想,但他也警惕这样一种回应方式——"好的全是儒家的,不好的全是别人家的"。那是难以令人信服的,所以我们必须尝试理解,相比西方自由民主的宪政体制,儒家为什么更容易遭到滥用。周濂质疑"儒家的辩护将导致自由的结果"这一观点,他似乎更倾向于直接诉诸自由主义,并在自由民主框架下做出一些修正。

同样,安靖如则注意到,在全球范围内的许多社会,民族主义有可能被用作万金油,为任何种类的错误治理辩护,而民族主义的建设性一面要得到揭示,就必须面对强大的抵制。而儒家尚未完成这样的任务:安靖如同意牟宗三的观点,即在历史上的儒家传统中根本找不到据理对公民或政治权利的直接辩护(尽管安靖如进一步认为,牟宗三的"自我坎陷"之辩加以修改就能提供这样的辩护)。

对于儒家民族主义能够支持诸如言论自由之类的自由民族主义大多数的观点,杜楷廷也持批评态度。他注意到,历史上儒家从来没有提倡自由言说的权利。孔子本人甚至建议禁止郑之淫声,而孟子反对这样的自由观点：公开辩论是得到真相的关键。黄宗羲，这位传统中国最激进的思想家，也从来没有建议，农夫应该表达他们的意见。蒋庆这样的当代儒家思想家则公开偏向禁止"坏"电影和"坏"电视节目。

也许我恰恰应该承认，比起我在原来文章中所认为的，自由主义和儒家在言论自由上的观点有着更大的差异，而且这种差异在某些情况下会导致不同的结果，但那不一定就是坏事情。在言论自由上，儒家强调政治言论的重要性，以便错误政策得到纠正，但不太看好面向所有人的自由的好处，这样的观点也许更正确。毫无疑问，儒家人士对小人做出道德判断的能力表示忧虑，这可以为某种针对民众的家长式道德教育提供辩护。具体而言，这可能意味着：一方面，有更独立的媒体重在揭示社会问题的真相，当政府做错事时谴责政府；另一方面，政府提供资金的媒体则会树立道德楷模，激发民众的善良本性，帮助人们同情和关怀弱者。确实，儒者一般选择"软实力"来传递儒家价值观，但也会预备直接禁止那些被广泛认为是不道德的事情，比如暴力、色情等。杜楷廷以为，"中国哲学家一般都对已经认识的道充满自信"，这是过于夸张的——儒家的关键是谦恭和对人的局限的承认，对自我修养和向别人学习有着毕生的追求，这一点与基督徒要么信要么不信的观点形成对比——但他们对什么是坏事的判断确实更为确定，也难以看出自由市场有什么好处。对言论自由的这种观点也许远远不同于美国的言论自由理想——除非自由言论确实导致立即的身体伤害,否则言论不受约束。不过,其他西方国家并不采纳这样一种"原教旨主义"的言论自由观。比如,在加拿大,对"仇恨"其他种族和性向的言论予以惩罚。

概而言之,儒家民族主义或许真的不能防止统治者违反社会生活诸多领域中的各种自由言论形式,但它确实可以防止那些试图压制批评错误政策的言论的统治者,这是最重要的关切点。由美国式自由民族主义所保护的言论自由之其他方面,是更值得商榷的,不一定在中国或别处合适。

杜楷廷也担心,提倡一种制度化国家宗教的"儒教徒"会走得更远,超出丹麦和英联邦的官方宗教模式。在这方面,我原来的观点也应该做出让步。蒋庆等人确实倾向于在学校或干部培训上进行更多儒家价值观教育,而在有着国家宗教的一些欧洲国家,并不以此种方式直接把宗教和教育混在一起。但我们需要问一问,从道德观点上看,蒋庆的提案是否存有问题。如果儿童在学校里学习孝和仁,政府官员至少部分地受训于儒家伦理——旨在培养公共精神和清廉作风,那有什么错呢?我们只是担忧,如果其他宗教和伦理体系无法表达,那么儒家建立制度化宗教的提议并不对宗教宽容的理想构成根本威胁。处于儒家伦理核心的是"和而不同","和"的价值肯定了不同文化、不同宗教和不同信仰间的互相适应。当然,实际上,现实和理想之间存有差距。不过,我们可以说,就宽容其他宗教方面的历史记录而言,儒家比主导的一神论宗教的污点略少一些。杜楷廷现在忧虑儒家对于在曲阜建造一座四十二米高的教堂的反应（当地的孔庙只有二十五米高）。但儒家的批评也澄清了一点，他们并不反对在别处建基督教教堂，只是反对教堂的规模，以及教堂离儒家文化之故乡过于接近。同样，如果有人在梵蒂冈附近树立一座孔子纪念碑，并使得圣彼得大教堂显得低矮，那么天主教予以反对也完全有理。

周濂担心，儒家对政治平等的修改，意味着保护被政府的政策所影响的外国人和子孙后代的利益，这有可能威胁到言论自由和对其他宗教的宽容。但在理论上，根本不相容。言论自由最著名的倡导者——19 世纪英国自由理论家约翰·密尔——也提倡对政治平等理想的修正，比如给受过教育的人额外的选票。对此的反应之一或许是，应该首先实行一人一票意义上的自由民主制，然后考虑修正它。但选民将不会轻易放手他们的权利，而且一旦这种自由民主得以实行，即使有很好的理由去改进制度，修改起来也将十分困难。

总之，与我原来文章中的观点相比，儒家民族主义也许确实与自由民族主义有更大的差异。但这种差异可以从道德观点上得到辩护，而对儒家民族主义为损害公民自由做辩护的担忧也许是夸大其词的。

唐文明的观点极为不同。他认为，对当下中国的民族主义，根本不用担忧，因此也就根本不需要提出什么建议来抵制各种民族主义在中国的危险发展。他认为，对民族主义的此类忧虑更多来自西方对中国的恐惧,而不是来自中国的现实。真正要忧虑的是美国式霸权主义,而我们应该忧虑,随着中国在全球舞台越来越有影响力,中国将转向哪种民族主义。唐文明建议,儒家民族主义在挑战美国霸权主义上或许是有帮助的。

某种程度上,我接受这一批评。临近2008年北京奥运会之际,许多西方分析家担心,该项盛事会成为中国危险型民族主义的表达渠道。当时我住在北京,我觉得这样的担心未免夸大其词,并为此撰写了几篇文章,旨在打消这样的恐惧。我当时预测到,2008年北京奥运会不会像1984年洛杉矶奥运会那样高唱"美国第一"的民族主义赞歌,而是会宣传文明礼貌,以及对外国游客和运动员表达欢迎态度,包括来自与中国有过冲突的那些国家的客人,这样的取向恰恰会抑制令人反感的民族主义表现。我认为,事实已表明,当时对民族主义的担忧确实多余。

不过,我还是对当下的民族主义不太乐观,我认为我们需要提出更好的建议。对狭隘民族主义表示担忧的,不仅仅是西方人,那也是中国知识分子(周濂就是很好的例子)共同的忧虑。

上面是说理,我也另外说一点:我在北京多年,很少遇到表现出危险型民族主义倾向的人。也许这是好的迹象,因为这意味着知识分子,即与我交往的主要群体,并没落入糟糕形式的民族主义。在斯坦福大学访学期间(就在美国在伊拉克发动战争之前的一段时间),我也有同样的印象。虽说斯坦福大学被认为是相对保守的，可我没有遇见一位支持布什攻打伊拉克计划的学生或教授。战争的发生在当时确实得到坚实的民众支持，但人民其实是被蒙骗了——萨达姆拥有大规模杀伤性武器这一谎言最终被揭穿，而灌输进人民心里的基地组织与伊拉克政权存在联系，也被认为是宣传攻势。这是在所谓相对自由的媒体环境下完成的。概括而言，我们——批判性知识分子——需要提防民族主义被政府滥用的方式，一种途径就是提倡具有道德吸引力的民族主义形式。

唐文明认为，中国的民族主义很大程度上是反应性的，我赞同这个说法。民族主义是舶来品，是自 19 世纪以来受西方列强和日本侵略而引起的议题。有将近百年时间——百年国耻——中国在军事上接二连三地失败，而国家也陷入贫困和内战。中国精英的心思牵缠于这样的痛苦现实：在日益扩展的威斯特伐利亚国际秩序中，他们的政体处于边缘化地位。如果中国要存续，那就不得不按照这一体系来调整。实际上，这意味着富国强兵。我把这一民族主义形式称作法家的，乃是因为它强调几近不惜一切代价来增强国力。当然，我同意杜赞廷指出的一点，即当前的民族主义之其他方面，诸如追求民族自豪，并不属于法家思维。

从规范立场上看，确实有理由担心那种为了国家富强而借助怨恨情感的民族主义。增强国力的道德支点是要确保政治的稳定，以便人民能够过上有尊严的生活，并无需担心物质匮乏和人身安全（这是显然不过的观点，但历史上的法家思想家似乎无视这一观点，而当今那些捍卫不顾道德来增强国力这种做法的人则根本无视这一观点）。如果说，当中国既很穷又遭受外来势力欺压时，如此增强国力还可说得通，但中国现已成为一个主要的经济大国，并且有着相对安全的领土边界，再坚持那种做法也就难以得到认同。

总之，在美国式霸权主义的危险方面，我大致同意唐文明的看法。当然，我也同意，儒家民族主义可以并且应该挑战霸权主义。但我还是认为，我们应该认识到，中国存在一种土生土长的法家民族主义，对一个不仅有能力抵御外国欺负而且有能力欺负别国的国家来说，法家民族主义不再合适。中国正在从一个生存时代走向开放时代，而在当前和未来的国际背景下，儒家民族主义可能是最适合这个国家的。

最后，让我回应唐文明的一个建议，即儒家思想应该具有普遍价值：不只中国可欲，而且整个世界都可欲。在此，我也同意他的看法。正如基督徒认为基督教价值观优于其他宗教的价值观，自由主义者相信自由价值观优于其他政治价值观，儒家信奉者也相信儒家价值观优于非儒家的价值观。另一方面，我们也需要承认，就如安靖如指出的，儒家民族主义在不同语境将具有不同的特点，甚至有着共同的儒家遗存的诸社会也会有所不同——中国儒家不同于韩国儒家，诸如此类。在没有儒家遗存的国家提倡儒家价值观会面临更大的挑战。作为认同儒家伦理的加拿大公民，我显然希望儒家思想能够广泛传播到加拿大，但我也认识到，自由个人主义在那里居主导地位，更不用说语言上的差异，使得在可见的将来这种希望几乎是不可能实现的。这样的话，中国能做什么？在我看来，它可以为世界其他地方确立榜样。这需要时间，这种过程将包括"进两步，退一步"，但是如果中国在践行自己所宣扬的儒家伦理上做得很好，其他国家就会越来越被儒家伦理所吸引。

徐志跃 译

本文原载于《文化纵横》，2011 年第 6 期

我们可以从儒学中学到什么

在过去的十多年里,儒家学说在中国复兴。儒学书籍成为畅销书,政府官员的讲话也常常传递出一些传统的儒家思想,例如和谐。然而,不太为人所知的是,中国学术界也对儒学重新产生了兴趣。

心理学家彭凯平等进行的严谨实验表明,中国人与美国人在认识力上存在巨大差异,中国人更倾向于使用联系和辩证的方法解决问题。中国台湾和香港的心理学家黄光国、杨中芳提倡以"关系主义"和"中庸"等中国传统思想进行心理学研究。经济学家盛洪等以家庭作为经济分析的单位,并尝试计算孝道等一些价值观的经济效应。女权主义学者李晨阳等将关怀伦理学与儒家思想进行比较。医学伦理学家范瑞平等探讨了以家庭为基础的决策在医疗环境中的重要性。而商业理论领域的研究者黄伟东等则就儒家思想对中国商业行为的影响进行了研究。

政治学家史天健、朱云汉、张佑宗等人进行的政治学调查显示，在中国现代化进程中，儒家思想得到了越来越多的认同。康晓光、毕游赛等社会学家对中国教育和社会生活领域里数千个受儒家思想影响的实例进行研究。

国际关系研究者阎学通和徐进等向先秦思想家孟子和荀子学习外交政策理念。哲学家蒋庆、陈来、白彤东和陈明等则在思考中国的社会和政治改革时借鉴古代一些伟大的儒家思想家的思想。王瑞昌对政府的"以人为本"等一些口号的儒学基础进行了探讨。

然而，儒学研究者的工作往往囿于来自西方学术界的严格学科划分。中国人民大学举办的"现代中国情境中的传统价值体现：多学科的解读与构建"研讨会，试图打破这种模式，来自不同学科的儒学研究者共同探讨相互可以借鉴的知识。

陈来指出，衡量儒家思想具有复杂性，这可能需要在名著中追本溯源、追踪其历史发展以及寻找其当代影响力的体现。不过，大多数与会者仍认为，这项研究意义深远，因为儒家学说对于理解中国社会深化根植于当地情况的社会与政治改革十分重要。

可以想见的是，与会者在一些重要领域存有分歧。首先，出发点往往不同。与会者大多赞同儒家思想，并坦言，他们是从标准立场出发的，就像西方自由主义的思想家努力推行自由主义价值一样。一些人表示,他们只是对评判儒家思想进行纯科学的研究。还有一些人二者兼顾。

此次研讨会还在跨学科研究方面收获了不少建议。与会者指出了各自学科中的不足之处, 这些不足可以通过其他学科得到有效解决。哲学家和历史学家可以帮助提炼政治观点调查中设置的问题。例如,为了衡量对经典著作中儒家思想的认同程度,政治学家对子女应当无条件遵从父母这一儒家观点的衡量应当设置条件。

社会学家可以帮助哲学家确定哪些儒家思想在当今社会中最有影响力。例如,把道德扩大到非家庭成员,孝道为其提供心理基础,这种理论可通过跟踪研究的方法进行研究。心理学家可以发现记忆古典著作的最佳年龄。社会学家还可以帮助研究道德水平是否通常随着年龄的增长而提高,学习儒家名著是否可以帮助执政者提高道德敏感性和政治能力。

这些研究课题仍没有定论。但很显然,学术界需要讨论和发表见解的自由,需要充足的研究资金,才能对这些问题进行富有成效的研究。在合适的条件下,随着学术界对被西方忽略的问题与价值进行研究,中国可以发展成为全球重要的知识中心。

吴万伟 译

本文译自 *What Can We Learn from Confucianism*, 原载于 *The Guardian*, 2009 年 7 月 26 日

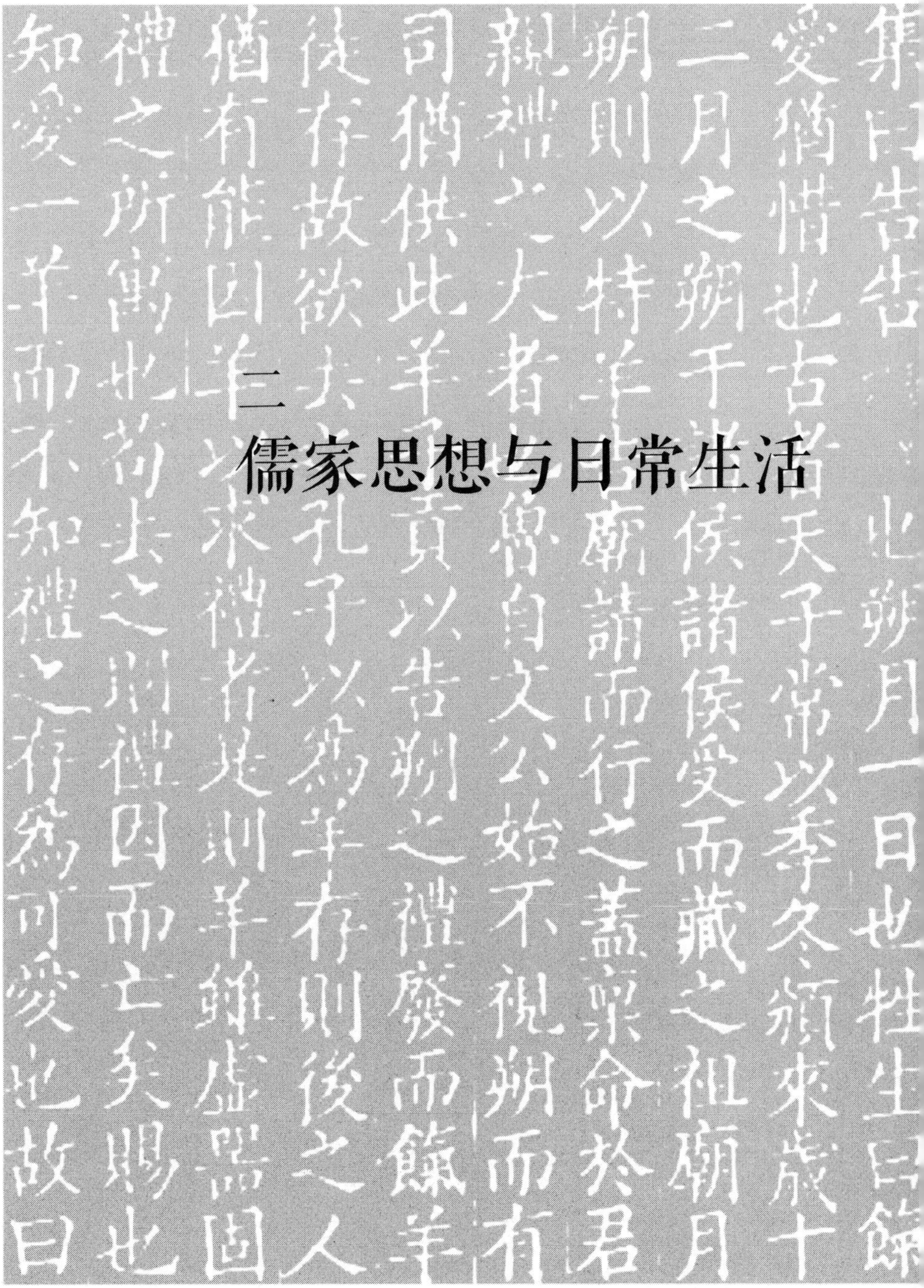

二 儒家思想与日常生活

孔子与奥运

奥运开幕式上以巨型脚印形式展现的壮观焰火表演,经过天安门广场径直到国家体育场,但是它传递的政治信息到底是什么呢?

还没有看到任何东西,批评家们就已经磨刀霍霍了。按照尼娜·克鲁斯契瓦的说法,"当北京奥运会开幕式在本周上演时,呈现在观众眼前的将是沉浸在民族主义里矫揉造作、精心编排的壮观景象"。她接着把中国归为像纳粹德国那样的"极权主义"政权一类,"世界将再次见证极权主义意志的又一场胜利"。

挑选张艺谋作为开幕式的总导演确实是让人担心的理由。张艺谋导演的电影《英雄》似乎赞同受法家思想影响的秦始皇残暴专制的统治方式,这位皇帝为了建立统一和强大的国家竟然焚书坑儒。张艺谋似乎特别喜欢使得个人相形见绌的宏大场面,他在开幕式中用了一万多名表演者。但是奥运会象征着视角的变化。在 20 世纪的很长时间里，中国自认为是被剥夺了历史地位的弱国，备受列强欺侮，因而受到法家传统的吸引。这么做是有意识的，要坚定增强国家的实力，动员人民实现富国强兵的目标。

现在中国更加强大了，已经开始重新确立"天下"的"应有地位"。可以稍微喘喘气，让传统儒家的"软实力"开始复兴。在儒家学说中，政府主要依赖道德楷模、礼仪、劝说来赢得世界人民的心和思想。儒家的理想是由仁爱来治理的社会，具体的爱开始于家庭，逐渐扩展到国家，最后再推广到全世界。

在奥运会上分发给两万一千多名外国记者的漂亮宣传册上根本没有提到国家领导人，其主题强调的是对世界和人民的开放。开幕式突出展示的是孩子，其中包括在汶川地震中抢救受难者的九岁男孩。他走在高大的篮球运动员姚明的旁边，产生一种喜剧效果，其他孩子也给演出带来魅力和出人意料的氛围。

儒家主题非常清晰。孔子的语录"四海之内，皆兄弟也""有朋自远方来，不亦乐乎"让全世界几十亿人看到。我们赞美的是由文房四宝笔、墨、纸、砚描述的优雅的学者生活。

儒家思想支持的文明运动似乎产生了效果。在过去一年里，北京人一直被鼓励要友好文明地对待外国人，观众要为对方球队喝彩，获胜的运动员要尊重失败者。在开幕式上，为中国运动员的喝彩就相对节制,对于美国队和俄罗斯队都给予很大的欢呼声(金牌争夺的主要对手)。在奥运会上或许没有太多傲慢自大的民族主义。

　　不过,这或许是一个还没有完成的儒家转向。大大的"和"字被突显出来,但《论语》中的名言"君子和而不同"似乎是开幕式中少数几个漏掉的内容。"和"与"同"的对比根源于《左传》,在那里,它清楚地指出统治者应该倾听顾问的不同观点。

吴万伟 译

2008 年奥运会，文明第一

2008 年夏天，全世界的目光集中在北京奥运会上。人们期待中国有良好的表现，相信它借此机会作为世界权力中心之一再次登上世界舞台。我居住在北京体育大学隔壁，可以目睹一些中国运动员的训练。他们都非常出色，表现不俗，在很多项目上都很有竞争力。在与教练的攀谈中，我发现他们都自信满满地预测——中国将成为奥运金牌榜的第一名，那将是了不起的成就。

北京市的街道和天桥上已经张贴了"奥运礼仪"的标语口号。为了迎接奥运会，政府鼓励市民改善自己的行为习惯：要学会自觉排队（规定每个月的 11 日为自觉排队日，因为数字"11"就代表排队），不随地吐痰（虽然中医的传统观念认为，痰应该吐出来），出租车司机对乘客要礼貌友好（虽然过分的礼貌被看作刻意保持距离，关系好的人不应该如此）。

在我看来，非常有意思的是鼓励观众和运动员讲文明。比如，电台节目中讨论观众在奥运会比赛中应该怎么做的问题。占主导地位的意见包括：观众应该克制，不要对中国运动员表现出过多的热情，也应该为失败者鼓掌，为外国运动员的良好表现加油喝彩；告诫中国运动员切勿表现出不可一世的优越感，避免出现上届奥运会中美国田径运动员的傲慢言行；如果中国运动员获胜，要对失败者表现出谦恭和宽容，如果失败，要保持风度和冷静。

在西方人看来，这或许是政府钳制人们思想和行为的又一个"案例"，但这种评价并不公平。政府并没有强迫人们必须怎么想、怎么做，不过是唤起人们的道德敏感性，敦促人们行为得体而已。对观众而言，如果你表现"错误"也不会受到什么惩罚。而且，公民自己未必反对别人的说教。一位司机就告诉我，中国举办大型国际体育比赛的历史不长，很久之前，许多体育活动被看作"小资产阶级"情调，她甚至不知道在这种场合里自己到底该怎么做才合适，讨论这些话题至少是有好处的。

你或许要问，还有什么别的方法吗？难道国家对礼仪问题不管不问，让观众和运动员自己去琢磨，要么凭本能表现出傲慢的态度和缺乏运动员风度的行为，要么大肆宣泄民族"自豪感"才好吗？在我看来，政府鼓励人们行为文明没有任何不对的地方。如果中国能够举办真正文明的奥运会,观众能为失败的球队喝彩,获胜的运动员尽最大努力地尊重和体面地对待失败者,普通北京市民文明对待外国人,那么这场伟大的奥运会将是值得中国人骄傲的壮举,它将给全世界发出明确的信号,中国的崛起没有什么可害怕的。而且,更重要的是中国为世界其他地方树立了值得称赞和学习的榜样,不追求霸权,不谋求自私的国家利益。

吴万伟 译

北京课堂里的政治讨论

　　新一代中国学生被有些人认为是自私和追求物质享受的人。2004年，我开始在清华大学讲授政治理论（作为所在系的唯一按本地雇员条款聘用的外籍教师），而我的印象并非如此。很多学生都有为社会做贡献的渴望，他们对破坏性的地震做出的义举与反应，我一点都不觉得吃惊。清华学生行动起来为红十字会献血、捐款。数百名学生排队几个小时，一直到凌晨一两点钟。有些学生甚至到地震灾区当志愿者。一个学生告诉我说，同胞"众志成城、抗震救灾"的力量让她深受感动。

　　年轻的中国人不是不管好坏都为祖国欢呼的排外"民族主义者"。清华大学是中国最著名的两所大学之一，我的许多同事是中国共产党党员，许多学生也是如此。

　　但是，学校气氛没有一点保守色彩。这里最受欢迎的老师往往是那些公开针砭时弊的人。在课堂上，学生们的问题往往带有批评性，以致我有时候需要引入支持政府的观点作为平衡。

几天后，我开始讲解约翰·罗尔斯的《正义论》。这时候，地震的巨大伤亡已经很明显，国人的情绪开始变得悲哀和沉重。上课前，四个学生来到我的办公室，对我将要讲解的抽象理论的意义感到怀疑，希望我使用更多具体事例。有个学生说我过于谨慎了，不应该过分担心卷入政治辩论。所以，我竭力要想出一个学生能很容易理解的例子来说明问题。

最后我找到了一个很好的例子（至少我认为如此）。按照罗尔斯的观点，国家应该首先考虑社群（the community）中最弱势的群体。但是，哪个社群最重要呢？国家的义务是否能延伸到国家边界之外？比如，缅甸风灾造成的死亡人数比中国地震还多。中国是否应该帮助缅甸风灾的灾民，即使减少对中国抗震救灾的援助也在所不惜？

我讲了一个小时左右罗尔斯的理论，然后提出了救灾时到底谁应该获得优先权的例子。通常情况下，讨论是用汉语进行的，学生可以自由发言。但是，班上同学出人意外地沉默，我甚至感受到某种"敌意"。最后，一个学生说，中国政府当然应该先救中国人。我问为什么呢？另一个学生说，这显而易见，灾民是中国人。我有点不耐烦地问："但是为什么？为什么呢？请给我一些理由。"

有学生说话了："现在没有全球性的机构能按照罗尔斯的正义原

则来分配救助。中国人给中国政府纳税,所以国家有救助中国人的特殊义务。中国政府即使愿意也不能为缅甸人提供很多帮助。"

我回答说,缅甸政府的表现确实有些糟糕,拒绝了部分国外对本国国民的援助,中国政府可以施加一些积极影响。一个学生评论说,自由主义理论并不适用于中国。我本想说儒家理论也能为旨在帮助遭受灾害的外国人的干预行动辩护,不巧下课铃响了。从前,非常有礼貌的学生们在离开前总要鼓掌表示感谢,但这次没有掌声。

回到家后,我意识到自己已经踏入了敏感地带。我不应该举似乎转移中国人注意力的例子,他们正在从道德上称赞英勇救灾的努力。中国电视上大量播放的是不幸的遇难和毁坏,中国军人在泥泞和残垣断壁中抢救灾民的画面。只要开口讲话,开头肯定是对灾民的关爱。我给班上的学生发了电子邮件,为不合时宜的例子道歉,补充说:"清华学生支持地震灾民的行动让人敬佩,我没有暗示必须在两个悲剧之间做出选择的意思。在举国哀痛的时刻,我希望你们继续做好事。"

一个学生回信说:"问题不在于例子本身,我们就是有清晰和强烈的身份认同。对于非中国学生来说,这种例子可能就好得多。"这似乎是问题的核心所在。关心家乡亲人是非常自然的,尤其在出现灾难之时。没有重大感情利害关系的外国人或许能探讨像国家正义和全球正义这样的理论性问题,但国难当头的中国人现在做不到。我一直认为我跟中国人很亲近,儿子也是半个中国人,但是这次,我对他们的观点仍然不够敏感。

或许这只是时间问题。不妨想象一下，一位纽约的教授在纽约刚刚遭受"9·11"袭击后，问学生捐款应该用来援助袭击中的受害者的亲属，还是援助外国战争难民，他或许会被轰出教室的吧。但是，一年以后，这可能成为讨论议题。我想，一年后我们可以就中国的全球义务进行辩论。

吴万伟 译

如何有效推广中国文化

请让我首先感谢会林文化基金！获得"会林文化奖"是我的极大荣幸。该奖授予在全世界推广中国文化的人。中国文化的核心价值观之一是谦虚，因此请允许我坦率承认，我并不敢肯定自己真的配得上这个巨大的荣誉。我要承诺的是，我将在自己的余生继续尽最大努力推广中国文化。不过，这个任务还需要其他人的积极参与。多亏了政府、知识分子和广大民众的努力，我们非常幸运地看到传统文化在中国的伟大复兴。

但是，在国外推广中国文化仍然是个挑战。这里我简单阐述在海外成功推广中国文化的若干建议，即便它们不是必要的，至少可能提供一些帮助。

首先，要有对中国语言的更多理解。丰富和优美的汉语是过去几千年来中国文化的主要载体，如果没有对这种语言的很好理解，要欣赏中国文化将非常困难。书法、文学、诗歌是这种语言的直接表现形式，中国文化的大多数形式其实都与汉语密不可分。但是，汉语在中国之外仍然很少被人了解。如今，外国人学习汉语的兴趣越来越浓了，但更多是出于经济利益的考虑——中国是越来越强大的经济体，学习汉语帮助他们与中国伙伴做生意——出于学习中国文化的愿望而学习汉语的动机较弱。如果外国人仍然坚持学习"商务汉语"课程，那么推广中国文化的任务就可能会失败。

其次，要更好地理解中国文化在海外取得的伟大成就。很多外国人喜欢中国美食，虽然丰富多彩的中华美食在中国之外并不是非常有名，有多少外国人知道被称为中国八大菜系之一的鲁菜？中国功夫闻名世界，但更多是作为一种武术格斗技巧而非人生哲学。有些中国电影在海外广泛传播，但未必是最深刻、最优秀的电影。参观展览馆、画廊、博物馆的人非常喜欢中国绘画、陶瓷、雕塑等，但是对于很多外国人来说，它们似乎仍然让人觉得怪异和不好理解。有多少外国人知道优美的中国音乐？我个人绵薄的贡献只是写了几本中国哲学和政治的书，帮助翻译和推广了中国学者的著作，在此方面需要做的工作还有很多很多。更复杂的中国文化推广是一项长期工程，需要耐心和持之以恒的努力。如果中国文化推广的工作变得庸俗化和同质化，那么我们的任务也可能会失败。

最后,需要把"文化"的概念与"种族"的概念区分开来。在中国传统文化中,主要从文化层面去定义中国人——学习汉语,遵循某些礼仪生活,参与中国的社会和政治生活——而不是种族。从 19 世纪末期以来,情况发生了戏剧性的变化,中国精英学到了西方文化中最糟糕的部分——世界能够并且应该根据种族划分为不同等级的观点,"谁是中国人"开始被广泛地看作种族问题。是时候让"谁是中国人"的传统观点回归了。中国人的标准应该是文化,而不是种族。如果不是中国血统的外国人前来欣赏和学习中国文化,不仅是出于个人业余爱好或者做生意的技能,而是出于一种身份认同——中国文化能丰富我们的思想,从根本上改变我们的生活方式——那么中国文化就在海外取得了根本上的成功。父母是中国人且在中国出生和长大的中国人,父母不是中国人且在海外出生和长大的外国人,两者之间总是存在重要差别,我并不否认这一点,但是以文化为基础的"中国人"定义将令这个界限变得模糊起来,更多"外国人"将不仅学习中国文化,而且热爱中国文化。如果中国文化推广只由中国人来做,我们的任务也可能会失败。

如果中国之外的更多人,无论是什么种族,都能说汉语,都能理解和欣赏中国文化的多样性和复杂性,且认为自己是中国文化的传播者,那么我们就能够自信地说,中国文化不仅生长在中国,而且在全世界传扬!

本文系贝淡宁荣获第四届"会林文化奖"的演讲

曲阜：儒家文化之城

　　曲阜世界知名，却只是一个县级市。

　　说它是座城"市"，但撤县建市仅仅三十余年①而已。但要论其历史，却有四五千年之久。

　　这座小城位于中国山东省西南部，北距省会济南135千米，而从首都北京乘坐高铁到曲阜大约只需要两个钟头。它位于鲁西北平原和鲁中山地的接合带上，背负泰岱，面引凫峄，东连尼防群山，西俯平原千畴，泗水北枕，沂河南带。曲阜的面积为895.93平方千米，比新加坡略大，比中国香港特别行政区稍小。它在经济上远远不如新加坡和中国香港繁荣，也比不上山东省的不少县级市，却拥有丰厚傲人、以千年计的历史文化遗产，堪称"东方耶路撒冷"与"儒家圣城"。1982年，国

_____

　　① 1986年6月，曲阜改为县级市，始由曲阜县改称曲阜市。

务院公布首批二十四个国家级历史文化名城，这座县城赫然在列；1991 年，曲阜被国家旅游局评为中国旅游胜地四十佳；1994 年，所谓"三孔"，即孔庙、孔府、孔林，被列入联合国世界遗产名录。

曲阜是孔子故里和儒家文化发源地，但在孔子诞生前的古代中国，中原地区的居民就对曲阜十分熟悉了。城南城北，沂泗二水，其两岸陆续发现的大汶口文化、龙山文化遗址确凿可证，早在四五千年前，华夏先祖早已在此地休养生息，创造出了发达的文化。①"炎帝自陈营都于鲁曲阜，黄帝自穷桑登帝位，后徙曲阜，少昊邑于穷桑以登帝位，都曲阜。"②在商代，曲阜一度成为国都。盘庚迁都于殷之后，曲阜之地为奄国。周灭商后，曲阜成为鲁公封地，"封周公旦于少昊之墟曲阜，是为鲁公"。周公姬旦因在中央朝廷辅政，无法东行赴封，遂派其子伯禽到鲁就封，营造都城。"曲阜"之名，亦始于此际，其原意为"蜿蜒的山丘"，最早见于《礼记》，东汉应劭解释道："鲁城中有阜，委曲长七八里，故名曲阜。"③春秋时代，曲阜是鲁国国都，当时不仅包括现今（明代修建的）这座城墙围绕的城市，也包括其东北部的很大一片区域。后历经因革，在唐朝和宋朝初期，曲阜以现今位于城市东北角的周公庙为中心向外延伸。1012 年，曲阜更名为仙源县，并迁到新

---

① 孔祥林：《曲阜历代诗文选注》，山东人民出版社，1985 年，"前言"第 1—2 页。

② （西晋）皇甫谧：《帝王世纪》，转引自（唐）张守节：《史记正义》。

③ （西晋）司马彪：《续汉书·郡国志》。

址,也就是现今这座城市以东四千米处,据说,富于传奇色彩的黄帝的诞生地和他的儿子少昊的陵墓就在新址附近。当地建有纪念黄帝的灵宫,现在只剩下两根巨大的石柱(寿丘遗址)。1129 年,金朝废除了仙源县这个名字,重新使用曲阜之名,但依然沿袭其在宋朝时的位置。1522 年,明代的嘉靖皇帝掌权,这之后才建起了现在的城墙。这座城市在 1012—1522 年的所在地是现今的旧县村。之所以县城迁址、高建卫城,是因为明正德六年(1511 年),刘六、刘七农民军攻占曲阜县城,焚毁县衙,乃至移师孔庙,"秣马于庭,污书于池",使得朝廷震骇,遂有"移城卫庙"之举。

一座城,是为了守卫一座庙。一座庙,是为了缅怀一个人。这座庙供奉祭祀的不是别人,正是中国帝制时代的"万世师表"孔子。而两千五百多年来,行辈七十多代、数以十万计的孔子后人,也正是在这座城里繁衍生息的。

"城"与"家"

孔新峰于 1980 年出生于这座小城,并在这里长大。直到 1998年,他通过竞争激烈的高考,以山东省济宁市文科第一名的成绩考入北京大学政治学系。他姓孔,是世界闻名的中国古代思想家、儒家思想创始人孔子的直系后人。不管何时何地,只要有人问他:"你的家乡在哪里?"新峰总是骄傲地回答:"我是曲阜人。"有时候,他还会自豪满满地说:"我是孔子的第七十六代孙!"

实际上,新峰在北京大学从本科到博士求学十一年,所学的专业是西方政治思想史与政治哲学。这些学问大致可列入所谓的"西学"之列,然而在内心深处,他对以儒家为中心的"国学"有着深厚的温情和礼敬。他已在离家乡千里之外的北京学习、工作和生活了近二十年,然而在他的身份认同体系中,"山东人"尤其是"曲阜人""孔家人",仍然占据极大的权重。

其实,关于儒家圣城曲阜的璀璨历史与博大气象,新峰的姑父、曾任曲阜市委宣传部常务副部长的孔令绍先生曾经撰有一篇美文——《曲阜赋》,在《光明日报》发表。在新峰看来,此文在鸟瞰曲阜之文中可谓翘楚!2013年,曲阜市委责成相关单位将该文刻碑立于沂河广场"悬思亭"内。碑文计1001字,由著名书法家、曲阜师范大学书法学院原院长、中国书法家协会会员李开元先生书写。征得孔令绍先生同意,现将全文敬录如下:

　　泱泱中华,煌煌传统,寻本溯源,在我曲阜。上古之时,太昊[①]

---

　　① 太昊,太昊伏羲氏是传说时代中最早的帝王。刘道源《通监外纪》曰:"太昊命大庭为居龙氏,造屋庐。"《左传·昭公十八年》载:"梓慎登大庭氏之库以望之。"杜注曰:"大庭氏,古国名。在鲁城内,鲁于其处作库。"

伏羲肇人文之先，构屋庐于斯，创大庭之国；炎帝①神农开粒食之源，立日中市廛，启商贸之端。黄帝②降乎寿丘，图腾以龙；少昊③以鸟纪官，图腾以凤。龙飞凤舞，树起万代华夏标志；轩辕玄嚣，奠定九州文明之基。颛顼④生十年而佐少昊，发轫于斯地；二十登帝位，功德及四海。唐尧⑤四岳招贤，集天地日月合其德；虞舜⑥寿丘作器，纳山川林池济其民。至若三代，商为奄国之治，周为鲁国之都。周公受封于鲁，伯禽代为就国，德行正，业绩彰，史称"礼仪之邦"。迨孔子出，览天下之势，集先圣之道，创儒家学说，为生民立极；泽被万世，誉满五洲，曲阜遂成东方文化发祥地，举世翘首之圣城。

夫曲阜者，终因孔子而闻名于世也。春秋之世，天下汹汹；礼崩

---

① 炎帝，《太平寰宇记》曰："曲阜，炎帝之墟。"清修《阙里志》曰："神农祠在鲁城归德门外，今村名犁铧店，神农试耕之所也。旧有坊曰'粒食之源'，今废。又神农开市处坊曰'日中古市'，在曲阜城内城隍庙之南里许。"

② 黄帝，《史记·五帝本纪·集解》曰："帝轩氏，母曰附宝……生黄帝于寿丘。"《曲阜县志·古迹》曰："宋大中祥符元年闰十月，宋真宗以始祖黄帝生于寿丘之故，下诏改曲阜县名为仙源县，并徙治所于寿丘。诏建景灵宫于寿丘，以奉祀黄帝。"寿丘在曲阜。

③ 少昊，据古籍记载，少昊有圣德，王天下，其立，凤鸟适至，故以鸟纪官。《尚书正义》曰："少昊金天氏，名挚，字青阳，一曰玄嚣，姬姓，黄帝之子。"

④ 颛顼，中国上古五帝之一，黄帝之孙。《帝王世纪》曰："颛顼生十年而佐少昊，二十而登帝位。"

⑤ 唐尧，帝喾次子，初封于陶，又封于唐，其号曰"尧"，史称唐尧。在位百年，有德政，后让位于舜。古有尧祠，在曲阜境内。

⑥ 虞舜，姓姚，号有虞氏，故称虞舜。《史记·五帝本纪》曰："舜耕历山，渔雷泽，陶河滨，作什器于寿丘，就时于负夏。"

乐坏,骨肉相残。孔子删《诗》《书》,订《礼》《乐》,赞《周易》,修《春秋》。祖述尧舜,宪章文武;游说诸侯,收授生徒。倡导仁义学说,呼唤人性升华;主张克己复礼,重整社会秩序。以人为本,以和为贵;中庸至德,万事真谛;哲思如海,博大精深;德侔天地,道冠古今。广纳三千弟子传播六艺,文行忠信萃拔七十二贤。千秋学人仰之为圣,万世帝王尊其为师。天宇之大,时空之遐,而中国居四大文明古国之一;斗转星移,时过境迁,唯华夏文明巍然独存不骤。今之圣城,杏坛①侧畔,国人高声诵读《论语》;孔子像前,外宾肃然顶礼膜拜。先圣睿思宏轨,将自我曲阜而流布全球,惠及寰宇。

夫曲阜者,地无汉穗之广,民无沪渝之众。然则,南携江淮,北枕泰岳。东临黄海之浩瀚,西眺中原之辽阔。洙泗流贯,沃野万顷。尼峄滴翠,回峰千重。白云舒卧,紫霞纵横。实乃凝天地之灵气,聚山水之精华;往圣先贤,生于斯,家于斯,创业于斯,良有以也。《礼记》曰:"鲁城中有阜,逶曲长七八里",故名曲阜。入斯城也,历代古迹,应接不眼;先贤遗泽,触目皆是。明故城墙,古称万仞;森森孔庙,纵贯南北。大成殿美轮美奂②,孔圣受祀于内;十龙柱双龙戏珠,庆云缭绕其间。红缠杏坛,先师讲学之声悬想在耳;

① 杏坛,传说中孔子讲学的地方。
② 美轮美奂,《礼记·檀弓下》曰:"晋献文子成室,晋大夫发焉。张老曰:'美哉轮焉,美哉奂焉。歌于斯,哭于斯,聚国族于斯!'"轮,指轮囷(qūn),古代的一种圆形高大的谷仓,此处指高大。奂,众多,盛大,古时形容房屋建筑高大华丽。

绿映泮池①，诸生弦歌之状默思入目。奎文阁奎星高照，藏书万卷；御碑亭飞檐耸翠，钩心斗角。成化碑，赞先圣思想膏泽天下；玉虹楼，誉孔子后人绍继箕裘。②于城前，则九龙跨踞，汉代墓林林总总；于城后，则九仙盘踞，孔子石傲然挺立；于城东，则尼山蜿蜒，夫子洞清气氤氲；于城北，则石门逶迤，《桃花扇》余韵萦回。③丘山之中，巧匠鲁班留佳话；春秋庙前，至圣孔子书华章。

夫曲阜者，仲尼桑梓也，人心嗤嗤④，世道醇厚。构建和谐，修身养性；诚信儒雅，自强创新⑤。设坛兴教，孔子开先河；文运繁昌，庠序遍城乡。"至今齐鲁遗风在，十万人家尽读书。"⑥古城新机，文脉长存。观光游，寻根游，修学游，游者击毂摩肩；谈《论语》，辩儒学，讲诸子，学界俊彦咸聚。明故城、鲁故城、黄帝城，城城人气旺盛；圣尼山、九龙山、九仙山，山山生机盎然。

古之曲阜，祥瑞蔚集；今之曲阜，气象万千。沂泗放歌，群山起舞。今朝更胜往昔，明日灿烂可期！

---

①泮池，鲁国学宫，在今曲阜城内。

②玉虹楼，书斋名，孔子六十九代孙孔继涑在此摹刻书法丛帖，整理历史文献。箕裘，《礼记·学记》载："良冶之子，必学为裘；良弓之子，必学为箕。"后比喻祖上的事业。

③九龙、九仙、尼山、石门，为曲阜境内四座名山。跨踞，占据。《桃花扇》余韵萦回，指《桃花扇》作者，孔子六十四代孙孔尚任在石门山读书及写作。

④嗤嗤，敦厚状。

⑤"诚信儒雅，自强创新"，为曲阜市委、市政府确定的"曲阜精神"。对它的讨论请参详后文。

⑥"至今"两句，传为宋代著名文学家苏轼居鲁时名句，另说为其弟苏辙所作。

　　既然"前人之述备矣",当亦师亦友的贝淡宁教授邀请新峰共同撰写这篇关于曲阜城市精神的文章时,新峰甚是踌躇,写作中也是费尽思量而难以着墨。原因何在?一是由于"兹事体大",究竟用哪些核心词语来概括这座具有数千年历史文化传承的古城才不失偏颇?二是由于"当局者迷",一个生于斯长于斯的曲阜人,如何能够在概括其精神气质时保有某种审慎清明的距离感?辗转反侧,搜索枯肠,新峰想起在北京大学读书时读过的两部西方政治哲学史的书名——《城邦与人》①和《人与社会》②,进而灵感迸发,虑及"家的价值"(family values)之于中国儒家思想的枢轴地位, 决定不妨将自己眼中的曲阜精神概括为"家之城"——这里的"家",并非"故乡"或"老家"(hometown),而意味着中国式家族与家庭;这里的"家",既是情感之港、休养之堂,亦是成人之厂,乃至邦国之氧。中文中与"country""state""nation"等英文单词相对应的"国家"一词,蕴含着"家是最小国,国是最大家"意蕴的"国-家"构造,《大学》昌言的"修齐治平"、传统中国人魂牵梦萦的"家国情怀",莫不证明着"家"之于中国人的丰厚伦理-政治含义。

　　如前所述,儒家文化是一种带有浓郁"家"色彩的文化,在传统中

　　① Leo Strauss. *The City and Man*. Chicago, IL: Univ. of Chicago Press, 1978.

　　② John Plamenatz, *Man and Society: A Critical Examination of Some Important Social & Political Theories from Machiavelli to Marx*, (2 vols), Longman, 1963.

国，"家"是最基本、最稳固的社会单位；而"国"不过是"家之天下"，是"家"的集聚与放大。蔡元培先生的《中国伦理学史》亦曾提出过"齐鲁殊途"之说，周天子的王家贵胄周公封于鲁，异姓功臣太公封于齐（国都在今山东淄博市临淄区），而齐鲁两国之政治风俗大相径庭。鲁以"亲亲尚恩"为施政之主义，齐以"尊贤尚功"为立法之精神。①曲阜与中国古代最伟大的思想家孔子及其后世子孙（或称孔氏家族）有着十分密切的联系，自古以来人们就认为孔子出生于曲阜境内的尼山。更因坐拥著名的"三孔"，曲阜成为最热门的旅游景点之一。如果没有孔子，就不会有从汉代到清代绵延约二十一个世纪的对孔子和儒家学说的推崇乃至崇拜，那么，曲阜在中国历史上只会是个名不见经传的小地方。曲阜全境大约有六十五万居民，几乎五分之一的人都姓孔！在曲阜，有句话几乎无人不知、无人不晓，那就是"无孔不成村""无孔不成宴"。或许世界上再也没有哪个城市像曲阜这样，同时兼具历史古韵、伟大思想家及其后代家族这三大元素了。因此，这座城市的历史和这个家族的历史交织在一起。

孔氏家族乃名副其实的名门望族，在中国古代大多数时期都享有盛誉。事实上，在将近一千年的时间里，孔氏家族都享有"天下第一家"的盛名。皇帝生生死死，王朝兴起覆灭，对孔子的尊崇却不曾有丝毫改

---

① 蔡元培：《中国伦理学史》，上海书店，1984 年，第 53 页。

变。从 11 世纪到 20 世纪初，中央政府不断为孔氏家族提供优待，比如赐嫡长子孙的世袭封号为衍圣公，御赐种植园，免收租金或低税收政策，以及赐予"圣裔"（孔子及孟子、颜子、曾子的后代，特别是直系子孙）的特殊精英教育分支（"四氏学"）。当然，随着中国最后一个封建王朝——清朝在 1911 年瓦解，上面提到的所有优待也都陆续被废除。

曲阜明故城内孔庙东北侧的孔府（衍圣公府）门口，有一副著名的对联，堪称对这"天下第一家"地位的绝佳注脚："与国咸休安富尊荣公府第，同天并老文章道德圣人家。"

对联的撰写者、清代名臣纪昀（纪晓岚），还有意将上联的"富"字写成"冨"，将下联的"章"字中间的一竖写得直顶上半部分的"立"字，分别意味着所谓的"富贵无头"与"文章通天"。

前面提到的"衍圣公"，为孔子嫡系后裔世袭封号。西汉元始元年（1 年），平帝封孔子后裔为褒侯。之后千年，封号屡经变化，至宋仁宗至和二年（1055 年）改封为衍圣公，其后千年，世袭罔替。1935 年，民国政府取消"衍圣公"，改为特任"大成至圣先师奉祀官"。末代衍圣公孔德成先生改任祭祀官，后又任台湾地区考试机构负责人。2008 年，孔德成先生去世，衍圣公的封号就此画上句号。衍圣公长子继承爵位，成年后住在孔府（圣公府），弟弟们则要搬出去分别住在外面的十二府里。十二府类似清代的亲王府，但十二府并不是十二个府，而是当初修造时按照排行叫起来的，排行第几就称几府，其实只有九个府：大府、二府、三府、四府、五府、七府、八府、十府、十二府，其中大府指的是当时的庶出长子。这九个府有个通称，叫"孔府"，而一般百姓常讲的孔府，则是特指嫡裔居住生活的衍圣公府。十二府之外还有一个贯堂，在衍圣公府内，因为当初分出去时外面没有房子，就盖在了衍圣公府中，但生活待遇与外十二府一样。这十二府与衍圣公府之间的来往规矩很严，不能像普通亲友邻居那样随便串门，一切关系都典章制度化了。十二府各府都有堂号，到清末与衍圣公府关系最近的，是五府凝远堂、十府凝道堂、十二府凝静堂，此外还有一贯堂，再加上衍圣公府（凝绪堂），这五府就有一个总称，叫"五凝堂"。

新峰所属的宗族，正是这"五凝堂"之一的十府凝道堂。嫡长继嗣，历两千三百余年而罔断，家族血胤，亘古至今。至清雍正元年（1723年），六十八代嫡长传铎公袭封衍圣公，是新峰的八世祖。六十九代继汾公，传铎公四子，是有清一代饮誉国中的人文巨子，著作等身，亦一度为政坛新星，奈何命运多舛，遭谗被乾隆帝流放于新疆伊犁。迄今曲阜亦有民间传说，孔继汾因谴责当时衍圣公孔宪培夫人（实系乾隆帝之女，改汉姓嫁入孔府为衍圣公夫人）进退失据、不合家仪而获罪，卒不得葬于孔林，初葬于新峰出生所在地、曲阜城西三里的犁铧店村南。而孔继汾的次子广森德业卓群，师从名儒戴震，是有名的经学家兼数学家。自广森公起，新峰支系始世居犁铧店村，老宅以南半里,即孔广森墓群。七十代广册公,系继汾四子,袭太常寺博士,有九子。七十一代昭谅公,广册公之六子。七十二代宪崧公,昭谅公之次子,是新峰的高祖。七十三代庆鎔公,乃新峰曾祖。庆鎔公仙逝后,末代衍圣公德成先生来村吊唁,抚棺痛哭。七十四代繁珍公(1916—1989),是新峰的祖父,又名繁佩,续修族谱之时,年方弱冠,育有一子,即新峰的父亲祥伦公(1953—2014),已于甲午年仙逝。新峰是家中独子。

以上拉拉杂杂的新峰家族世系貌似流水账,然而对绝大多数中国人而言,能够将世系说个清清楚楚、明明白白,实乃一件极其困难的事情。当然,这份造化,要归功于孔氏后裔拥有世界上最为悠久完备的族谱——《孔子世家谱》。事实上,就连新峰的父执辈,数十年都未能弄清楚第七十三代祖上的准确名讳。这便可以理解,当2010年春节,新峰利用互联网检索出在线的《孔子世家谱》,从“大宗户长支”的《初集卷三之二》一册,由祖父繁珍公上溯、自族人确知的八世祖衍圣公传铎公下行,准确找出自六十九代至七十三代的传承与名讳,进而与两千五百多年前的始祖孔夫子建立起代代可考、历历在目的家族世系乃至“永恒的生命之链”(the eternal chain of life)之时,新峰的父亲为何激动得热泪盈眶了!“家族”正是“永恒的生命之链”,慎终追远,知所从来,很大程度上养成了中国人的时空感,锻造出中国人的“存”与“在”!

当然，新峰父亲的激动，实际上折射出曲阜孔氏后裔的家族观念，在 20 世纪波诡云谲的时代激荡之下，在激进的反传统运动与快速市场化、城镇化的变迁中，所呈现出的不绝如缕的真切境况。

孔子八代单传，至九代方有男丁三人，此时人丁稀少，较易管理，且家谱官修，只录长孙，所以尚无统一的行辈。随着族人日众，为使代次有序，便于管理，宋代开始采用辈字或取同偏旁字为名，但并未推广到孔氏全族。自明代开始，衍圣公着手制定统一的辈字。根据《衍圣公府告示》，明洪武三十三年(1380 年)定十字："希言公彦承，宏闻贞尚衍"；清乾隆五年(1740 年)二月十七日定十字："兴毓传继广，昭宪庆繁祥"；道光十九年(1839 年)定十字："令德维垂佑，钦绍念显扬"；民国八年(1919 年)，七十六代衍圣公孔令贻又续立二十字，自八十六代至一百〇五代辈字为："建道敦安定，懋修肇彝常。裕文焕景瑞，永锡世绪昌。"①

在 2008 年新修订的族谱上，新峰按世家谱以行辈起名的传统将名字写作"孔令(新)峰"；而新峰亦给他的女儿按照行辈，起名为"孔德琮"②。辈分所能提供的，正是一种身份的认定。

曲阜孔姓千百年来自觉坚持了"耕读继世""诗书传家"的传统，并以家规予以固化。明万历十一年(1583 年)，衍圣公府向全国孔姓族人

---

① 参见孔祥林：《曲阜孔氏家风》，人民出版社，2015 年，第 136—138 页。
② 语出《道德经》第二十一章，"孔德之容，惟道是从"，取其谐音。

颁布《祖训箴规》，共十条。如"不学诗，无以言。不学礼，无以立"；"崇儒重道，好礼尚德"；"祖训家规，朝夕教训子孙，务要读书明理，显亲扬名，勿得入于流俗，甘为人下"；"婚姻嫁娶，理论守重"；"孔氏裔孙，男不得为奴，女不得为婢，凡为职官者不可擅辱"，等等。①

这种家规与家风，与帝制时代国家崇儒的意识形态工程相辅相成，使曲阜呈现出尊师重教、崇文隆礼的历史风貌。举例言之，曲阜有着"敬惜字纸"的风俗，如不可随意丢弃纸张，不可用写有字的纸张生火点炉子；不管家境如何，写春联务必讲究纸质与书法，务必延请村中读书人书之；教书先生备受敬重，与老师打招呼时应毕恭毕敬地叫一声"老师（丝音）儿"以示至高的敬重……

前文已述，新峰向来研习的大致属于"西学"，他没有接受过幼时发蒙、读经等传统学问的系统训练，然而，似乎在潜意识里，似乎是一种隐秘的文化基因，他和他的孔氏族人、曲阜乡胞，无论文凭高低，都对儒家传统有着一种温情与敬意。

何种儒家思想

儒家思想是中国古代的官方意识形态。从中国历史看，帝制时代

---

① 孔祥林：《曲阜孔氏家风》，人民出版社，2015年，第198—199页。

的历朝历代统治者，未必尽然全心全意地拥抱儒家传统。法家传统更为务实，权力政治就算没有用法家取代儒家，也是常常儒法并行。因此，关于从汉代开始的帝制中国政治史，一个常见的说法就是"外儒内法"或"阳儒阴法"。

儒家思想在20世纪还经历了空前的挫折。面对"三千年未有之大变局"，许多具有不同意识形态背景、拥有迥异政治改革方案的知识分子与政治活动家，纷纷将中国的"落后"归咎于儒家传统，而温和的乃至激进的反传统主义，则在20世纪的漫长岁月中甚嚣尘上。在这些思想家与实干家看来，中国人不应该回头接续儒家思想这种"封建"传统，而应该接受各式各样的"现代化"方案，在一张白纸上拥抱光明全新的现代性。到了"文化大革命"时期，人们便被鼓励去毁灭"旧"社会的所有残留物。

现如今，这种反传统主义似乎与历史背道而驰。身为中国人，有一个不争的现实，那就是对悠久历史文化的归属感。2011年，在中国共产党第十七届六中全会上，通过了以文化建设为主旨的《中共中央关于深化文化体制改革、推动社会主义文化大发展大繁荣若干重大问题的决定》。这一《决定》史无前例地宣示："中国共产党从成立之日起，就既是中华优秀传统文化的忠实传承者和弘扬者，又是中国先进文化的积极倡导者和发展者。"可谓体现出消解传统文化与现代政治张力、审慎接续中华文明的高度自觉。美国儒学研究者孙安娜指出：2004年9

月,曲阜举行庆典,庆祝孔子诞辰2555年,从此开始大力宣扬儒家思想。在古代中国,政府官员负责在孔庙主持每年的孔子祭奠活动,但在1911年清朝覆灭之后,这种仪式就中断了。

几个星期后的2004年11月16日,教育部副部长向记者宣布,中国政府计划在未来几年内在全球设立孔子学院,推动外国人对汉语和中国文化的学习。从此之后,中国越发重视儒家文化。2008年的北京奥运会便非常注重凸显儒家思想这个主题,无论是在开幕式上,还是在送给记者的宣传册上,都引用了《论语》,以此作为代表性的中国文化符号。2013年11月26日,习近平总书记来到曲阜,参观了孔子研究院,仔细翻阅了儒家经典著作。

2014年6月,孔新峰带着贝淡宁及其妻子宋冰去了曲阜市副市长的办公室。他们来得有点早,便在异常闷热的会议室里等候。为了大力反腐,倡导清廉,政府机关都节约使用空调。这位副市长是一位女性,这在中国的政治环境中并不常见。她个子高挑,穿着优雅,面带灿烂的微笑,似乎并不觉得热。墙上的书法,是儒家四大经典之一《大学》的头几句。他们询问这是否意味着曲阜的儒家传统在社会和政治方面有更深层次的重要性。她解释道,中央政府选择曲阜作为文化经济特区,部分任务在于弘扬儒家文化。

中国政治制度的优点之一在于，中央政府常常通过地方政府来检验哪些政策可行，然后在全国推广。在国际上最著名的例子就是深圳特区，一些备受争议的政策都是在那里先试验进行的，比如土地拍卖、独资企业和劳动力市场自由化，然后将这些政策在中国的其他地方推行。"分级制试验"的好处十分明显——政府可以在敏感区域率先实行市场改革的初步尝试，从中发现隐藏的问题，并进行调整，再在全国推广，这样一来，经济发展就不会遇到重大的意识形态问题和社会冲突。但过去三十年持续的经济发展，带来了越来越多、越来越复杂的管理挑战，比如不公平现象，对社会保险的需求持续增加，又比如环境污染和腐败。作为回应，地方政府率先实行的各种政策创新从经济领域扩展到了行政、社会和政治领域。在曲阜的试验是文化领域最引人注目的试验之一。

他们问那位副市长，政府为推行曲阜的儒家文化，都在哪些方面做了努力。她解释道，所有公办学校中都教授儒家思想，特别是在小学。孔子研究院进行儒家传统的学术研究，组织专题会议。中国尊崇儒家注重孝道的传统，看一个人是否孝顺，就要看他是否经常探访年迈的父母等，官员能否获得晋升也与此有关。此外，游客参观孔庙，只要能背诵出三十则《论语》，就可免费入场。副市长骄傲地说，已有一万七千人通过这种方式得到了免费门票，这些人的年龄从三岁到八十岁不等。很显然还没有外国人成功背诵出来，贝淡宁开玩笑地说他希望自己成为第一个，只是很担心自己的记忆力退化了。他们询问副市长儒家文化对女性歧视的历史。她说如今对女性的歧视已经减少，女性可以参加祭祖仪式。孔新峰又说，女性(妻子、女儿)的名字在最近一次族谱大修①中已经进入了孔氏族谱，这是立谱千年以来的第一次。

儒家文化因为政府的支持而逐渐有复兴的趋势。曲阜主要的"观光"圣地是孔庙，以及孔氏家族的宅院孔府和陵墓群孔林，但门票价格相对较高，因为地方政府负担了大部分养护成本。官方对儒家思想的支持对整个国家都有好处。政府能够并且应该在学校里开展儒家思想的教育：儒家伦理注重社会责任，有助于抵制中国经济现代化中所带来的个人主义倾向。腐败可谓持续不断的烦恼之源，而儒家传统含有丰富的资源，可以据此思考如何对官员进行道德教育。孔新峰本人就曾长期在中国国家行政学院向政府官员讲授公仆意识，即所谓"官德"(政治伦理与行政伦理)，他还被济宁干部政德教育学院(中国国家行政学院也在该学院建立了现场教学基地)聘为兼职教授和学术委员会秘书长，致力于将更多的儒家道德观纳入政府官员的教育培训课程中。

贝淡宁与孔新峰，以及孔新峰高中时代的同学们一起参观了曲

①《孔子世家谱》的最近一次续修从 1998 年开始，历经十年收集整理完成，共八十卷，新增孔氏后裔一百三十余万人，其中包括女性二十余万人。参见《20 万女儿"迈进"新版〈孔子世家谱〉》，新华网，http://news.xinhuanet.com/local/2017-04/14/c_129534135.htm。

阜的周公庙。孔子认为周公建立的礼乐社会是理想的政治模式,建造周公庙就是为了让世人膜拜周公。那天天气很好,但只有他们几个游客。周公庙看起来有些荒凉,像是在"文化大革命"中遭到了严重的破坏。孔新峰发现了一块牌匾,牌匾上书写的内容是极尽谴责"摧毁孔氏家族"的企图。许多儒家著作、古籍善本被毁。贝淡宁想到了1820年诗人海因里希·海涅的话:"凡书被烧,人终将被烧。"周公庙的那块牌匾提到,进行破坏的带头人叫谭厚兰。贝淡宁提出应该想办法去采访她,问问她可曾觉得后悔。孔新峰通过网络搜索了一下,才知道谭厚兰1982年因患癌症而去世。儒家弟子不应该一味容忍;作恶的人应该带着最大的诚意悔恨去道歉,如果他们不思悔改,就没有必要同情他们。

但是,儒家思想(或许诸多道德传统都是如此)还需要政府以外的坚定支持者,不管外界环境如何变化,他们都会想办法弘扬他们坚持的传统。

贝淡宁希望在曲阜停留的几天中能四处"漫步",孔新峰便安排了十分具体的行程,其中包括会见政府官员,与曲阜社会各界学者和教育家见面。为了方便走路,贝淡宁只带了双运动鞋,现在则担心穿运动鞋显得不够正式,不适合参加正式的会面。儒家弟子并不会区分表象世界和"真正"的柏拉图的形式世界,但若是不尊重适当的形式,礼仪就没有了任何意义。所幸贝淡宁想起他的朋友普林斯顿大学教授斯蒂芬·莫西多在上个月与自己一同来曲阜的时候，无意中落下了一双正装皮鞋。贝淡宁从酒店的失物招领处找到了那双鞋。莫西多教授的鞋太大，但聊胜于无。宋冰一想到贝淡宁穿着大鞋子会见政府官员时可能会跌倒，就不由得暗暗发笑。

荀子是继孔子和孟子之后最具影响力的早期儒学大师，不过其重要地位与影响长久以来被历史所忽视。他睿智地为"礼"提出了充分的理由。他假设"人性本恶"，这与孟子的"人性本善"假设正好相反。在荀子看来，如果人按照身体的本能，沉溺于自然倾向，攻击性和剥削这两种特质肯定就会发展出来，从而导致残酷的暴政和贫穷。幸好这并非故事的结局。人类通过有意识的努力就能变好。他们可以学习控制天生的欲望，享受平和与合作的社会存在所带来的好处。转变的关键就是礼。通过学习礼，人们就能学会控制欲望，人们真正的欲望和社会中的良善就能更好地融合，就能创造平和的社会与物质财富。礼提供的是不仅仅以亲属关系为基础的纽带，还允许人们体验合作的社会存在所带来的好处。但礼到底是什么？礼就是以传统为基础的社会实践，最重要的是，礼与情感和行为有关："故至备，情文俱尽。"①礼的关键点在于控制我们的动物性，让我们变得有教养，在参与者之间创

---

① 《荀子·礼论》。

造出团队意识。如果人们不带情感地行"礼"，就不可能转变本性。礼需要涉及或触发情感的反应，从而在参与者行"礼"之际和之后对他们产生影响。没有任何情感的"空泛的礼"不是荀子所指的礼。此外，礼的细节会随着背景而改变："文理繁，情用省，是礼之隆也；文理省，情用繁，是礼之杀也；文理、情用相为内外表里，并行而杂，是礼之中流也。故君子上致其隆，下尽其杀，而中处其中。"[1] 相对聪慧的人意识到了礼的关键点，也就是教化人类的欲望，在参与者之间创造出爱心和团队意识，他们就能根据实际情况调整礼的细节，从而使礼为这一关键点服务。然而，荀子称，礼不应该经常或在没有充分理由的情况下改变，不然，礼就会被视作反复无常，完全取决于个人的选择。[2] 如果将限制看成深植于悠久传统的元素，那么礼就会有更大的效果（荀子解释道，礼是由过去的"神圣"统治者创造和传承的。不过没有必要相信他的话）。而且，我们用不着太担心社会等级，因为礼有助于制造出情感因素，让掌权者关心贫苦大众的利益。荀子说，在没有礼仪的环境中，"强者害弱而夺之，众者暴寡而哗之，天下之悖乱而相亡不待顷矣"[3]。真正做到礼，就是要"贵者敬焉，老者孝焉，长者弟焉，幼者慈焉，贱者惠焉"[4]。举例来说，在村庄里的酒礼中，首先由备受尊重的

---

① 《荀子·礼论》。

② 参见《荀子·礼论》。

③ 《荀子·性恶》。

④ 《荀子·大略》。

长者饮用公用酒杯里的酒。但到最后,所有人都要参与酒礼,包括年轻人和村里相对"受冷落"的成员。①通过这样的方式,就能在整个村子里建立起和谐的关系。

　　在对曲阜进行"研究性参观"的第一天,宋冰和贝淡宁受邀,与孔新峰的朋友、政府官员一起用餐。大家围坐在一张圆桌边,不知情的人根本看不出官阶品级的高低,但每个人都坐在"合适"的位置上。贝淡宁作为贵宾,受邀坐在首座——背对墙,面冲门——但他按照惯例婉言谢绝,不过后来还是接受了,这同样是按照惯例。曲阜市委党校的一位年轻的副校长坐在贝淡宁右首,孔新峰坐在左首。饭菜都是放在公用盘子里的,孔新峰用公筷给贝淡宁夹了点菜。几分钟之后,贝淡宁礼尚往来,也给孔新峰和副校长夹菜。贝淡宁被称赞很懂中国文化。随后,酒礼就开始了。一上来喝的是一瓶浓香型五十二度白酒。每个人都有一个杯子,在座者被告知,根据曲阜的酒礼,必须分八口把杯里的酒喝光,每次喝完一口,就要由不同的人来祝酒。祝酒的次序似乎是由参与者的年龄和(或)社会地位决定的。贝淡宁问:"为什么要祝酒八次?"他得到的答案是,这就是曲阜的规矩(别的地方有别的规矩)。在每次祝酒之间,党校副校长都会告诉贝淡宁,他希望能不断进步,不断学习

---

　　① 参见《荀子·乐论》。

新事物。根据儒家训诫，人活着就是要不断地自我完善。当时，这位副校长正在看一本有关中国哲学史的书，作者是 20 世纪初的思想家胡适。哎呀，贝淡宁意识到他在上一次祝酒的时候喝了一大口，看起来用不了八口，他的酒就会喝光了。

别人告诉他，不用担心，可以把规矩改为六口。贝淡宁准备好了一番话，就问孔新峰能否在第二次祝酒后说，但孔新峰不无"严肃"地告诉他还不是时候。贝淡宁想弄清楚他是不是在开玩笑，但显然不是玩笑。贝淡宁最关心的是，要是他最后一个祝酒，肯定连话都说不连贯了。吃了几道菜之后，众人分成几个小团体，围着酒桌开始敬酒。在这样的情况下，人们可以较为轻松地谈话和表达感情。孔新峰称，这种酒礼可以取代城市"漫步"（strolling）方式：所谓城市"漫步"，就是允许用随意和意想不到的事件来质疑之前对城市"精神"的假设，而酒礼则鼓励表现出真诚和出乎意料的思想，这在功能上是一样的。但贝淡宁担心他会忘记自己想说的话。

幸好宋冰身为女性，用不着喝很多酒来应酬，就由她来做记录。最后，在喝了两瓶白酒和几杯啤酒之后，贝淡宁终于得到允许，可以发言了；或许作为贵宾，他就应该排在最后一个。他准备好了各种儒家名言以示幽默，只是当时已经忘了该说什么。饭后，众人去唱卡拉 OK。儒家弟子很注重音乐，因为音乐可以表达情感，可以强化参与者的团队意识。孔子本人就曾哀叹，周朝那个礼仪和音乐盛行的理想社会在他的时代已经不复存在,他也不抱希望这个社会能在未来重现,但他可能太悲观了。为了避免和贝淡宁夫妇的"代沟",孔新峰硬着头皮敞开嗓门唱了一首硬摇滚歌手崔健的歌《一无所有》,这首歌很振奋人心,由此证明了孔氏家族的人也可以是好的歌者。宋冰唱了王菲的《我愿意》,歌声超凡脱俗。贝淡宁(再一次)承诺会去学唱歌,但他至少参与了酒礼。他跌跌撞撞地走回酒店,踉跄的脚步可不都是因为莫西多教授的那双鞋……

中国的城市都很相似,这一点掩盖了对特殊性和社群精神的追求,而中国迫切需要这两点,因为传统的农村归属感已经式微,现在的广泛需要是在一个快速城市化的时代建立全新的责任感。如果人们与他们的城市产生共鸣(如果他们感觉到他们的城市表现出了特殊的精神,他们就更可能这么做),就更可能拥有社会责任感,以爱城主义(civicism)去关心和对待其他"市-民"(city-zens)。因此,中国有若干城市政府确认了所在城市的精神,而不同的城市精神却隐藏在明显千城一面的建筑风格之下。这再一次印证了一个观点:推动以独特性为基础的社区感,是弘扬责任感的关键。

翌日早晨,我们在杏坛宾馆见了几位政府官员,宾馆正面立着一座巨大的孔子雕像。我们感谢几位官员拨冗前来见面——当时是周日早晨——并且请官员们谈一下曲阜的"精神"究竟是什么。官员们说,曲阜市官方提出的"曲阜精神"是"诚信儒雅,自强创新",前两个词正好与曲阜传统的儒家文化遗产相呼应,而后两个词指的是曲阜市需要以自强不息的面貌推进现代化。我们之前已经将问题清单提交给了这些官员,于是便按照清单询问。曲阜与宗教的关系如何?对于儒家文化歧视女性的历史,曲阜都采取了哪些办法?中央政府的官员是否支持曲阜重视儒家文化?孔氏家族(占曲阜人口的五分之一)和其他人之间的关系如何?这些官员很明显对儒家传统有着发自内心的尊重,我们对此印象深刻,但官员们的回答似乎平淡无奇,我们又有点失望。这次会面提前一个小时结束。

　　下午去见学者和非官方的儒家活动分子(其中包括曲阜师范大学专研儒学的宋立林教授和长年坚持民间办学、建立了曲阜国学院的段炎平先生),气氛更能启发思考。一位学者对给城市贴上独特标签这个整体概念提出了质疑。他说,这么做其实是说明一个城市缺乏的是什么,而不是有了什么。他还举了个有趣的例子,我们听了哈哈直笑。那位学者继续说道:"为什么不能只是信守丰富和多样的儒家传统,为什么需要那些口号?我们当然需要创新,但应该以儒家传统为基础进行创新。"我们就儒家思想中的"女性问题"向学者提问。一位男性学者用一句儒家名言回答了这个问题,他说"男女有别",但重要的是女性在她们自己的领域内是否得到了很好的待遇和尊重。举例来说,在日本和韩国,女性往往都待在家中,并且安于做家庭主妇。宋冰发言说,如果家庭以外的工作需要体力，女性做家庭主妇才讲得通，但现如今外面的工作更需要的是智商和情商，所以留在家中就没什么意义了。因此，儒家思想就不应该强调女性必须留在家中这一点。没人对此明确表示反对。

2010 年 12 月 12 日，据新华社报道，曲阜即将建造一座高达四十米的新教教堂。一篇名为"曲阜将建教堂：耶稣遇到孔子"的文章称，曲阜有基督徒近万人，这将是他们的第一座"真正的教堂"。新教堂巍峨耸立，比孔庙还要高，可以容纳三千人。2010 年 12 月 22 日，十位知名儒家学者发表了一封公开信，反对建造教堂。他们在公开信中说曲阜是一座"圣城"，是孔子的诞生地，有着世界上最庄严宏伟的孔庙。这封公开信得到了十家儒家学会和十家儒家网站的支持。

我们请这些知识分子和民间人士就"曲阜建教堂风波"谈谈自己的看法。在过去，儒家思想是一个相对兼容并蓄的文化传统，然而，西方的一神论宗教在它们自己的价值观和制度与其他宗教的价值观和制度之间划出了明确的界限，儒家思想便转而与其他道德传统交会，中国的孔庙往往也会吸收佛教和道教的元素。我们问这些知识分子和民间人士，你们会反对在中国其他地方建教堂吗？当然不会了，几位知识分子如此答道，但曲阜是儒家文化的发源地，而教堂仿佛是对曲阜珍贵的儒家传统的直接攻击：首先，拟建的教堂比孔庙高出很多，而且可以容纳三千人这一点显然是在暗示孔子"弟子三千"这个传说，因此对儒家传统的价值形成了直接的攻击。贝淡宁想了想，认为儒家弟子反对在他们的城市建造这样一座大型教堂是对的。毕竟，如果儒家弟子计划在梵蒂冈建造一座比圣彼得大教堂还要高的孔庙，天主教徒同样会怒不可遏，但他们不会反对在其他地方建造孔庙。为了保护地方特色，城市用不着像国家那样，非要一碗水端平。

自从与基督教有了交集之后，儒家弟子就必须问一问他们自己——"儒家是宗教吗？"表面上来看，儒家思想似乎完全是世俗的。儒家思想最重视的是有形世界里的社会生活方式。不管多么丰富和多样化，儒家著作对于在来世继续存在的精神实质，谈到的并不多。关键原因在于，儒家思想认为美好的生活就在当下，死后的生活不会变得更好。《论语》是儒家传统的经典著作，其中的内容之一是我们应该如何与其他人沟通。一方面，人是主要的快乐之源，《论语》开篇就说道："有朋自远方来，不亦乐乎？"另一方面，人的快乐受到限制，主要是因为我们对其他人负有责任，而不是对超世俗的对象（比如神）或动物负有责任。关心他人这一美德首先是要和家庭成员交流互动，其次是通过其他公共生活方式延伸出来的对其他人负有的道德责任。

但儒家思想也具有宗教的特点。儒家弟子长期以来一直遵行祭祖仪式，宋朝的新儒家弟子还发展出了精妙的形而上学的理论，远远地超出了对这个世界"世俗"理解的范围。

　　我们询问与会的教育工作者，儒家是否是宗教，还说中国报纸上的文章有时候会把曲阜称为"东方的耶路撒冷"。一位推崇儒家思想的学者给出了否定的答案。这首先与政治有关。如果将儒家思想设为宗教（与印度尼西亚类似），那中国政府就不能像现在这样重点发展儒家传统，最终会导致儒家传统的政治价值被削弱。一位儒学教育工作者还说，儒家学说对普通人和知识分子有着不同的功能。普通人相信像祭祖这样的仪式能让他们和死者建立某种联系。人们用精美的食物做供品、烧纸钱，希望他们的祖先在死后的世界［确切地说，是"来世"（the adjacent life）①］，也能享受同样的物质和商品经济带来的好处。如果是这样，就不要驳斥他们，不然他们就会转而相信基督教和佛教等宗教，接受它们提供的一次性的简单"启蒙"办法。知识分子自然对这种形而上学的解释有诸多怀疑。儒家思想不应该提供精神慰藉：生活就是不断努力进行自我改善，我们通常都可以从别人身上学到新东西，学习没有终点。纪念祖先，给祖先供奉供品，假装他们还和我们在一起，这都无可厚非。此外，通过我们的学术作品，通过我们为政治共同体和全人类（天下）做出的贡献，我们也能让别人记住我们。

---

　　① 换言之，这种说法假定祖先会和我们这些后辈过着某种平行的人生。2014年清明节，贝淡宁读到这样一些报道：人们焚烧仿制的护照与信用卡，以保证其祖先得以在阴间享受出国旅游的便利。

儒家伦理的一个基本假设,是只有在特殊的个人关系背景下,道德生活才有可能。最重要的关系就是家庭关系:我们履行对家庭成员的责任,借此学习道德,进行道德实践,我们对那些与我们有着最紧密联系的人最感激。但道德必须扩展到非家庭成员,正如孟子所说:"老吾老,以及人之老;幼吾幼,以及人之幼;天下可运于掌。"①但如何将我们的道德实践延展到非家庭成员呢?正如我们在这里所讨论的,就要通过"礼"这种途径。另一种办法就是将家庭式的标签和规范应用到非家庭成员身上。这一点在汉语中就有体现。比如"好兄弟"("哥们儿")这个词,意思就是把对方当成自己的手足同胞。

宋冰有事先回北京了,孔新峰和贝淡宁留下来在曲阜开展(理论上应该是)最后一天的"研究"。那天,他们首先去了一所私立学校(曲阜国学院),孩子们在学校里学习儒家经典,以及六种儒家传统技艺:礼、乐、射、御、书、数。他们见到了校长段炎平先生,并请他介绍一下学校的相关情况。学校里一共有五十个不同年龄段的孩子在这里进行全日制学习。大多数孩子并非来自贫困家庭,毕竟这所学校要靠学费才能运转。学校还依靠各个企业的慈善捐款,政府虽然不提供任何资助,但至少没有设置障碍。家长将孩子送到这所学校,因为他们相信学习

---

① 《孟子·梁惠王上》。

儒家经典,对孩子们的道德发展十分重要。学生们不参加高考,不上大学,却能找到编辑和茶道导师之类的工作。校长希望能借开办学校弘扬儒家文化。孔新峰和贝淡宁参观了教室,孩子们看起来很友善也很乖,见到老师都会鞠躬。到了课间休息时间,他们也很快乐,有说有笑。整个教育结构看起来十分传统,除了男生和女生接受相同的培训这一点之外。

到了中午,贝淡宁和孔新峰的家人一起吃午饭。2004 年春节,贝淡宁和宋冰去过孔新峰家和他的家人一起用餐,但这次是在酒店,规模更大。吃饭之前,贝淡宁和孔新峰的姑父孔令绍先生聊到了儒家文化。令绍先生曾在曲阜市委宣传部任职,前文提到的曲阜市官方版的城市精神就是他在退休前想出来的。贝淡宁询问当时总结出的"曲阜精神"现在是否依然在用,令绍先生说,并不是每一个曲阜人都这么关心儒家文化。他显然很为儒家思想骄傲,乘兴把他五岁的小孙子叫了过来,让他背诵《论语》。那个孩子张口就背,可以说是倒背如流。太不可思议了!只可惜小家伙急着要去和新峰可爱的三岁女儿玩。大家围坐在一张巨大的圆桌边,贝淡宁坐在新峰的父亲和姑父之间。他们进行了酒礼,但与此前的那次酒宴不同,这回每杯酒要在四次祝酒后喝完。第一个祝酒的人是孔新峰刚过六十岁的姑姑。贝淡宁问新峰的姑父,曲阜官方都在哪些方面弘扬儒家文化,因为以前中国曾倡导反孔运动,现在却大力弘扬儒家文化,这难道不矛盾吗?"一点也不,"新峰的姑父这么回答,"如果你看过《毛泽东文集》,就该知道里面大量引述了孔夫子的观点。毛泽东除了是一位伟大的马克思主义者,同时也从中国传统文化中受益良多。"贝淡宁接着问,那为什么毛泽东没有更加明确地说明他对儒家思想的推崇?答曰:"对待中国传统文化,毛泽东采取了一种有破有立的方式,既要取其精华,又要弃其糟粕嘛。"结果是两人改换了话题,而在从饭店出来之际,贝淡宁无意中听到姑父告诉新峰,"西方人真是头脑简单"。

吃完午饭,孔新峰和贝淡宁来到曲阜一个规模很大的初中——这所中学同样以"杏坛"命名,新峰的一位高中同学在那里教书。他们应这位高中老师的邀请,要去他做班主任的班上回答学生们的问题。那个班里一共有六十八个学生,教室里的气氛让人感觉十分融洽:课桌上摆满了课本,学生们听到新峰打趣他的老师朋友的外表,全都哈哈大笑起来。贝淡宁吃午饭时喝了酒,感觉有点不舒服,但孩子们让他振作了起来。贝淡宁问学生们对曲阜和儒家文化有什么看法,但他们的问题则有些出人意料。第一个问题:你上高中时的梦想是什么?贝淡宁答:成为一名职业冰球运动员,却被逼安于第二选择去教书,但他并没有放弃梦想(大家都没笑)。他本来还想说,孔子本人也是将教书育人视作第二选择,因为他没能成为幕僚,但该轮到孔新峰回答问题了。他说他来自农民家庭,但学习刻苦,在高考时取得了优异成绩,上了一流名校——北京大学。但他又说,并非所有人都能或应该走这条路,每个人都应该努力去实现各自的梦想。一个学生问了一个更具挑战性的问题:如果我们会忘记我们在学校学到的大部分知识,那么为什么还要费力去学呢?贝淡宁一时语塞,正准备说他在高中唯一上过的有用的课就是打字,很希望能接受更多这种实用的训练。但他还是让孔新峰来回答这个问题,而孔新峰给出的回答是:我们需要不断地积累知识,以免自己忘记,如果没有基础,我们就不可能进步。在和学生们见过面之后,贝淡宁只想喝杯咖啡,或是睡上一觉,但他们又去见了校长和几位老师。校长和老师解释说,他们通过各种方式向学生们教授儒家思想,包括通过儒家故事教英语。最后,孔新峰提议和老师们踢一场足球友谊赛。贝淡宁五十多岁了,已经二十五年没有踢过足球了(因为中午的酒礼,到此时他的酒劲儿还没过去),但他还是欣然同意了。事实证明,孔新峰的球技十分了得,他顶进几记漂亮的头球。不过没人统计他到底进了几个球。所有人都很努力,不过友谊赛打得相当文明。贝淡宁踢得并不好,可队友还是会把球传给他。新峰让贝淡宁踢了不同的位置,最后贝淡宁终于发现他踢左边锋最游刃有余,他打冰球就是这个位置。事实证明,贝淡宁把冰球的技能用到了足球场上(贝淡宁心想,在草地上控制大球要比在冰上控制小球容易多了),上演了帽子戏法。嘿,曲阜真是一座伟大的城市! 只是孔新峰和贝淡宁意识到他们错过了去北京的火车。于是贝淡宁给宋冰打电话,说都怪他的小兄弟小孔,他们才会这么倒霉。

101

在漫长的历史中，要了解儒家文化在中国的地位如何，只要看曲阜的状况就知道了。儒家文化处在巅峰之际，曲阜就被推举为儒家文化中心；当儒家文化跌到谷底时，曲阜就成为饱受批评之地。毫无疑问，儒家文化在曲阜再度兴盛了起来。不管是在政界，还是在整个社会范围内，人们都为儒家文化骄傲不已。大部分曲阜市民都衷心尊奉儒家思想，孔氏家族自觉肩负着传播儒家文化的特殊责任。虽然现实和理想之间存在着巨大的差距，但几十年来，现实迈着坚定的脚步，逐渐靠近理想。如果环境允许，我们是否可以期待中国的其他地方也会重新推崇儒家文化？在曲阜"尝试"推行儒家文化，这种做法会扩展到中国的其他地方吗？就好像深圳的市场改革最终能在全国推行一样？更坦率地说，我们是否可以期待儒家思想与共产主义实现更为实质性的融合？

第二天早晨，孔新峰和贝淡宁去了曲阜的回民街区。在一家清真小饭馆吃了早餐，吃的是辛辣的羊汤。贝淡宁问是否可以和饭馆老板聊聊曲阜的"精神"，但孔新峰询问后，反馈说老板娘正在忙，所以不愿意谈。过了一会儿，老板娘的女儿又端来了一碗美味的羊汤，并用英语告诉贝淡宁她是伊斯兰教信徒，还骄傲地指了指墙上的麦加图片。这时老板娘也过来了，他们便说起了汉语。她女儿是个非常聪明的小姑娘,名叫马海蒂(音),刚刚参加完高考,正在等分数下来。老板娘开玩笑说贝淡宁应该收养她的女儿,把她带到清华大学去。贝淡宁问小马对儒家思想有何看法。小姑娘答,她很感谢儒家思想对教育的重视,还引用了《论语》中的"有教无类"这句话。她还因为身为曲阜人而感觉荣幸,每次去孔庙,都觉得很骄傲。她肯定了儒家弟子充满理想主义的政治抱负,以及为使社会进步而进行的不断努力。贝淡宁问了她的信仰,及其与儒家思想的关系。小姑娘谈到儒家的"大同"理想。她说,先知穆罕默德就是"大同"最终形式的典范。那么曲阜人对伊斯兰教有何看法?从总体上而言,这二者之间的关系还算和谐,但小姑娘补充道,她经常要和误解做斗争。

　　的确,总体观之,儒家与伊斯兰教、儒者与伊斯兰教信徒,在曲阜城中、孔庙近侧,呈现出和谐共处的局面,似乎暗暗契合了中国社会学大师费孝通先生的愿景,亦即"各美其美,美人之美,美美与共,天下大同"。然而,在当前中国所谓"国学热"的背后,或许存在某些未必正当的倾向性——将"儒学"作为"国学"的同义词,忽略道、释等本土(或本土化)宗教与法、墨等先秦学派,抑或未能说清中国的"边陲"与"中心"在历史中的互动,未能说明"国学"之"国"的多元一体性。儒家是通用的道德观,可以涵盖各个种族。尽管如此,在接续与振兴儒家传统之际,确实有必要防范某种狭隘"大汉族主义"或中原中心主义的风险。

在曲阜的最后一顿晚餐，坐在贝淡宁旁边的是一位来自曲阜的儒学教育工作者。那位教育界人士有一份令人钦佩的工作，工作内容包括给犯人讲儒家伦理。他称，文化缺失是社会道德沦丧的主要原因，儒家思想有助于弥补这一空白。那位教育工作者有着浓重的曲阜口音。说来也怪，贝淡宁在酒礼中喝了一些酒之后，竟然能听懂更多的曲阜方言。贝淡宁问起曲阜方言，那位教育工作者说这种方言只在曲阜这一地区流行：山东省会济南距离曲阜只有一百多千米，那里的人却说着不同的方言，而且他们很瞧不起曲阜口音，还会加以嘲笑。他稍后解释道，这是因为在春秋战国时期，它们分属两个不同的国：济南属于更好斗的齐国，而曲阜则属于比较重文的鲁国。那位教育工作者一直对两千五百年前的战国文化遗产印象深刻。

的确，直至今日，即便是在汉族之间，不同的城市和地区也以不同的文化和价值观为傲，曲阜的"鲁国"人（更不用提还有孔氏家族）努力将他们的生活方式和价值观推向全国，或许不会被其他地区所接受。就算不被设立（重立）为官方宗教或政治意识形态，儒家文化也能够并且应该继续发扬光大。在可以预见的未来，在一个幅员辽阔、呈现多样化的国家，儒家思想不作为官方宗教，似乎是更好的选择。

商业主义之患?

宋冰和贝淡宁第一次去曲阜是在 2004 年，当时感觉那里像个小镇，萧条沉闷，尘土飞扬，而他们住的酒店号称是三星级酒店。他们信步来到孔庙，沿着城墙逛了逛，第二天就离开了。对于短途游客而言，这座城市的魅力或许不算什么——这种情况似乎至今依然如此。十年后，曲阜完全变了样。尘土飞扬的巷道不见了，取而代之的是宽大整洁的公路，曲阜市内酒店和旅游商店林立，商业步行街也陆续建成，城墙外正在进行庞大的房地产开发项目。现在从曲阜到北京或上海，可以乘坐高铁直接到达，车程只需要两三个小时（2004 年，宋冰和贝淡宁不得不乘飞机从北京到济南，再花上大半天，开车沿狭窄的乡村公路到曲阜）。游客来到曲阜高铁站，可以看到一座孔子雕像，车站商店销售一款孔府家酒，瓶身很像卷轴，上面镌有《论语》篇章，里面装的是白酒。宋冰和贝淡宁住在市中心最显眼的建筑里——比孔庙大成殿高出很多的香格里拉酒店。

批评商业主义很容易。曲阜显然是利用儒家文化发源地这个美誉来吸引游客，各种各样的民营企业家纷纷跟随潮流。审美效应并不总是令人愉快，但要拒绝接受经济效应就难了，就业机会有很多，相比十年前，曲阜市民的生活水平提高了。儒家思想和经济发展之间也没有明显的矛盾。《论语》说，政府有责任保证人民的基本生活资料以及智慧和道德发展。若是遇到冲突，应以前者为重，"子适卫，冉有仆。子曰：'庶矣哉！'冉有曰：'既庶矣，又何加焉？'曰：'富之。'曰：'既富矣，又何加焉？'曰：'教之。'"①

关心物质财富，并不代表盲目追求国民生产总值，主要义务在于帮助最贫穷的人："君子周急不济富。"②帮助有需要的人，一个重要的原因在于贫穷会导致负面情绪，而有了财富，就更容易合乎道德标准："贫而无怨难，富而无骄易。"③孟子也持有类似的观点。人必须受教，从而培养道德本性。然而，政府首先必须提供基本生活资料，以免人们道德沦丧："若民，则无恒产，因无恒心。苟无恒心，放辟邪侈，无不为已。及陷于罪，然后从而刑之，是罔民也。焉有仁人在位，罔民而可为也！是故明君制民之产，必使仰足以事父母，俯足以畜妻子，乐岁终身饱，凶年免于死亡；然后驱而之善，故民之从之也轻。"④如果人们连下一顿饭都没有着落，弘扬道德行为是没有意义的。现如今，经济发展是确保人们享有基本生活资料的最佳方式。如果儒家思想的"商业化"是推动曲阜经济发展的最好办法，那孔子本人或许也能安息了，而非难安于九

①《论语·子路》。
②《论语·雍也》。
③《论语·宪问》。
④《孟子·梁惠王上》。

泉之下。

宋冰和贝淡宁在香格里拉酒店办理入住手续,他们和服务员闲聊了几句。原来服务员也是孔氏家族的后代,他听说贝淡宁正在写关于儒家文化的文章,觉得很惊讶,还骄傲地称他坚定尊奉儒家文化。宋冰和贝淡宁参观了酒店。这里更像是一座生动的博物馆,而不是酒店。大厅就像大教堂那样壮观雄伟,以《论语》六艺为设计主题。立柱就像参天的竹子,灯做成了鸟巢形状。孔氏咖啡馆里挂着书法,写的是关于饮食的儒家箴言。这本来有可能很俗气,但事实并非如此。啊,这倒是个小问题。咖啡馆的书架上摆着很多书,书皮上写着儒学经典的名字,内页却是空白的。这让宋冰想到了巴黎拉丁区的一家麦当劳餐馆,那里的塑料书上也写着经典著作的名字。

在曲阜进行经济开发之初,政府官员对儒家文化的复兴采取了更为工具化的方法。正如曲阜旅游局局长在 2005 年接受采访时所说,"祭孔大典"旨在"利用媒体和当地遗产来推动经济发展"。这也难怪学者们会批评祭孔大典,因为它成了旅游项目,而不是向孔子及其学说致敬。一位孔子后裔感叹,人们(除了乐舞生)参加祭孔大典,却穿着西服,打着领带,没有穿传统的祭祀服装。这是对孔子和中国传统文化的不敬,是无知的表现。自此之后,曲阜市政府就想方设法把祭孔大典办得"更正宗、更传统"。祭孔大典现在努力以史料为基础，使用传统器皿来盛放食物祭品，所有参与者都身着传统汉服。一位孔子后裔在仪式中担当主祭，曲阜市长朗读了由曲阜师范大学学者起草的发言稿，"尝试解释儒家观点，包括人与环境的关系，传统文化、社会或道德标准的建立，中国经济复苏及政治理论"。祭孔仪式并非没有商业元素：一位孔氏后裔将现在的祭孔大典和很久以前的仪式进行了对比。当时，"祭孔大典是一件欢天喜地的活动。如今把经济利益当成这一传统的基础，人们还会像古代那样怀有敬畏之心吗？"但相比几年前，祭孔大典的商业色彩少了几分粗俗，而其教育功能变得更为重要。

2014年5月，贝淡宁在第一次（和莫西多教授一起）入住香格里拉酒店的时候，把这座富丽堂皇的酒店转了个遍，发现一栋附属建筑里正在举行由华商书院组织的研讨会。一位华商书院的代表解释道，他们正在给企业主管讲《论语》。在现今的中国，关键问题在于赚钱没有道德约束。在西方，人们信仰上帝，相信人权，这二者都对商业行为有约束，使其以道德为基础。而在中国，儒家思想也能起到同样的作用，当然还是有不一样的地方。在西方，契约是最重要的。而在中国，我们必须在商业伙伴之间建立互信和友谊。儒家思想阐明了信任和友谊的意义。贝淡宁十分感动，询问华商书院在中国是否有其他分会。"当然有，"那位代表这样回答，"比如说，在毛泽东的家乡，我们就讲毛泽东思想。"

经济发展有一个缺点：对社会地位和物质资源的竞争变得越来越激烈，社会责任感却越发缺失，人情冷漠。因此，儒家思想在中国复兴，部分原因在于，推动建立社会责任感等道德观。现在很多企业都鼓励员工学习儒家经典。这么做当然在一定程度上（即便不是主要原因）出于商业考虑：员工将对企业更加忠诚，企业可以投入更多时间培训员工，提升员工技能，而且不用担心留不住人才，这样一来就能获得更多收益。但如果可以推动更多以社会责任感为基础的商业行为，谁能反对呢？企业主管既不是纯粹的学术求真者，也不是宗教原教旨主义者，如果他们依靠其他道德传统来实现类似的目的，也无可厚非。

在两次入住香格里拉酒店的时候，贝淡宁几乎是一个人独享整个酒店。说来也怪，酒店里竟然没有人住。贝淡宁向经理询问了入住率，得到的回答是"大约五成"。这或许是多年以来他听过的最大的谎言了。孔庙的导游给出了一个似乎很有道理的解释。香格里拉连锁酒店的马来西亚籍华裔老板郭鹤年将这座酒店作为礼物送给了自己的母亲，而他的母亲极为推崇儒家传统。这家酒店是孝道的象征。没人奢望这家酒店能做到不赔不赚，其他地方的香格里拉酒店赚到的利润会用来贴补这家酒店。在贝淡宁第二次入住香格里拉酒店的时候，一位酒店经理确认确有其事。但这家酒店暴露出了另一个更严重的问题。在曲阜停留的最后一天，贝淡宁和孔新峰乘车去了市郊。街道两旁矗立着无人居住的高层公寓楼，以及建到一半的传统中式大厦。户外广告牌上写着儒家名言，宣传住在一个有着丰富文化的城市里有诸多好处。但买家在什么地方呢？孔新峰从没来过市郊的这个地方，他说这大概是中国房地产的另一个泡沫。

乐观主义者会这么说：没错，中国有很多"鬼城"，但在未来二三十年里，预计有两亿人会从乡村迁入城市，到时候这些"鬼城"将住满人。但这对曲阜而言真的是一个乐观的情景吗？经济发展带来了巨大的物质利益，但正如孔子所说的，民康物丰之后，现在的焦点应该在"教（育）"之上。在曲阜，教育有着更深远的意义，可以使这座城市变得特别和独具魅力，甚至还意味着传承儒家生活方式的更多可能性。要是有数百万来自"齐国"等不同"（古代）国家"的新居民，酒礼还能继续存在吗？"有朋自远方来，不亦乐乎？"儒家弟子太欢迎来自他乡乃至异域的来宾了！

孔新峰 贝淡宁 著

本文选自《城市的精神Ⅱ：包容与认同》，重庆出版社，2017年

青岛：理想之城

青岛，作为一个城市被创造出来，是非常晚近的事情。

在这里，似乎存在一个地理学上的错位。在浩如烟海的典籍之中，我们能够看到的，与现在的青岛地区相关的名称往往不是"青岛"，而是即墨、不其、东莱、琅琊，或者崂山。离作为行政区域划分的青岛城最近的名称，是清朝光绪十七年（1891年）六月设立海防之时所确立的"胶澳"。直到那时，青岛仍旧是一个小渔村的名字。

明朝万历年间，许铤赴即墨任知县，他调查了全县的地理与人文风貌，做《地方事宜议》一文。在他的勘察报告里，我们得知"青岛"指的是罗布在海湾中诸多小岛中的一座。万历年间还有一位喜好游历与考证的士大夫王士性。在他的《广志绎》中也提到，胶莱海上群岛密布，其中一座便是青岛。传说这座小岛"山岩耸秀，林木蓊郁"，被冠之以"青"

字,这片北面的海湾则因循小岛的名字,被称为青岛湾,湾边的村庄叫作青岛村,村内的小河叫青岛河,河流源头的山也叫青岛山。

真正以青岛来指称青岛市区,是在德国派兵侵占胶澳之后,用"青岛"来为胶澳租借地的新市区命名。第一次世界大战以后,日本取代德国占领青岛,青岛主权再次沦陷。1919年,就是以收回青岛主权为直接诉求,五四运动爆发了。作为中国近现代史上最令人瞩目的事件之一,它的影响一直持续到今天。1922年,北洋政府终于收回胶澳租借地,定名为"胶澳商埠"。直至1929年国民党政府撤销胶澳商埠局,设青岛特别市,青岛才取代了胶澳成为青岛市区的名称。

青岛的早期城市建设与那段被殖民的历史息息相关。德国选中青岛作为自己的殖民地,主要也是因为青岛得天独厚的战略位置。就在1897年德国入侵胶澳之后,在德国海军的主持下,德国人很快把青岛变成了中国东海岸沿线最重要的港口之一。德国在青岛布置了它们的远东海军中队,使得舰队能够在整个太平洋进行活动,这也为后来的历史设立了模板:第二次世界大战之后,国民党允许青岛作为美国海军西太平洋舰队的总部(1945年),而今天青岛是中国人民解放军海军北海舰队的司令部驻地。然而,青岛并不仅仅以军事要塞著称。两千多年来,这片土地也与一座近乎"神圣"的山紧密联系在一起,就是我们之前提到的崂山。直至今日,崂山依旧是青岛最为热门的景点。前来崂山参观的不仅有游客,还有信徒,以及一些介于这二者之间的人。①

灵性的理想

贝淡宁与汪沛准备着他们去崂山的行程。他们从市中心的宾馆叫了一辆出租车，司机刘先生是非常友好的当地人。他们虽然是作为研究者去的，但对这座仙山也怀着敬畏之情。出发前一周，他们参观了北京的白云观。时值农历二月初三，正是道教神祇文昌帝君的生日，观内香客如织。白云观内供奉着各路道教神仙，包括道教与佛教共同供奉的慈航真人（观世音菩萨）。让他们有些诧异的是，在文昌殿的文昌帝君两侧，立着孔子与朱熹的像——与西方一神论形成了多么优美的比照！在西方，宗教之间总有明确划分的界限，大部分宗教组织根本不敢想象在自己的殿堂之内供奉那些信仰"伪神"的宗教的神祇。在崂山的太清宫，不仅供奉慈航真人，还有供奉三国时期名将关羽与宋代名将岳飞的关岳祠，在这里关公不再是以民间崇拜的财神形象出现，而是与岳飞一起成为"忠义"的化身，似乎展现了太清宫所具有的一抹政治色彩。

---

① 据崂山统计局统计公布，2012 年崂山区接待海内外游客 995 万人次，其中国内游客 863.5 万人次；2013 年接待海内外游客 1147 万人次，其中国内游客 1119 万人次，入境游客 28 万人次。转引自窦秀艳、杜中新：《崂山文化名人考略》，人民出版社，2015 年，第 2 页。

　　崂山的历史访客列表读起来好似一本中国文化历史的名人录。传说秦始皇三次登临崂山，汉武帝两次巡游不其，逄萌隐居，郑玄讲学，李白、杜甫共游崂山，直至近代的康有为、孙中山、蔡元培也都在此留下足迹。

　　说起崂山的历史，往往都会从秦始皇巡游开始讲起。与此有关的记载要追溯到司马迁在《史记·秦始皇本纪》里的描述，秦始皇三次巡幸琅琊。第一次是始皇二十八年（公元前 219 年），秦国兼并天下的第三年，"于是乃并渤海以东，过黄、腄，穷成山，登之罘，立石颂秦德焉而去。南登琅琊，大乐之，留三月"。[1]秦国发端于西陲，而终究能将疆域扩展至东海。作为中国历史上第一次实现统一全国、建立如此丰功伟业的皇帝，秦始皇巡游天下有独特的意义。通俗地来讲，这是至高权力的彰显；略微理想化地来说，这是要把帝国的文明美德播撒到每一寸土地的意思。想必登上琅琊、东临大海的秦始皇非常迷醉于自己的成就，"乃徙黔首三万户琅琊台下，复十二岁。作琅琊台，立石刻，颂秦德，明得意"。[2]嬴政命令三万户百姓迁移到琅琊台下，免除他们的税赋十二载，修筑琅琊台，立碑刻石，歌颂秦的功德。这次的碑文非常长，与之形成对比的是比较简明扼要的泰山刻石碑文。

---

　　①《史记·秦始皇本纪》。
　　②同上。

　　之所以把这两块碑刻放在一起讲,是因为秦始皇东巡最重要的目的是泰山封禅。当是时,秦始皇从阳坡登上泰山的顶峰,积土成坛,祭祀上天,报天之功,这叫"封";从阴坡下泰山,到梁父山上,辟地为基,禅祭大地,报地之功,这叫"禅"。这不是秦始皇的发明,根据司马迁引《尚书》的记载,早在舜的时候就有巡狩的传统。二月祭祀岱宗,也就是杜甫《望岳》"岱宗夫如何,齐鲁青未了"中的"岱宗",就是泰山的意思;五月巡视南岳衡山;八月巡视西岳华山;十一月巡视北岳恒山;中岳嵩山五载一巡狩。巡狩不仅仅包括会见当地的诸侯,还要"协时月正日,同律度量衡,修五礼、五玉、三帛、二生、一死贽"①,意思是:正时令,统一声律与度量衡,修饬五礼和各等级的贽见礼。

　　封禅这一仪式具有政治和宗教的双重属性,它不仅表达帝王对于天地山川的敬畏,也是帝国礼仪的一种展现。帝王通过礼乐来展现自己对于诸神的礼敬,这对于他治下的子民来说是至高的典范。所以司马迁在《史记·封禅书》中引用:"三年不为礼,礼必废;三年不为乐,乐必坏。"礼乐不是空洞抽象的形式,而是需要通过活生生的人去践行,才能够存留在历史之中,与时代精神相激荡,不断焕发出新的生命力。对于秦始皇来说,崭新的激情不仅仅在于疆域的辽阔,更是设立郡县、统一文字、统一货币、统一车轨、统一度量衡、重农抑商、申明法令、整

————————————

　　①《尚书·舜典》。

饬民风,从生活的各个方面体现帝国森严的礼法,他试图通过这样明确的等级制度和严峻的法令,把所有臣民牢牢捆绑在一起。这种心情完全体现在了泰山刻石上:

> 皇帝临位,作制明法,臣下修饬。廿有六年,初并天下,罔不宾服。亲巡远黎,登兹泰山,周览东极。从臣思迹,本原事业,祗诵功德。治道运行,诸产得宜,皆有法式。大义著明,垂于后嗣,顺承勿革。皇帝躬圣,既平天下,不懈于治。夙兴夜寐,建设长利,专隆教诲。训经宣达,远近毕理,咸承圣志。贵贱分明,男女礼顺,慎遵职事。昭隔内外,靡不清净,施于后嗣。化及无穷,遵奉遗诏,永承重戒。

琅琊台刻石首先很像泰山刻石的续集,因为其中提到秦始皇东巡已经基本结束后才来到海上,看起来已经与严肃的宗教仪式没有多大的联系,但据传碑刻仍是丞相李斯所写的小篆,作为文字书写的典范竖立在帝国的边陲;其次,琅琊台刻石的内容像是泰山刻石的扩充,对于秦始皇勤政爱民的渲染更为充分,对于秦朝礼法的记叙也更为具体。值得注意的是,琅琊台石刻更加强调了秦朝礼法所波及的疆域之广大:

> 维廿八年,皇帝作始。端平法度,万物之纪。以明人事,合同父

子。圣智仁义，显白道理。东抚东土，以省卒士。事已大毕，乃临于海。皇帝之功，勤劳本事。上农除末，黔首是富。普天之下，抟心揖志。器械一量，同书文字。日月所照，舟舆所载。皆终其命，莫不得意。应时动事，是维皇帝。匡饬异俗，陵水经地。忧恤黔首，朝夕不懈。除疑定法，咸知所辟。方伯分职，诸治经易。举措必当，莫不如画。皇帝之明，临察四方。尊卑贵贱，不逾次行。奸邪不容，皆务贞良。细大尽力，莫敢怠荒。远迩辟隐，专务肃庄。端直敦忠，事业有常。皇帝之德，存定四极。诛乱除害，兴利致福。节事以时，诸产繁殖。黔首安宁，不用兵革。六亲相保，终无寇贼。欢欣奉教，尽知法式。六合之内，皇帝之土。西涉流沙，南尽北户。东有东海，北过大夏。人迹所至，无不臣者。功盖五帝，泽及牛马。莫不受德，各安其宇。

"日月所照，舟舆所载。皆终其命，莫不得意。"这大概算是完整意义上的"天下"了。只要太阳与月亮的光芒能照耀到的地方，只要是车船能抵达的所在，帝国的法令都能得以施行，没有不符合它的意志的。秦始皇的意志通过绵密的法令与郡县制的配合，能够渗入天底下任何一寸土地。我们甚至可以反过来理解，并不是法令遍及天下，而是秦始皇的意志所能抵达的地方，犹如日月光辉所能照亮的地方，秦朝的法度与自然、与天地可以等量齐观。并不是一个地方等待被光芒照亮，而是光明照耀之处才真正存在。"皇帝之德，存定四极。""六合之内，皇帝之土。"大抵就是这个意思。

秦始皇在泰山立碑祭祀之时的激情似乎在琅琊台刻石上得到了完整的表达，祭祀时还保有的敬畏之心随着渤海的浪涛声轰鸣至整个天地。我们还应该注意到，泰山刻石更多强调的是时间上的永恒，然而琅琊台刻石却没有时间的维度，只是强调空间上的无限。我们并不想不严谨地做出泰山与时间性、渤海与空间性这样粗糙的关联，但是从碑文上来看，似乎呈现出了这种状况。

然而，渤海所激发的只是对于无限空间的想象吗？这需要我们联系当时（直到现在也赫赫有名）的一件大事，就是在这一次出现了民间故事"徐福东渡"的原型："既已，齐人徐市等上书，言海中有三神山，名曰蓬莱、方丈、瀛洲，仙人居之。请得斋戒，与童男女求之。于是遣徐市发童男女数千人，入海求仙人。"①就在秦始皇立琅琊台碑之后，齐人徐市，也就是我们所知道的徐福，上书秦始皇，表示要去海上仙山寻访仙人。虽然没有明确说是求长生不死之药，但是和其他方士求不死药的事迹并提，其实是一样的性质。所以，在琅琊台刻石上没有公开表达的对死亡的恐惧和对永生的渴望，反而通过徐福东渡这样一起处于礼法之外的事件体现了出来。

我们似乎也可以看出公理与私情的某种区隔。哪怕贵为中国历史

———————————

①《史记·秦始皇本纪》。

上第一个一统天下的皇帝，当他要公开地（也就是带有政治意味地）表达自己对于无限长的时间的渴望时，他也只能祈求自己所确立的礼法教化能够延续到无穷无尽的子孙后代，不仅不敢说祈求自己永生不死、长命百岁，而且甚至不敢直接说但愿秦朝的统治能够持续千秋万代。虽然秦朝因苛政为后世所诟病，但是当我们回过头来看当时的文字，似乎秦始皇并不敢赤裸裸地表达对于权力的欲望和迷恋。

始皇二十九年（公元前 218 年），嬴政再度东巡至大海，登上之罘，再过琅琊。

到了始皇三十七年（公元前 210 年），嬴政开始了最后一次巡游，他又一次来到琅琊。根据太史公的记载，秦始皇"还，过吴，从江乘渡，并海上，北至琅琊"。[1]这一次还出现了传奇性的一幕，因为徐市出海访仙耗资巨大，又一无所获，怕被怪罪，所以编了个故事骗秦始皇说，仙山不是不可及，只是海里鲨鱼凶猛，没有办法。于是秦始皇真的梦到了与海神交战，而且海神是人一样的形状。秦始皇问占梦的博士，博士说："水神不可见，以大鱼蛟龙为候。今上祷祠备谨，而有此恶神，当除去，而善神可致。"[2]就是说，水神是没有可见的形体的，一般以大鱼或蛟龙作为征候。现在陛下的祷告和祭祀周致又恭谨，却有这样凶恶的神煞，应当将其除去，那么有善意的神将会到来。于是秦始皇真的相信

---

[1]《史记·秦始皇本纪》。
[2] 同上。

了，他带着连弩，希望能射杀大鱼，但从琅琊北直达荣成山，都没有见到大鱼。直到之罘才看到大鱼，并且射死了一条。没过多久秦始皇就病死了，即使射杀了心中所投射的凶恶海神，以为方士可以去仙山采到长生不死的药，他仍旧逃脱不了生而为人的结果。

关于秦始皇东巡的故事到这里就结束了。或许对崂山有所了解的读者会问，为什么不提顾炎武？确实，是顾炎武在《日知录·劳山考》中考证了《史记》中的"荣成山"乃是传写之误，应当是"劳成山"，也就是劳、成二山。其中的劳山，也就是我们今天所熟知的崂山了。然而，我们要给出的不是一个文献上的资料，而是秦始皇巡狩琅琊的总体叙事。千百年来，大部分人都会希望长生不老，在这一点上秦始皇与我们的区别在哪里？他所依赖的方法和渠道与我们有何不同？他通过怎样的方式来表达这种诉求？秦始皇东巡是不是就是为了求仙？我们希望通过以上的阐发能够引起大家的反思与联想，人性与礼法究竟哪一个更为幽微复杂？庞大法度中的个体，哪怕是拥有至高权力的个体，又有多少随心所欲的可能？崂山似乎不仅仅是传说中求仙访道的所在，更是人类试图冲击限度却又失败的证明。

人类的限度究竟是什么？根据太史公的记载，秦始皇害怕听到"死"这个字，任何人都不可以说到这个字。兼并天下、纵横四海，这样的人难道还不够勇敢吗？运用各种方式完成了历史上第一次统一（想象中的）天下的生活方式，这样的人难道还不够突破限度？如果说秦始皇所害怕的仅仅是生命终结的一瞬间，也似乎有点太简单了。哪怕这种富有直接性的答案或许有时候就是历史的真实，我们也可以问一问自己，人类的生命长度是不是仅限于存活于世的数十年光阴？崂山被现今的导游们鼓吹为"海上仙山"，仅仅是因为曾经有古人（或许现在依旧有人）认为山林里蒸腾的雾气中有采药的仙人？我想大概并不完全是这样。求仙的君王不只秦始皇，据说早就有夫差访仙的故事，而汉武帝似乎真正与神人打过照面。夫差的故事据说是后人附会的，汉武帝的故事也很难让人相信就是真的。如果我们假设汉武帝真的见过神仙，那么他在濒死之际会不会更意识到人神之间所不能跨越的界限，而让他更为苦痛？

　　大体上，人们来到崂山"访仙"之际，本来就抱有作为人类必须面临死亡的常识吧。我们所探访的，更像是心中一种指向不死或者长生的可能性。不死或长生究竟又有什么值得追求的呢？发秃齿豁地看日升日落，怎么享受荣华富贵？永葆青春地看着所爱的人一个一个凋零，如何能带来幸福？不死或者长生，说到底，只是为了能够维持一种幻觉，以为快乐和荣华会永远持续，疾病、衰老、分离、死亡永远不会降临，躲进避免痛苦的一种可能的想象中沉醉片刻，好像经历过的磨难都完全值得，再继续活下去，或者无奈，或者积极，最起码有过那样忘我的片刻。崂山求仙的意义大概就是这样。

刘先生开车带贝淡宁与汪沛从青岛市中心前往崂山,沿途是一条风景优美的海岸线。在半个多小时的车程之后,他们到了崂山脚下。三月初,青岛的暖气还没停,潮湿的海风让山间的林木也发出如波涛的声响。冬季的尾巴也是冬季,那是不折不扣的寒冷的一天。刺骨的寒风让游人望而却步,景区里非常空旷。开车上山需要非常烦琐且昂贵的手续,车上的每个人都要交一百元的费用,而且还需要排两个窗口的队才能拿到许可证。他们不得不雇一个当地的导游带他们去太清宫。据说旺季的时候导游费是二百元,现在游客稀少,导游费也降到了一百元。导游带着浓重的口音,但是为人非常亲切友好。奇怪的是,作为当地人,她对于这片"圣地"没有太多的激情。导游很谨慎地问了一下贝淡宁的信仰,他半开玩笑地表示自己差不多算是儒家吧,导游看上去有点困惑,但过了一会儿她表露了自己基督徒的身份。

道观内古木郁郁葱葱,两株大山茶尤美,一株深红,一株浅白,饱满的圆形花朵掩映在墨绿的叶片下,看起来又热烈又温柔。导游介绍说, 这株红色的山茶就是蒲松龄笔下美丽的爱情故事里的绛雪姑娘。绛雪的故事来源于蒲松龄《聊斋志异》中的《香玉》,故事大概是说胶州一个姓黄的书生住在崂山脚下,崂山太清宫的白牡丹被黄生的情诗所打动,化为美人,名为香玉,夜夜与书生同宿。有一天,白牡丹被即墨蓝姓的人家挖走,移植之后没多久就枯死了,而香玉也随之死去。与香玉从小长大的姐妹是太清宫中的一株大山茶,能够幻化为艳丽的红衣女郎,名叫绛雪,她常去白牡丹从前生长的坑穴哭泣,而书生也终日痛哭凭吊。他们的诚意感动了花神,使得香玉复生归来。最后黄生寿终,化为牡丹花下的赤芽,后来被小道士无意间砍去,白牡丹也憔悴枯死,没过多久山茶也死了。

故事梗概听起来像是展现了一种坚贞凄美的感情,然而如果仔细对照蒲松龄的原文,我们就会发现其中隐藏着许多有意思的细节。首先,在故事的叙述中,人与花妖的结合其实是对人世间男女结合的一种模仿。胶州黄生并不是没有家庭,在故事的结尾我们知道,他有妻儿,妻子过世之后,他才干脆住在崂山里不回去了。他的儿子也在最后出场,为他料理后事。但是香玉与黄生又以夫妻相称,给我们的感觉像是,虽然人妖殊途,人与妖的感情在礼法之外,但如果真的要给予对方某种承诺,又需要参考人间的礼法。

其次,除了多情、重情之外,黄生这个角色在故事中没有展现出其他可能会让人觉得有魅力的品质。他的情诗写得糟糕,用典还很不吉利。①他见到美人就急色如同强寇②,根本没有读书人的仪容。香玉委身

---

① "无限相思苦,含情对短窗。恐归沙吒利,何处觅无双。"当然,这大概是蒲松龄的诗谶设定,后两句都是所爱之人被他人夺去的典故,与香玉被即墨蓝家移植走这一后来事件息息相关。

② 香玉与绛雪游园之际,"生暴起。二女惊奔……",黄生突然从树丛中蹿出来,把两位美人吓跑了。

于他之后,他还非常遗憾为什么绛雪不能够像香玉这样与他做伴。在绛雪与他同哭香玉之际,他还毫不掩饰自己的色欲,对绛雪提出要求,扬言如果不作陪他就烧了山茶树。甚至香玉花魂既归,只是不能同床共枕,黄生竟然很明显地表现出闷闷不乐。香玉复生需要一年的光阴,黄生竟然向香玉表示,如果这段时间绛雪不能陪他,他会很苦痛。令人极为诧异的是,香玉帮书生想小法强迫绛雪来侍寝,由于绛雪对香玉情深义重,才答应了。很难区分香玉对于黄生来说是枯寂书斋生活的唯一宽慰,还是色欲上的极大震撼,蒲松龄自己在故事里也借香玉之口以"得陇望蜀"的成语来开黄生的玩笑。书生的才德表现除了一首不入流的情诗之外更无长处,传说中还有哭花诗五十首,但估计是一样的不入流。香玉何以能够钟情于他呢?

还要说到第三点,蒲松龄在这个故事里对于女妖的想象是什么样子?香玉和绛雪共同拥有的美德是美貌、贤达、重情,香玉性格热烈,绛雪相对孤高。虽然我们都不太懂黄生究竟好在哪儿,但香玉就是爱他。绛雪恰恰分享了我们作为局外人的一种不理解,有趣的是她也是"香玉—黄生"中的局外人,但她又与黄生一样对香玉有深厚的感情。绛雪从一开始就不愿意与黄生多接触,只是因为看黄生对香玉情重,才开始理会他。给人印象最为深刻的是,绛雪对黄生的一再拒绝,又温柔又坚定,与香玉的奔放形成了鲜明的对比,蒲松龄虽然篇名定为《香玉》,但是这位艳丽骄傲的绛雪姑娘却不经意间十分抢镜。

那么,故事所推崇的德行究竟是什么? 如果是突破礼教的个体灵性(色欲)的大胆表达,那么为什么又要以模仿礼教中的夫妻之纲来表示对彼此的至情? 如果是歌颂有情众生都有灵且美,为什么要把一个看不出什么美德的人与花朵之中最为美好的精灵配在一起?故事所暗含的逻辑就是自然在存在的等级上比人类低一些,牡丹、山茶变成人形乃是一种提升。香玉自报家门说自己隶籍平康巷,"平康巷"在古代指妓院,我们也不是很明白为什么花妖等同于贱籍,好像就是为了满足色欲才出场。

但要在此补充,绛雪作为香玉的义姐,对于黄生求欢行为的一再拒绝,说"相见之欢,何必在此",实在是整个故事里最超凡脱俗的表达。黄生虽有至情却不专一,时而滑入色欲之中。香玉活泼忠贞,却也不离"情欲"二字。这对情人自有其可爱之处,却在欲海之中沉沦太深。很难说究竟是太像人,还是太不像了。唯有绛雪真正以超脱的姿态面对情欲的纠葛,又饱含对挚友的深情,已经超越了我们对于花妖的想象,而更像花仙了。绛雪虽然不愿意委身黄生,却仍旧能够与之为友,这或许是某种暗喻。人类可以对自然强取豪夺以满足自己的私欲,但自然并不就真的比人类更低一头,自然也可以与人类保持一种友好的距离,也可以拒绝人类过分的要求。

如果我们还记得秦始皇东巡的故事,在此还可以做一个浅显的对照。秦始皇梦里的海神化为人形,与秦始皇交战。在那时,占梦的博士表示海神化作大鱼或者蛟龙时反而会比较自然，而化为人形则太凶残了一些。可见，当时的人对自然的认识是，自然还是呈现为自然本来的样子比较吉利，自然中的生灵化为人形不会更为高级。到了清代的蒲松龄，在故事里让狐狸、艳花幻化为人形，是在表示它们已经比其他的同类更为高级了。

与之形成鲜明对照的另一点是，秦始皇贵为四海之尊，也不敢公开地在刻石上袒露自己心中长生不死的愿望。然而到了聊斋故事里，直白而反复地暴露私人的欲望——不止色欲——已经成为很惯常的事情。作为天子，秦始皇对于崂山的情结在于实现四海归一的满足与永葆这一满足的奢念，蒲松龄的崂山故事则似乎想要表达，哪怕你是凡夫俗子之中最为平庸的一个，也有从自然的精灵之中获得欲望满足的时刻，而有些时候这种欲望会被认为就是至情。

我们并不想从突破礼教束缚、展露自我灵性这个角度来进行这种对比，也不打算对礼法的崩解做任何哀叹。天子与穷书生都有私念，寄希望于仙山灵药与寄希望于花妖狐仙其实没有太大区别，都是对于灵性世界的一种想象与终归徒劳的索取。然而，带有敬畏的想象毕竟不同于带有轻狎的想象，付出大量人力、物力的远航也不同于直接反复的要求。可以看到，虽然崂山仍旧是"仙山"，但人类对它的态度却发生了剧烈的翻转。倘若只能用以满足人类的私欲，那么再神圣的地方都会因为沾染了人的贪念而渐渐失去灵性。

导游跟他们讲,道观之所以维持得还不错,是因为"文化大革命"时期,有一个非常机智的道长在红卫兵破"四旧"之际,在观内的墙上抄写了毛主席语录,这使得它幸免于难。汪沛与贝淡宁参拜了诸位神祇,并且在救苦殿前为贝淡宁的母亲请了香,她现在在蒙特利尔的医院里,他们希望她能够早日恢复健康。他们大约参观了四十五分钟就出了道观,刘先生似乎有些诧异于他们的"高效",尽管他们很明白,对于参观宗教景点来说,高效并不是判断一趟旅途成功的恰当标准。

千百年来,崂山在中国宗教史上有着举足轻重的地位。如果我们真的从"吴王夫差尝登崂山得灵宝度人经"算起的话,崂山从春秋战国时期就聚集了一批求仙问道的方士。接下来是我们刚刚讨论过的秦皇汉武巡幸崂山,以求长生不死。然而,崂山真正出现道教的传播则是从汉武帝建元元年(公元前140年)开始,道士张廉夫搭茅庵供奉三官,并且开始授徒拜祭。到了元代,成吉思汗敕封丘处机,崂山道教大兴。到了清代,崂山道观多达百处,有"九宫八观七十二庵"之说。

佛教在崂山的传播相对晚一些,毕竟佛教东来、传入中原是西汉末年、东汉初年的事,再从中原传播到东海就更加需要些时日。崂山最早的佛教寺院崇佛寺,建于魏元帝景元五年(264年)。隋唐两代,佛道并重。宋元两代,佛道也一直和睦共处。明朝万历年间,憨山和尚南下崂山，在太清宫三清殿前耗费巨资修建宏伟的海印寺，牵扯出一段与道教的纠纷，这段故事以朝廷"毁寺复宫"结束。从此之后，崂山道教的风头一直盖过佛教，直至今天也是同样的状况。

然而，崂山如今更像是旅游景区，很少还有人认为能够在这里偶遇仙人，其作为宗教朝圣地的时代似乎也渐渐远去。很难想象当代中国的文人还会像李白、李商隐那样为崂山写求仙诗。就像在其他地方一样，现代化进程或许"世俗化"了人们看待世界的角度。不过，就青岛而言，还有殖民历史所留下的特色：对天主教、基督教的信仰似乎把道教边缘化了。

同时，值得注意的是，晚清时期，面对西方气势汹汹的军事与政治压力，这种被迫的西方化也引发了一系列反弹：文人志士都把注意力集中到政治之上，他们满怀热情与理想，希望能够找到与外国势力相对抗的方法。奇怪的是，他们有些理想，却来自青岛。

政治的理想

汪沛与贝淡宁观看了一部关于青岛殖民史的中文纪录片，它讲述的是一段颇为悲惨的历史。根据这个纪录片，德国对青岛的侵占首先是为了部署军队。殖民者不仅奴役中国劳动力，让他们在奴隶般的条件下去从事城市的基础建设，并且还把城市划区分治。城市中最美的沿海部分留给德国人,德国人在此处施行德国的法律。离海边较远的区域划给中国百姓,在那里,德国人以极为残酷的惩罚压制当地的百姓,尤其是捣乱的人。德国人甚至引进了断头台来维护秩序。他们对当地的文化极其不尊重,德国军人摧毁了即墨孔庙的圣像,还挖出了孔子塑像的双眼,似乎如此这般才能声张他们在文化上的权威。在纪录片中,青岛被描绘成一个被德国殖民者欺凌的"无辜少女",完全是一段赤裸裸的贪婪与压迫的历史。

纪录片对青岛殖民史的描绘,让贝淡宁与汪沛对这段历史义愤填膺。他们有点担心德国在青岛遗留下的痕迹,然而乍一看,似乎这些德国的遗存都被扔进了历史的垃圾桶。他们本来以为青岛会有很多德国企业或者德国游客,可是真正到了青岛之后,目之所及,没有一个德国人,哪怕连一个德国游客也没有。很显然,唯一的遗产就是青岛啤酒了,一百年之后仍旧是非常有名的啤酒品牌。[①]但是,哪怕遗产也未必是积极的:青岛啤酒本身淡而无味,企业对于啤酒行业的操控近乎垄断,使得小的啤酒生产商很难发展甚至生存。中国人喜欢他们的啤酒,但是较之于德国醇厚而多样的啤酒来说,青岛啤酒就显得有些逊色。为什么殖民者没有为酿造好啤酒提供基础?相对来说,在越南,法国人也

---

① 青岛的拼音是"Qingdao",这是在 1958 年第一届全国人民代表大会第五次会议正式批准颁布《现代汉语拼音方案》之后才确定下来的拼写。在此之前,青岛啤酒的"青岛"二字用的是威妥玛式拼音,即"Tsingtao",不过青岛啤酒在当时已经以"Tsingtao"驰名中外,所以至今仍沿用它的威妥玛式拼音。

是同样残酷压迫原住民的殖民者，但是他们最起码留下了烘焙好法棍的基础，越南人也爱上了这种面包。

德国殖民者在很多方面非常恶劣，但是他们在这座城市进行的基础建设留存至今。青岛受德国殖民统治十六年(1898—1914)，为这座城市所建设的基础工程是当时全中国最好的。德国人希望与当时英国人殖民统治的香港和法国人在上海的租界进行竞争，德国殖民者对这片崭新土地的基础设施建设倾注了大量的资金。他们从德国请来最优秀的城市规划师为青岛设计方案，由最出色的工程师付诸实施。事实上，他们做的是九十九年的规划，确保基础设施优质且美观。现代的排水与照明系统就是德国殖民者开始设置的：排水系统在百年后仍旧发挥着功能。青岛的城市道路系统也是如此。德国殖民者还建立了新式教育系统，部分参照了德国的系统，恐怕也是当时最为先进的。他们还建立了新式的公共图书馆，藏书有中文、德文与英文的。他们还修建了胶济铁路。对于贝淡宁与汪沛来说，火车太慢了，不知道百年前的火车是否大约是这个速度(据说高铁轨道要到 2020 年才能铺完，修通后，青岛到济南三个半小时的车程可以缩减到一个小时①)。

贝淡宁与汪沛在青岛市中心漫步，对于在青岛的德国遗产的先见渐渐有了些变化。大部分德国建筑保留了下来，这恐怕也是中国现在保存得最完善的殖民风格的建筑，它们现在大多成为市政机构的办公

---

① 济青高铁已于 2018 年 12 月 26 日运营。

场所、博物馆,还有咖啡馆。在路上,他们依然没有遇到一个德国人,但是青岛市民似乎很喜欢这样的建筑。教堂式样的建筑随处可见,有些确实是德国人留下来的教堂,而有些却是有意做成德式风格的新建筑。这一点在市南区表现得尤为明显,而且这片区域异乎寻常得干净:他们漫步了三天,鞋子还是很干净,一点也不需要擦。

　　贝淡宁与汪沛参观了江苏路的基督教堂,不过需要十元的景区门票。一般说来,教堂是不会收门票的,贝淡宁决定试探着问问情况,比如说如果是基督徒的话需不需要买门票。售票处的人告诉他,对于信徒来说,教堂当然是免费的。贝淡宁比较满意这个答复,于是付了门票钱。教堂的钟楼是开放的,于是他们沿着陡峭的楼梯爬到了顶层。在他们面前的是放置于玻璃柜中的硕大的金属齿轮机械,在阳光下泛着光泽。从齿轮上的刻字看来,这些金属机械是 1909 年的德国钟,机芯看起来保养得非常好。橱窗里保留下来一些保养机芯的小工具,我们猜测应该有相关的工作人员定期来上油和校准。看起来体量巨大甚至有些笨重的齿轮却借由纤细的零件精确地运转着,不紧不慢地指示物理时间——时间真正地被空间表达了出来——这难道不够惊心动魄吗?齿轮的每一次咬合都是当下,它是每一个瞬间。脑海中一闪而过的太多念头在这样的物体面前全都被震碎了。它已经存世百年,借由青岛市民的爱护和保养,它还会继续存在下去很久很久,就像时间本身一样。不一会儿,悦耳的钟声响了起来,果然是整点!显而易见,德国人留在青岛的不只是举目可见的基础设施建设,或许还有一些更深层次的东西。

当天晚一些时候,司机刘先生带着贝淡宁和汪沛来到城外一个颇为隐秘的餐馆。海鲜出奇的新鲜,每一盘的菜量都非常大,而且价格也很公道。刘先生非常自豪地介绍说,只有在青岛才能喝到最好的青岛啤酒,可能主要是因为水质优良的缘故。夏天会有新鲜的扎啤供应,即使是当下时节的青岛啤酒在本地也与别处不同。刘先生说点啤酒的时候要点瓶装的"青岛一啤",比一般罐装的好喝。贝淡宁和汪沛有一点点怀疑,不过他们尝了一下,果然很特别!很醇厚也很清新,就像在德国喝到的啤酒一样好!

在德国殖民者快要撤出青岛之时,青岛市的状况已经惊艳了当时中国的很多知识分子领袖。孙中山于 1912 年访问青岛,他当时称这座城市是中国其他城市的榜样。孙中山在青岛做了演说,参观了基督教堂,还劝说当地的中国学生们能够专注学业。[①]

贝淡宁和汪沛参观了原胶澳总督府。这座建筑外形看上去是德式的,然而内部有很多中式的装潢元素。他们还参观了另一个没有尖尖塔顶的教堂,据说这是与中国"风水"文化妥协的结果。这种形式不仅

---

① 参见刘宗伟:《案卷里的青岛》,青岛出版社,2016 年,第 93—99 页。

避免了与当地老百姓的冲突,也更便利中国人皈依基督教。①也许,没有任何受殖民统治地区的建筑会像青岛的德式建筑这样,能够这么大程度地适应当地的文化。

康有为在1917年第一次来到青岛,就盛赞青岛是"中国第一"。1923年,他购得福山支路五号院为住宅,命名为"天游园"。康有为还为此作诗《甲子六月领得德国旧提督楼》:"截海为塘山作堤,茂林峻岭树如荠。庄严旧日节楼在,今落吾家可隐栖。"②这首诗读来有点黄庭坚《松风阁》的意味,不过康有为并没有像从前不得志的文人那样退而隐居在青岛崂山一带,反而积极地促成了很多社会活动。康有为不仅在青岛、济南两地成立孔教会(万国道德会)③,"昌明孔教,救济社会",而且还尝试办大学,彼时他计划在曲阜创办大学,在青岛开设预科。尽管康有为的设想没能实现,但是当青岛大学成立之时,康有为为这所私立大学捐献了价值约十万大洋的图书。④同时,就在我们惊诧于天游园丰富的藏品时,谁能想到康有为当时是怀抱着设立博物馆的理想来搜集

① [德]托尔斯藤·华纳:《近代青岛的城市规划与建设》,青岛市档案馆编译,东南大学出版社,2011年,第271页。

② 王桂云:《青岛崂山闻人觅踪》,中国戏剧出版社,2009年,第6页。

③ 参见康同璧:《南海康有为先生年谱续编》,转引自青岛市文化遗产保护管理委员会编:《山海之间的诗意栖居:青岛文化名人故居概览》,中国海洋大学出版社,2015年,第17页。

④ 参见青岛市文化遗产保护管理委员会编:《山海之间的诗意栖居:青岛文化名人故居概览》,中国海洋大学出版社,2015年,第19页。

各个国家的宝物的呢？而且定居青岛之后，他也确实举办了配有文字说明的博物展览，以期传承文明、开启民智。[①]我们也能感受到，虽然古代文人或避乱世，或不得志退居崂山，但是同样身处乱世且不得志的康有为却在重重困难之中，以其满腔的热诚，凭借着对美好未来的信念，仍旧试图寻觅能够发光发热的任何机会。

　　贝淡宁和汪沛参观了康有为在青岛的故居——天游园，现在是康有为纪念馆，主要展示了康有为的书法和周游世界的经历。上楼梯之后，对着走廊的门厅里摆放的是康有为的塑像。塑像背后是毛主席《论人民民主专政》中的一段："自从一八四〇年鸦片战争失败那时起，先进的中国人，经过千辛万苦，向西方国家寻找真理。洪秀全、康有为、严复和孙中山，代表了在中国共产党出世以前向西方寻找真理的一派人物。"康有为对于具有浓厚儒家色彩的大同世界的构想，或许对中国的共产主义也有些影响。纪念馆展览了康有为从世界各地带回来的纪念品，包括一尊哥伦布的雕像，还有从埃及带回来的三角镜。康有为每到一处都会留下评论，比如说世界上最好的博物馆在巴黎，而巴黎最好的博物馆则是卢浮宫。但也有很令人怀疑的，比如他说匈牙利男人尤为貌美。纪念馆中有一间专门展览了康有为的书法，同时几乎每间展厅中都

----

① 参见青岛市文化遗产保护管理委员会编：《山海之间的诗意栖居：青岛文化名人故居概览》，中国海洋大学出版社，2015年，第20页。

挂着他的字。汪沛从小练习书法,但她并不是很喜欢康有为那种很独特的风格。展览中介绍到,康有为在瑞典的时候把瑞典南部的一整个岛买了下来,贝淡宁和汪沛对此颇为诧异。不过,康有为选择晚年回到青岛,或许他认为这是中国最接近他所描绘的"大同"乌托邦的地方。

1914 年,日本在青岛空投下第一枚炸弹的时候,德国在青岛的殖民统治终结了(青岛被描绘为远东唯一卷入第一次世界大战的无辜城市)①。日本对青岛的侵占持续到 1922 年。青岛人每每提到德国殖民者,总会想起他们毕竟做了很多基础设施建设,但是一谈到日本侵略者,他们都满腔愤怒地指责日本人对这座城市的破坏和摧残。

贝淡宁见了柯若朴,他是德国莱比锡大学的教授,研究中国宗教,现在是清华大学苏世民书院的访问教授。柯若朴的曾祖父从前是驻守在青岛的一个普通德国士兵,他在青岛拍了很多美丽的照片,其中有些照片能看出他对于青岛老百姓普通生活的同情与理解。柯若朴给贝淡宁看了这些他存在电脑里的照片,说正是这些照片引发了他对中国研究的兴趣。②

---

① 参见刘宗伟:《案卷里的青岛》,青岛出版社,2016 年,第 200 页。
② 照片中就是我们在前文提到的外部是德式风格、内部装潢是中式风格的原胶澳总督府。这座府邸在当时的青岛看起来格外突兀。这张照片是保罗·普拉瑟于 1907 年至 1909 年间拍摄的,由格哈德·普拉瑟数字化。感谢柯若朴教授与我们分享这些珍贵的照片。

卫礼贤的一生或许展现了一种"好的"殖民主义。他以基督教传教士的身份来到青岛，但是很快便迷上了中国的文化和哲学，最后反过来成为中国文化的"传教士"，致力于将中国的文化和美德介绍到西方世界。①就像他作品的英译者早在1931年所说的那样："就像很多与卫礼贤的谈话所展示的，他对于中华民族的精神气质，对于西方文化对中国的影响，都有一种非常极端的态度，哪怕在最为激进的头脑中也很难达到这种地步，他坚信中国人可以拥有在知性、政治、审美和社会自决等各方面的权利。"②也有中国学者指出这一点："卫礼贤在青岛办教育，与德帝国主义统治者的根本目的有一定区别……曾培养出一批新式知识分子，在促进中德文化交流方面做出过一定努力，既向中国介绍西方，又向西方介绍了中国。"③

卫礼贤翻译了很多中国典籍，尤其是他翻译的《易经》，直到今天还是非常流行的版本。卫礼贤的翻译与同时代其他人相比，风格迥然不同，他总是尽自己最大的努力如实展现经典本身要传达的意思——在当时，这实在是不可多得的大胆尝试。要知道，他的苏格兰前辈理雅

---

① missionary in reverse，引自 http://svenrus.dk/hellmutwilhelm2.pdf。

② Richard Wilhelm. *Confucius and Confucianism*. Translated into English by George H. Danton and Annina Periam. London: Taylor & Francis Ltd, 1931, p. iii.

③ 周东明：《德占青岛时期的教育策略及其实施》，载刘善章、周荃主编：《中德关系史论文丛》，青岛出版社，1991年，第147页。

各已经因为其对中国文化的过分"同情"而招致各方面的批评。他自己也因这种"同情"而遭到了众多非议,但也恰恰是这份"同情"使得他能够观察到中国人、中国文化、中国传统的幽微之处。①卫礼贤的另一个特色是,他会引用相当多的当时中国著名知识分子——比如康有为和梁启超——对于经典的新诠释。②

翻译中国古代典籍,仅凭卫礼贤一己之力是不可能的,劳乃宣是这段故事中的另一重要角色。当时,山东巡抚周馥以真诚坦率的作风与胶澳租借地的德国殖民者维持着极好的互动。也正是因为1902年访问胶澳礼贤书院,这位大清帝国的巡抚才能结识德国传教士卫礼贤。正是他,向卫礼贤推荐了劳乃宣。周馥对卫礼贤说:"你们欧洲人只了解中国文化的浅层和表面……原因在于你们从未接触过真正的中国学者……欧洲人有关中国的知识只是一大堆垃圾,我给你引荐一位老师,他的思想真正根植于中国精神之中……你就能翻译各种各样的东西,自己也写一写,中国也就不会总在世界面前蒙羞了。"③

劳乃宣,就是这位真正的老师。这个我们如今已经不太熟悉的名字,在当时可是非常著名。劳乃宣不仅担任过浙江大学堂总理与京师

---

① 参见王学典、孙虹:《卫礼贤〈中国的精神〉和〈中国人的经济心理学〉读后》,载孙立新、蒋锐编:《东西方之间:中外学者论卫礼贤》,山东大学出版社,2004年,第211页。

② See Richard Wilhelm. *Confucius and Confucianism*. Translated into English by George H. Danton and Annina Periam. London: Taylor & Trancis Ltd,1931,pp. 116–117,128–129.

③ 刘宗伟:《案卷里的青岛》,青岛出版社,2016年,第56页。

大学堂总监督，还出任过袁世凯内阁学部副大臣，学问与人品都为时人所称道。卫礼贤与劳乃宣的合作堪称至真至诚。卫礼贤对孔子有着深厚情结，他希望能够不带偏见地去贴近孔子的心灵，他动情地写道："穿越了世间诸多时代，我遇见了孔子；穿过凌乱的岁月和欧洲种种关于他的蹩脚材料，他现身在我的面前，活灵活现，笼罩他的仁爱的伟大，我翻译他的名言时，常常为他在场而感动。"①而且，对孔了的评价直接关系到卫礼贤如何认识中西文化之间的差异，他赞扬道："对于自己的民族—— 一个父权制度下的农耕民族——来说，他已经足够伟大了。我们的基督教文化形成于完全不同的基本前提，所以那种就个别特征对这两种文化进行比较的做法肯定是不可取的。"②同时，卫礼贤的翻译工作并不是单向的。劳乃宣帮助卫礼贤翻译中国经典这件事举世皆知，然而卫礼贤也帮助劳乃宣翻译康德的著作，这一点却往往为历史叙述所遗漏。

卫礼贤在青岛开办了新式学校，不仅传授西方知识，也教授中国经典。值得一提的是，礼贤书院于 1905 年增设了女子书院，除了教授知识，他们还积极宣传，不让中国女孩子裹脚。③卫礼贤在日本侵占青岛期间也坚守在青岛，那时候他将自己办的学校改造为红十字医院，

---

① 刘宗伟：《案卷里的青岛》，青岛出版社，2016 年，第 55 页。

② [德]卫礼贤：《孔子在人类代表人物中的地位》，载蒋锐编译、孙立新译校：《东方之光——卫礼贤论中国文化》，外语教育与研究出版社，2007 年，第 139 页。

③ 参见刘宗伟：《案卷里的青岛》，青岛出版社，2016 年，第 53 页。

自己担任红十字青岛分会会长。就在组织会员庇护妇女儿童、救治伤员、掩埋死者尸体的那段炮火连天的岁月里,卫礼贤也没有中断他的翻译事业。①而这段悲伤而恐怖时期的故事被他以日记的形式记录在册,如今已经翻译过来,名为《德国孔夫子的中国日志:卫礼贤博士一战青岛亲历记》。②

卫礼贤于 1920 年回到德国,在法兰克福大学教授中国经典,他认为欧洲已经沦陷在贪婪无度的帝国主义和战争之中,中国文化的精神对于挽救这一局面至关重要。卫礼贤对于他同时代的欧洲知识分子有着直接而深远的影响,其中包括海德格尔、黑塞和荣格。作为 20 世纪西方最具影响力的东方思想支持者,荣格称赞卫礼贤是"来自中国的信使",并且承认自己"从卫礼贤那里获得的教益最多,远远超过从别的任何人那里所能获得的"。③

贝淡宁和汪沛打算参观卫礼贤的学校,但是当时已经不允许访客参观了。他们在门口看了一下那幢建筑——比较明显的德国风格建筑,远远看起来仍旧保持着很好的外观。门卫解释说,现如今这里属于

---

① 参见刘宗伟:《案卷里的青岛》,青岛出版社,2016 年,第 201–217 页。

② 参见[德]卫礼贤:《德国孔夫子的中国日志:卫礼贤博士一战青岛亲历记》,秦俊峰译,福建教育出版社,2012 年。

③ Tung-Pin Lu. *The Secret of the Golden Flower*:*A Chinese Book of Life*. Translated into German and explained by Richard Wilhelm with a commentary by C. G. Jung. Translated into English by Cary F. Baynes. London: Kegan Paul, Trench, Trubner & Co. Ltd., 1931, pp. 149–151.

一所语言学校，而学校已经搬到了黄岛，留下这个校区，还不知道以后怎么处置。晚些时候他们问司机刘先生是怎么看待卫礼贤的。刘先生回答说，青岛的每个人都知道卫礼贤，而且"我们都很敬重他对青岛的贡献"。

回到济南，贝淡宁和一些青岛大学的教授聚餐。他们展现了山东典型的饮酒礼仪，首先是大家一起举杯，然后会有单独的敬酒。贝淡宁问起关于"青岛精神"的话题，来自青岛大学的教授们认为这座城市融合了传统与现代精神中最好的部分。一方面，青岛是个非常开放的城市，不仅沿海而且是国际贸易的重要港口（尽管没有任何人提到青岛的殖民历史）。另一方面，青岛又深深地扎根于山东相对保守的文化，也深受儒家礼教的影响。相对而言，济南——山东的省会，也是山东第二大城市——就完全根植于传统；而上海就完全是很现代的城市——跟 20 世纪之前的文化没太大联系。但是青岛大学的教授们却认为，上海才更应是中国其他城市需要效法的对象。

随着日军的侵占和中国民族主义的觉醒，青岛作为典范的日子也渐渐结束。中国著名的反帝国主义运动——五四运动——就是《凡尔赛和约》引发的，在青岛遭遇围困之后，德军放弃了青岛，日本继而侵占青岛。1919 年 5 月 4 日，北京的学生公开抗议民国政府的软弱回应，引发了全国性的抵抗运动，这也标志着中国民族主义的兴起。然而，德国自己的历史却不这么乐观。作为侵略者,在两次世界大战中,德国都失败了,这样一来,曾经受德国殖民统治的城市也很难继续作为中国城市建设的典范了。

贝淡宁在北京见到了一群德国大学的学生,这些年轻人对中国的社会和政治制度异常好奇。贝淡宁问他们有没有去青岛旅游的打算,但他们却没有这方面的打算。有个学生对贝淡宁说,他来中国不是为了探寻德国。或许这些年轻的德国人有点不好意思说他们想去看一看那座当初由德国建造的城市;与此相反的是,很少有英国人对于去香港旅游,或者法国人对于去上海观光有这样大的心理压力。当德国在中国的土地上扮演着极为恶劣的殖民者角色的同时,身处欧洲历史中的德国也并不光彩,或许因为如此,而今的德国人很难以他们从前的历史为"骄傲"。

如今,青岛是一个有着碧海蓝天的美丽城市,却再也没有人认为它是乌托邦式的理想之地了,也没有人认为中国其他的城市需要参照青岛来建设。或许这也不是坏事。政治理想在社会动荡时期会比较流行,当知识分子需要理想来鼓舞政治运动的时候,这些理想可以投射到那些真实存在的不那么完美的城市中去。然而,当海晏河清的时代来临,大家都聚焦在经济建设上,城市需要的是好的管理者和建设者,而不是理想主义的政治革命领袖。

当然,这并不意味着青岛作为理想城市的时日也终将结束。哪怕是完全寄托于物质舒适的一生,也需要对更为伟大的理想有诉求。毕竟,金钱只是好的生活的一种手段,并不是它的目的。马克思所说的"高级共产主义",即当我们的基本需求都能得到满足时,每个人都将有机会在工作中实现他的创造性才能。然而,一种同等深厚的人类需求是爱,而青岛也逐渐成为旨在实现这种爱的城市。

爱的理想

根据数据统计,青岛的经济一直在蓬勃发展。到 2006 年,青岛已经成为世界银行所认可的六大"金牌城市",这是世界银行按照投资环境和政治支持等方面综合考虑,从全球一百二十座城市中评选出来的。青岛的经济主要由贸易和制造业支撑,然而第三产业,主要是旅游业也功不可没。游客不仅为了青岛的山光水色而来,更有一些是"爱的朝圣者",他们来青岛度蜜月,在如画的海岸线上拍婚纱照。贝淡宁从前与太太宋冰来青岛的时候,就吃惊于海岸线上每十五米就有拍婚纱照的壮观景象。新娘们化着精致的妆容,基本上都穿着白色的婚纱,也有少数穿着红色的中式传统婚裙。对于中国的新人们来说,青岛就是中国的尼亚加拉瀑布。

贝淡宁和汪沛想要找一些新人采访,他们想问一问:他们为什么选择青岛来拍婚纱照?这座城市对于他们来说意味着什么?他们沿着城内蜿蜒的小径步行,希望能够走到沙滩,然而道路太窄,交通又极其混乱,路面上甚至没有人行道。汪沛有点抱怨,南方城市的路面就不会像这样一团糟。这不是他们原先所预期的轻松漫步。最后他们还是打车去了沙滩。

大约是晚饭的时间了,他们停在一幢漂亮的海边建筑旁,打算先吃晚饭。原来这是从前德国军官的俱乐部。一位经理非常友好地向他们介绍了这座建筑,并且带他们大致参观了一下。这座建筑在"文化大革命"期间遭到了很大的破坏,并不是因为它本来是殖民地的军事遗产,而是因为与宗教的关系。不过,它还是在当地政府的帮助下得到了很好的修复,如今这是一个中德合营的德式餐馆。经理很骄傲地指给他们看墙上德国鹰的标志,这是整栋楼唯一没遭到破坏的一面墙,不知道为什么没有遭受任何破坏。贝淡宁有一点点敏感于他的犹太血统,并不确定这是不是一个很友善的标志,而汪沛也觉得这种标志看起来很凶。无论如何,这里的德式菜还不错,酒水也出乎意料的好。他们听到外面响起教堂的钟声,不过他们忘了数究竟敲了多少下,也不知道当时是几点了。

贝淡宁和汪沛原本打算去采访一些在夕阳西下的海边拍照的新人,但他们忘了这是三月初,海风太猛烈,而太阳落山也太早了。当他们用完晚餐时,暮色四合,海面已经刮起冰凉的风。海滩上一片空旷。难道青岛作为爱的理想的时日也到了尽头?

一个城市经济迅猛增长的代价往往是房价的一路飙升,那些收入不太高的市民会因此而离开这个城市。青岛也不例外。"小青岛"——老城中以德式建筑为主的区域——房价已经高到不可思议。一流的经济需要一流的大学支撑,青岛政府成功地劝说山东大学的六个学院(包括贝淡宁所在的学院)"搬回"青岛(1909 年至 1958 年,山东大学的校区都在青岛)。不过,山东大学新的校区位于青岛东北方向一小时车程的地方,也就是我们之前提到的即墨,多半是因为那边的地价相对可以接受。然而,即使是在即墨,房地产的走势也在持续攀升,近五年来几乎翻了一番。司机刘先生跟他们讲,他觉得青岛给年轻人的机会越来越少了:这里物价太高,或许是有钱人退休的好地方(或者死在这儿也不错,贝淡宁自己想,青岛的环境跟尼亚加拉瀑布比起来更像佛罗里达)。

青岛已经失去作为理想之城的身份了吗?随着经济的发展,一切都褪去了吗?贝淡宁和汪沛在青岛老城中继续着他们的探寻。海风潮湿而猛烈,这里的温度比山东其他城市更低一些,难怪是旅游淡季。他们决定先喝杯咖啡暖和一下,路边的这家咖啡馆像是德式建筑,招牌上画着小猫。一推开门,有好几只娇软可爱的猫一起望向他们,还有几只蜷在沙发里的小猫动了动耳朵。咖啡馆所在的楼原来是一位德国牧师的寓所,内部已经不太能看出从前的装修风格了。贝淡宁和汪沛注意到咖啡馆放的歌都是英文的,就像他们之前去的好几家咖啡馆一样。而且很奇怪的是,崂山茶还是比较出名的,但是青岛的咖啡馆似乎只有咖啡,没有茶(中国其他城市,比如北京,咖啡馆里是可以点茶的)。他们问咖啡馆的主人——一对可爱的年轻夫妇,很明显能看出来他们彼此相爱——关于青岛的精神,他们回答说,青岛对于陌生人来说并不是很友好。然而,司机刘先生之前却给过他们完全相反的回答:青岛人特别好客!或许这就是不同年代的人对于他们共同生活的城市的不同感受:对于年轻人来说,青岛太过保守;对于年纪大一些的人来说,这座城市已经过于开放了。

喝完咖啡,他们觉得稍稍有些振奋,便继续他们的漫步。走了没多久,他们来到了曲阜路,以孔子故乡来命名的这条路的尽头立着一尊孔子像。在曲阜路与浙江路的路口,能够看到青岛天主教堂,它原来叫圣弥厄尔教堂,也是德国殖民时期留下的建筑。贝淡宁和汪沛非常诧异地看到,教堂门前的广场上有很多新人顶着凛冽的海风在拍照。虽然天气很好,但室外实在是太冷了。这些新娘的裙子都是绸缎薄纱的质地,很难说能有多保暖,但她们的妆容精致,看起来也完全无惧寒冷,汪沛推测她们或许贴了暖宝宝来保暖。或许激情也能够抗拒严寒?贝淡宁和汪沛采访了刚刚拍完一个场景的一对新人,问他们为什么来青岛拍照。"因为自然景观非常优美,而且青岛的建筑都很有异国情调，"新郎指着教堂说，"我们特别喜欢这儿！""但是你们不觉得冷吗？"
"一点也不！"

如今在微信朋友圈大肆疯传的一些老生常谈，莫过于"激情需要陌生感，爱需要安全感"。乍一看，似乎真是这么一回事，然而果真如此吗？比如说，我们跟外星人不熟，我们对自己恐怕也未必熟悉。仅凭一种最为抽象的普遍陈述怎么可能击中我们真正的生活呢？

不过，最为抽象的普遍陈述也有正确的向度。比如教堂门口的新人说的，拍婚纱照需要来这种有异国情调的地方。青岛之所以美，不仅仅在于碧海蓝天的自然景观，更是因为这里富有"异国情调"，让人们能够从一般熟知的生活中稍稍跳脱出来，提醒人们还有与当下生活完全不同的可能。"异国情调"，就是离开自己熟悉的环境，一下子投入完全陌生的地方，而这地方未必美，但它够陌生、够与众不同，与自己曾有过的经验并不相同，足以被称为"异国"，就在这种探索过程中，"情调"徐徐摇曳开来，寻常事物在此时看起来更美。作为相异的经验，这大抵算一种"陌生感"？但是寻常事物怎么解释？算不算陌生海洋中的一叶"安全"之舟？这或许契合一般人的普遍经验——"幻想"如果和当下生活有些关联或许更容易维持。陌生中混杂着熟悉的旋律，几近完美！什么都想要，人类的贪婪简直是阻碍他们获得幸福的最大障碍。

然而我们并不能把什么都牢牢抓在手里，很多时候弃绝固有的意见,才是让自己自由地追求幸福的唯一可能。当我们来到一座像青岛这样的城市,又该如何面对它的"异域风情"呢?青岛的"异域"指向的是完全不同的文化风貌——那些陌生的德国人和他们建造的教堂,也指向我们不再熟悉的过去——早期那些宽袍大袖的儒者和他们所践行的烦琐讲究的礼仪。建筑以凝固的史诗的方式默默保存了时间所横亘的距离,青岛似乎像是这个距离本身,我们身处其中,能够感受到全然陌生的气息,却又触摸不到陌生者本身,而我们也已经离本来的日常生活很远了。

爱情也是这样。众所周知,关于爱情,最著名的莫过于柏拉图《会饮篇》中阿里斯托芬对于爱的本质的解读:人总要寻找自己的另一半,使得自己变得完整。事实上,很多人抱着这样美好的希望去做了,他或她确实找到了另一半,也确实完整了——彻底陷入了完整的孤独。那些没有找到"另一半"的人或许也会经历孤独,但那种孤独与处在"完整"之中的孤独相比,根本不值一提。一个"有待完整"的人还有"成为完整"的人的希望,希望有人做伴而不至于孤独。但是,一个真正自认为处于完整状态的人却没有任何别的可能了,他或她只能孤独。或许,他们还会发现别的愿意与自己共在的人,重新坠入爱河,再去与别人建立"完整"的关系,但他们还是孤独,因为这毕竟不是爱。以"完整"为爱的诉求的行为,怎么可能是爱呢?只是兼并而已。达到兼并最高境界的莫过于我们文章开篇提到的秦始皇,但他大概是整个国家里最孤独的人。所以，这种以吞没对方，或者被对方吞没，或者相互兼并为旨趣的"爱情"，没有善终的可能。用权力关系类比玷污爱，实在是人类历史中出现的几大奇想之一。

爱永远是伦理的，而激情确实只是感官的。犹如人饿了要吃饭，渴了要喝水，色欲的满足也是一种需要。正如我们之前谈到的蒲松龄在《香玉》里所直白展现的那样，黄生就是有需要，这种需要事实上不分对象，它投射在香玉身上，也投射在绛雪身上，也许可以投射在他能够触及的一切女性对象身上。需要，如同抽象陈述一样，是普遍的。就像抽象陈述一旦说出，就成为落在实际中的死去文字或者声音一样，需要一旦获得满足，也就立刻消失。对于激情而言，无所谓陌生或者熟悉，它的投射基本等同于暴力。一个明显的例子是，黄生因为绛雪不从他，就要拿艾草去烧山茶树，当然也可以认为这是在开玩笑，但是考虑到故事里人与植物的力量悬殊，我们不认为对于绛雪来说这是个有意思的玩笑。

爱情之中没有投射。两个人——或者完整或者破碎的——相遇，在对方面前呈现自己本来的样子，在彻底的真诚之中相爱，以让对方真正获得展露自己本来面貌的自由为初衷。爱这个陌生得让自己大吃一惊的人，从不满足于自己的了解，渐渐觉得熟悉却永远仍然陌生：陌生于他或她的独特之处，任何人（包括自己）都不会拥有的独特的那一点；熟悉于他或她的其他一切，这里的一切都是细节。我们或许可以这么看待新人们热衷于去寻找不那么日常的场景拍摄婚纱照的原因，他们愿意想办法让自己与对方的共同存在置身于"异域"，强行在亲密之中加入陌生的成分，提醒自己这不是日常的爱情，而是独一无二的、鲜活可爱的真挚情感。虽然他们未必真的对自己的选择有所反思，或许拍照场景也只是市场化运作的熟悉套路，但是哪怕是无意识的选择，背后大抵还有这样的一层含义。

　　两个因为色欲的需求而紧紧缠绕的人未必是陌生人，他们只需要相互熟悉与需要有关的一切就够了，所以大概是最为熟悉的了。彻底的爱需要真正的陌生者，当我们说陌生者的时候，并不是地球人与外星人这样的陌生，意识到这种陌生才是关键。对于独特性的陌生的探求与这种探求的不可能，让我们意识到爱人的独一无二，只有独一无二才是真正触及爱的本质。与独一无二者建立的联系才可能是独一无二的，这种个别性反过来让我们确认了自己——原来"我"也是这样独一无二的人啊！这一瞬间，一切爱情之中的细节，都纡徐曲折化为涓涓溪流，而如果这份爱很幸运没有被任何一方兼并掉的话，那么，经年累月，原本只是浅浅一脉的山泉就能汹涌而成壮丽的江河，盈盈一水间，每朵浪花的歌声都袒露出彼此的心迹，每片贝壳的异彩都混入大海的轰鸣。这种陌生性从来没有消失，它隔断出来的距离从未被跨越，它只是更为幽深神秘。

　　恰恰是这种幽深神秘，保护爱不被权力吞没。亲密之中的陌生，并不意味着总要靠强行把自己与对方都抛入"异域"之中才有可能,而是真的把对方当作独一无二的人去爱,每一次面对都是如此,不去强加,没有勉强, 小心翼翼持守着最为亲密的关系中那难能可贵的陌生感,也就是这种日复一日的陌生感——而不是日复一日的熟悉——才有可能带来爱情,而这种彻底的爱所带来的激情,也远非一般的需要可比了。

贝淡宁和汪沛继续他们的漫步,这一次他们在一家装修非常讲究的咖啡馆停下脚步,和身边的两个顾客聊了起来。他们看上去深深地相爱着,一直在轻轻啄着对方的脸颊,相互逗对方开心。他们在一起快一年了,想想那些"多少个月之后激情就会消逝"之类的老生常谈,看到他们这样如胶似漆的情形,真是令人感叹不已。他们不是青岛本地人。"那你们为什么来青岛呢?"原来他们是来这里工作的。"那你们觉得青岛的精神是什么呢?""我们也不知道,并不太了解这座城市。但这里确实很美,建筑都很漂亮,"他们笑着回答道,"难怪我们的心情一直都挺好。"

或许我们不该把青岛——或者其他任何城市——视为爱的理想之所在。爱总是关联到两个人对一些更为深层的承诺的表达:长相厮守的愿望,保护彼此的决心,并且(很多时候)打算共同组建家庭。然而，一座城市的独特精神气质无法为爱情提供那么多的支持。尽管如此，一座极具异域风情的美丽城市，仍然能够为人们指出除了平淡庸俗的生活方式之外的其他可能，也恰恰就是这种可能，帮助那些相爱的人维系甚至再次点燃激情的火苗。

这就是青岛作为理想之城的故事了。宗教或许未必是精神上的鸦片，但在物质的时代，它所能提供的支持与金钱所能提供的相比，很难说谁会更胜一筹。本来应该是理性的政治成为一种激情，幸运的是，这也只是发生在乱世。在相对和平的年代，就让这些理想主义的激情流向其他方向吧。只不过，爱情也不是一座城市能够给出的，它来自相爱的两个人在相对稳定的日常生活中细水长流地表达承诺和责任。但无论如何，青岛还是有着独特的美感，它夹杂着不同向度的异域之美，当相爱的人置身"异域"，他们从彼此那里探索出新的魅力，无论是温柔还是激情，都会焕然一新，而且还有很长的生命在前面，等着这座城市，也等着他们。

汪沛 贝淡宁 著

本文选自《城市的精神Ⅱ：包容与认同》，重庆出版社，2017 年

厌烦民族主义？那就爱城主义吧

"我爱纽约"或许是现代历史上最成功的城市口号了。世界各地的城市都在复制这个口号。在中国的首都常常能看到 T 恤衫上用英文写的"我爱北京"。人们很容易变得玩世不恭，会说所有这一切都是金钱惹的祸。"我爱多伦多"网站的广告说它是"多伦多美好生活的指南"，但实际上不过是房地产买卖。

不过，这也并非口号而已：许多人真的喜爱自己的城市，但国家并没有这种口号。你不会在大街上看到很多身穿"我爱加拿大"T 恤衫的人。如果历史是某种向导的话，人们就有很好的理由对期待民众在公开场合如此露骨地表达没有任何约束的爱国主义的政府感到担忧。国家太大、太复杂、太多元化，因而也太危险，不值得人们无节制的爱。

但是,现在没有一个词语能用来表达热爱城市的情感。爱国主义(Patriotism)适用于国家但不适用于城市。因此,为表达这种情感,我们需要创造一个新词如"爱城主义"(civicism)。随着世界的都市化,爱城主义正在传播到世界遥远的角落,原来的村庄和乡镇如今变成了国际化大都市,它们竞相争夺居民,以及新移民或游客的喜爱。

今天,超过一半的世界人口居住在城里,这和1800年的不足百分之三形成鲜明对比。到了2025年,单单中国就可能有十五个人口超过两千五百万的超大城市。

人们有理由欢迎这样的发展趋势。允许资本、人才、商品自由流动的国际化大都市往往对外国人和历史上处于边缘化的群体持一种更开放的态度。当然,城市无法提供村庄或乡镇给人的那种浓厚的共同体纽带感,但城市居民往往对所在城市的特定生活方式感到自豪,并愿意为此而努力。蒙特利尔人竭力推动该市的法语特征,耶路撒冷人则努力强化其宗教身份认同。实际上,表达某种身份认同或精神的城市往往表现出最强烈的都市自豪感。

把全球化的开放性和强调地方特殊性结合起来的城市也往往具有吸引游客的国际性声誉。人们前往伦敦去感受牛津的学习精神,前往巴黎则是要参与其浪漫精神。当然,当地人或许不同意吸引游客或参观者的俗套观念,但很少有人拒绝这些精神本身。居住在牛津"边缘化"社区的人或许批评其精英主义教育途径,迫使社会行动者重新思考人们公平接受教育的问题。好莱坞式的爱情观遭到巴黎人的拒绝：巴黎人的浪漫观点是与资产阶级生活形成对比。耶路撒冷的社会批评家认为，宗教应该有一种吸引人的新解释，而不是专注于物品、石头或圣物。北京也吸引了中国最著名的政治批评家云集于此。简而言之，城市精神为居民提供了政治论证的主要来源。

城市有各自独特的精神，这一观点有悠久的历史，这里的精神是指导居民思维和判断的共同的生活方式。在古代世界，雅典是民主的同义词，斯巴达则代表了军事化训练。耶路撒冷表达了宗教价值观，中国周朝时期作为首都的洛阳双城（成周与王城）则以商业大都市而繁荣。

那么，认为城市在现代世界代表不同社会价值观的观点说得通吗？今天的都市区庞大、异质、多元化，认为某个城市代表了这种或那种精神似乎显得怪异，但是只要想想北京和耶路撒冷就明白了：还有比这两个城市差别更大的吗？这两个城市都被设计为围绕一个中心的同心圆，但一个表达的是精神的、宗教的价值，另一个表达的是政治权力。显然，有些城市确实表达或特别强调某种社会和政治价值观。甚至在一个国家内部的城市如蒙特利尔和多伦多，北京和上海，或耶路撒冷和特拉维夫似乎也表现出价值观的明显差别。芝加哥的官方网站就明确区分了它与纽约的不同城市品质。就像国家一样，城市常常成为集体自我身份认同的场所。

但是,这是好事吗?如果人们过于激烈地确认自己民族的独特性,这种争夺很容易演变为仇恨和战争。但是,城市就不同了,爱城主义其实能遏制民族主义的泛滥。除了像新加坡这样的城市国家之外,城市一般没有军队,所以城市的自豪感不大可能采取危险的形式。多数人确实需要确认某种社会特殊性,这种需要投射到城市往往更好些。拥有强烈爱城主义情感的人要自我感觉良好并不需要强烈的爱国主义。虽然首都居民的民族主义情绪确实更强烈些,但同样真实的是在危机时刻如受到外国支持的恐怖分子大袭击时,人们往往能围绕一面旗帜聚集起来。我们在世界九座城市的访谈显示,大部分"城市居民"拥有自己的无需延伸到整个国家的身份认同。

确认一个城市的精神还有其他理由。全球化有同质性倾向,这一点在中国城市发展中表现得很明显,这里三十多年的市场改革消解了许多传统街坊和生活方式。因此,中国和其他国家的许多城市正在花费时间、金钱和心思去保护其独特的精神,用以帮助抗衡这种同质性倾向。在长沙,有机构向市民咨询该市独特性的"精神",这些调查结果对都市规划和文化遗产保护产生了影响。打造城市品牌的努力在其他地方也很常见。特拉维夫的官方网站提到城市的目标,即要把它打造成为以色列同性恋者的"首都"和世界同性恋社区中心之一。

拥有一种精神的城市也能实现在国家层面上难以实现的令人向往的政治目标。让美国的政客来认真实施应对气候变革的计划可能需要等待很长时间，但像波特兰和杭州这样为自己的环保精神感到自豪的城市，在环境保护方面可以做得远远超过国家标准。自封为"世界首都"的纽约市根据其抱负之城的精神有效地开展其自己的外交活动。市长布隆伯格已经实施他自己的气候外交，通过直接邀请世界数百位市长来集中讨论都市领袖如何共享政策倡议和技术来减少碳排放，规避以国家为基础的高峰会。

推动城市精神还有很好的经济理由。开发出一种清晰身份的城市能够帮助复兴凋敝的经济。一个漂亮的博物馆把西班牙的毕尔巴鄂从一个衰落的工业城市变成了艺术世界的圣地麦加。在中国，喜欢文化的游客蜂拥参观曲阜，因为他们想看看儒家鼻祖孔子的家乡，这反过来促进了当地经济的发展。如果城市推动儒家学说，许多人可能不担心，但这些政策若在国家层面推行可能就会引起很多争议，因为国家应该平衡和兼顾多方的考虑。

最后，一个城市的精神也能激励具有世界意义的社会和政治理论。雅典和斯巴达模式的竞争为柏拉图和亚里士多德的政治理论提供了思想基础，而中国社会和政治思想最具有创造性的阶段出现在思想蓬勃发展的战国时代的城市中。约翰·洛克的《论宽容》就是受到他在17世纪欧洲最开放和最宽容的城市阿姆斯特丹逗留的直接启发。当然并非巧合的是查尔斯·泰勒的多元文化主义和语言权利的理论来自蒙特利尔，那里的居民不可避免地必须在这个城市微妙的语言政治航道中穿行。

所以，答案有了。请热爱你的城市，如果必须选择的话，那就爱城市比爱国更多些。

贝淡宁 艾维纳·德夏里特 著 吴万伟 译

本文译自 *Tired of Nationalism? Try Civicism*，

原载于 *HuffPost*，2011 年 12 月 9 日

爱城主义理所当然:超级大都市的崛起

都市理论家向我们保证城市生活的好处,比如相比于乡村生活人均碳排放量更低。爱德华·格莱泽影响很大的书的标题说出了一切:"城市的胜利:我们最伟大的发明如何让我们变得更富裕、更聪明、更环保、更健康、更幸福。"

但是都市生活也带来心理上的代价。小城镇和乡村为人们提供了建立在历史持续性和文化基础上的共同体意识。而大城市扼杀差异性,在都市化伴随着看似不可阻挡的资本主义冲击下,它就具有了把众多地方文化改造成单一的消费主义文化的巨大影响力。

中国城市的单调乏味、千篇一律的面孔似乎消除了让人类社会生活如此宝贵的多样性。中国城市前三十年是苏联式现代化的对象,后三十年则像是美国式现代化的对象。从建筑学的角度看,它或许是两个世界的最糟糕之处的结合。

但是中国城市的相似外表掩盖了人性中根深蒂固的对特殊性和共同体的追求。我在北京和上海两个超级大都市教书，这两个城市表现出不同的社会和政治价值观体系，它们体现在街道布局、经济活动、对外人的开放性，甚至出租车司机的对话中。如果城市可以被拟人化，北京可能是具有公共服务精神的学者或战士，而上海则是一个热衷于时尚、美食和娱乐的美女。

中国的其他城市也不像乍一看那么千篇一律。有些城市如杭州以其环境保护意识而自豪，而成都和重庆等大城市则竞相承诺于社会正义。中国社会科学研究的新领域之一就是调查像长沙和哈尔滨等城市的不同"精神"。

我们热爱自己的城市的观点不应该令人吃惊。现代史上最著名的口号之一是"我爱纽约"。用英文写的"我爱北京"常常见于中国首都的 T 恤衫上。玩世不恭很容易，说这一切都是钱闹的，但是这个口号确实接通了真正的情感，人们确实热爱自己的城市。纽约的精神是众所周知的个人主义，但它背后的共同体意识和都市自豪感在"9·11"事件之类的危机时刻充分体现出来。都市自豪感的部分内容可以被称为"爱城主义"，这来自纽约不同于美国其他地方的认识，纽约人常常说他们更热爱自己的城市而不是国家。

我们面临的挑战是把都市生活的优越性与小城镇和乡村生活中

的共同体意识结合起来。正如人们很难对麦当劳的邻居感到自豪一样，对一个只能表现全球化同质性的城市感到自豪是很困难的。但是表现出独特精神的城市能够激发人们对满足共同体需要的归属感。是的，这种爱城主义常常体现在反对体现相反价值观的另一个城市。但是，和国家不同，城市之间一般不会发生战争，所以我们无须过分担心。

吴万伟 译

本文译自 *The Idea That We Love Our Cities Should Not Ne Surprising*，
原载于 *The Guardian*，2012 年 1 月

三
儒家思想与中国政治

中国垂直模式的民主尚贤制：对读者评论的回应

　　首先请允许我感谢编辑本雅明·哈默组织这次系列交流会。拙著《贤能政治：为什么尚贤制比选举民主制更适合中国》（以下简称《贤能政治》）的出版，在读者中产生了热度和光亮。黄玉顺和刘京希的前两个评论产生了热度①，章永乐和曹峰的后两个评论产生了光亮②。我对产生光亮的评论特别感兴趣，因为我能从中学到很多东西。但是，我也需要对产生热度的评论做出回应，因为澄清误解和阐明难以调和的分歧非常重要。请允许我从谈论前两个评论开始，然后再谈论从后两个评论中学到的东西。③因为

---

　　① 参见黄玉顺：《"贤能政治"将走向何方——与贝淡宁教授商榷》，《文史哲》，2017 年第 5 期；刘京希：《构建现代政治生态必须祛魅贤能政治》，《探索与争鸣》，2015 年第 8 期。

　　② 参见章永乐：《贤能政治与中国革命的经验》，http://www.aisixiang.com/data/1099333.html；曹峰：《先秦道家对于贤能的思考》，《人文杂志》，2017 年第 10 期。

　　③ 第五个评论（来自方朝晖）非常有趣，但我不愿做出回应，因为它不涉及政治尚贤制或者我的《贤能政治》一书。不过请让我说明，我赞同方朝晖对白鲁恂的批评。

文章篇幅所限，我无法回应所有的细节性论证，也不会进行无谓的辩解。

既认同政治民主制又认同政治尚贤制有什么错

澄清政治尚贤制与民主的关系非常重要。黄玉顺和刘京希都认为，不管在哪一级政府，也不管有什么样的历史和文化背景，民主都应该作为挑选和提拔领导的标准。他们反对任何形式的政治尚贤制，对自孔子和柏拉图时代以来政治理论家们都一直在激烈争论的问题提出一劳永逸的解决办法，试图彻底解决政治统治问题。我的观点是应该对背景保持高度的敏感。我要捍卫的理想是"垂直的民主尚贤制"——基层民主，上层尚贤，中间可进行政治试验。民主指的是民众当家作主的观点，政治尚贤制指的是旨在挑选和提拔能力和品德高于平均水平的人担任官员的政治制度。在我看来，民主制和政治尚贤制都很重要，我们需要思考如何在特定背景下将两者完美地结合起来。

我的主张是应该用垂直的民主尚贤制理想评价中国的政治现实，但不一定用来评价其他。我将把这个原则用在当今中国背景下来显示理想和现实之间存在的巨大鸿沟，并提出缩小鸿沟的建议措施。但是，为什么应该用垂直的民主尚贤制来作为评价中国政治制度的标准，原因有四：第一，国家的规模很重要——这个理想仅适用于大国。统治和管理像中国这样地域广阔和多样性难以置信的国家要困难得多，将中国与自然资源丰富、同质性强的小国相提并论并没有多大的帮助作用。①而且,在大国的政府高层,问题极其复杂,常常不仅影响社会的多个领域,而且影响世界其他地方和人类的子孙后代。大国的领袖拥有在基层政府工作的政治经验,并且政绩显著,政治成功的可能性就更大些。选举民主制或许适合小国或者大国的基层政府。即便出了毛病如民粹主义盛行,思想狭隘钻牛角尖,忽略长远规划和对子孙后代或世界其他人的关心等,那也不是世界的末日。但是,大国高层出现重大错误就有可能导致世界的毁灭。尼加拉瓜没有签署有关气候变化的《巴黎协定》,没有人对此事感到担忧,但是如果特朗普总统完全忽略这个协定,可能就是全世界的灾难。庞大政治共同体高层领袖的政策影响到数亿人的生活,包括未来子孙后代和世界其他人的生活。因此,政治尚贤制的理想更适合评价像中国这种大国的高层政治制度。

其次,政治尚贤制理想在中国有悠久的历史。在两千五百多年前,孔子就为君子拥有更好才能和品德的观点辩护(这与更早时期的君子出身贵族家庭的含义形成对比),从那以后,中国知识分子一直在辩论官员应该具备什么样的才能和美德,如何评价这些才能和美德,以及

---

① 弗朗西斯·福山认为,丹麦是最接近实现自由民主理想的国家。(参见 Francis Fukuyama. *Political Order and Political Decay: From the Industrial Revolution to the Globalization of Democracy*. New York: Farrar, Straus and Giroux, 2015.)但是,若建议将一个相对同质性的拥有 570 万人口,被弱小和友好的邻居环绕的富裕小国的政治制度应该作为评价如美国、印度或中国等大国的政治成功与否的标准,未免有些荒唐可笑。

如何将选拔德才兼备官员的政治体系制度化。可以毫不夸张地说，贤能政治理想在中国历史上的大部分政治辩论中都被视为理所当然的常识。①中国长达两千五百多年的复杂官僚制度可以被视为将贤能政治理想制度化而持续不懈的努力。但是，整个理想并不一定适用于那些贤能政治并不处于核心地位且没有悠久的尚贤官僚体系的政治背景下的政府。而且，创建贤能政治机构的挑战性极大，往往需要几十年的努力才能显示成功与否（与此相反，即使在像伊拉克和阿富汗这样动荡不定的国家内，将自由和公正的竞争性选举制度化并没有这么困难；至于那些选举是否为这些政治共同体带来好的结果则是另外一个问题）。

第三，垂直的民主尚贤制在过去四十多年里已经激励中国进行了政治改革。西方媒体的典型话语是中国一直存在实质性的经济改革，但政治改革付之阙如。不过，那是因为高层选举民主被视为判断是否进行政治改革的唯一标准。如果我们抛弃这个教条，中国政治制度在过去几十年显然已经进行了实质性政治改革，主要的变化是政府高层在确立贤能政治方面做出的严肃努力。在接受"文化大革命"期间灾难性的教训之后，中国已经准备好在高层依靠经过尚贤制选拔的官员来

①黄玉顺宣称我扭曲了儒家思想，但是他并没有提供任何证据证明，在19世纪中叶到末期遭遇西方政治思想之前，儒家支持民众应该拥有平等权利参加政治活动的观点。儒家常常对错误的政策批评和对政治事务公开讨论，这当然是真实的，但它并不能为政治参与或选举作为选拔领袖方式的平等权利进行辩护。

治理国家。中国能够重新确立尚贤传统的元素，如根据考试成绩的领导选拔和在政府基层根据官员政绩提拔干部。从那以后，贤能政治已经鼓励政府进行政治改革，高层更多强调教育和考试，而在基层则强调政治经验。理想和现实之间存在很大的鸿沟，但是政治改革背后的动机仍然是垂直的政治尚贤制理想。

第四，调查结果一再显示中国的贤能政治理想（即监护人话语）尤其是在政府高层得到了广泛的支持。这个理想得到广泛赞同，而且这种赞同的广泛程度远远高于通过选举产生领导人的理想。贤能政治理想也被广泛用来评估政治制度。腐败问题之所以成为大众心中的大问题，部分原因在于民众的期待。他们认为经过尚贤制选拔出的领导本来就应该拥有高尚的品德。但是，在贤能政治理想没有得到广泛赞同，也没有被典型地用来评价其领导人的社会中，贤能政治理想不一定是评价其政治进步（或退步）的合适标准。

虽然如此，我在书中谈论该议题的方式或许导致读者产生了误解。"垂直的民主尚贤制"是一种趋势而非绝对性问题。我可能给人留下了这样的印象：似乎反对在基层实行任何形式的政治尚贤制或反对在高层实行任何形式的民主制。但是，我并没有否认基层需要某种形式的贤能政治，高层需要某种形式的民主，虽然原则仍然是"政府层次越高，选拔领导人的尚贤制需求也越大"。《贤能政治》在中国推出的时候，典型的反应是贤能政治不仅高层需要，基层更加需要。因为基层选举常常有舞弊和腐败的现象。我同意。比如在山东省，受到梁漱溟"乡村建设运动"启发的儒家知识分子在农村为农民提供道德教育。这种旨在改善农村决策质量的尚贤制是能够和应该受到欢迎的，但是它不应该取代民主基础，最终的目标应该是在基层实行更多的民主。因为民众最清楚本地的需要也最有资格评价领导干部的水平高低。

与黄玉顺和刘京希一样，我也赞同政府高层需要更多的民主。政治尚贤制与大部分民主价值观和实践是相容的。从理论上说，非选举形式的政治参与（如咨询、协商性民意调查和言论自由）与高层的政治尚贤制是相容的。但是，政治尚贤制与最高层领导人的竞争性选举格格不入。因为高层领导人的竞争性选举将破坏旨在选拔有经验、有能力、有美德的领导人的制度优势：没有任何政治经验的民选领导人（如唐纳德·特朗普）能够一步登天（犯下很多初学者的错误），民选领导人不是在思考政策，反而可能花费很多宝贵的时间去筹款和一遍一遍发表同样内容的演讲，民选领导人会受到短期选举考量的限制，整个政治共同体和人类社会的长远利益将因此受到损害。

那么，我与黄玉顺和刘京希的观点分歧何在？差别是政治性的，而非哲学性的。他们反对任何形式的政治尚贤制，更喜欢在包括政府高层在内的任何层次上都实行选举民主。他们认为，民主是具有普遍性价值的原则，应该作为评价政治进步或退步的标准，根本不考虑该国的历史背景、国民素质和国家规模。我的观点与他们不同。我完全赞同某些普遍性价值观，正如拙著提到的那样，有关基本人权，世人有广泛的共识，人们普遍反对奴隶制、种族灭绝、屠杀、虐待、长期性任意拘留、系统性的种族歧视等，普遍赞同法律面前人人平等。我也认为，随着社会不断现代化，对民主的需要也越来越多。随着社会越来越复杂，公民受教育程度越来越高，要求也越来越多，人们需要更多的言论自由和结社自由。非选举形式的政治参与，如监督政府的权利、提供建议的权利，能够帮助满足体制外具有公共服务精神的人们的愿望。这些趋势是包括新加坡在内的其他现代化东亚社会的典型特征。非常明显的是，新加坡求助于尚贤制作为其合法性来源之一，我们没有理由认为中国是个例外。但是，类似西方国家的高层选举民主将破坏"垂直民主尚贤制"的优势，那是我们的分歧所在。黄玉顺和刘京希可能不同意这个观点，但至少我们需要弄清楚分歧在什么地方。我准备好改变自己的想法，但黄玉顺和刘京希也需要解释，在拥有得到民众广泛支持的贤能政治传统的大国，为什么认为在高层实行选举民主仍然有好处。

不是简单地明确表达自己的偏好，他们需要用当今社会科学和历史的证据来支持自己的主张，同时还要解释为什么民众选择的领导人更有可能处理全球性挑战，如气候变暖和管理危险的人工智能。我渴望进行类似的辩论，我希望辩论能以文明的和相互尊重的方式进行，这样我们可以从交流中相互学习和提高：孔子和约翰·密尔肯定同意我们应该竭力学习其他观点。我真诚希望从批评者身上学到很多东西，现在请允许我转而谈论为我提供学习机会的两篇评论。

群众路线和老庄传统是规避政治尚贤制缺陷的思想资源

在拙著第三章，我谈论了政治尚贤制的缺陷，并提出了弥补高层选举民主的缺陷的若干建议。第一个问题是根据德才兼备原则选拔出的领导人可能滥用权力。我认为，中国已经形成了诸如集体领导、任期制和年龄限制等制度来解决这个问题。①但是，光有这些保证还不够，要解决腐败问题，需要进行儒家道德教育和制度保证等。我没有想到的是，反腐败运动在《贤能政治》出版后的几年里迅速取得成功。成功的主要原因是反腐败运动依靠严厉惩罚作为恢复社会秩序的手段。但是，惩罚措施只能在短期内有效，若要获得长远的成功，就必须让官员从内心认定腐败是道德罪恶，需要他们在根本不担心被抓住的情况下也主动戒除腐败。所以，我仍然认为，强调修身的儒家道德教育还能发挥重要作用。令人鼓舞的是，儒家道德教育已经纳入正规的学校教育和培训官员的党校教育体系中。但是，改造观念的成功需要花费很多

---

① 值得注意的是西方选举民主在权力滥用面前也脆弱得很：许多国家的民选政客拿少数民族做替罪羊和侵犯其基本人权。如果他们赢得社会民众的广泛支持的话，那么没有单一的机构保证能够约束迫切渴望权力的政客。

年,这样的措施还需要同时减少腐败刺激的举措,包括提高官员的工资和清晰划分经济权力和政治权力等。

政治尚贤制的第二个问题是它可能导致政治等级体系的僵化。这是中国历史上的沉疴宿疾,经常需要重新思考尚贤观点和机构设计,以便打破僵化的等级体系,确保政治共同体内成员之间的机会平等。[①]在当今中国,一个重要问题或许是贫富差距拉大,结果是出生于富裕家庭的人拥有更多机会。因此,必须缩小贫富差距,但这也需要许多年的努力才能实现。

第三个缺陷是合法性问题。在政治尚贤制中,高层没有竞争性选举,无法给所有公民一种他们参与政治权力的希望(或幻觉),对体制外的人而言,这种制度很难为自己的合法性辩护。在拙著中,我认为现有的合法性论证根源——民族主义、政绩、选贤任能——在未来是不够的。我曾经提出的观点是就“垂直的民主尚贤制”进行全民公决,这是公民清晰表达赞同制度的形式。我为全民公决辩护的理由是选民往往充分了解实情,如果与常规性的民主选举投票相比,他们在公投时对重大问题是知情的。我的观点得益于自己参加两次魁北克独立问题全民公决的亲身经历。但是,《贤能政治》出版之后的英国脱欧公投已

---

① 请参见汪沛:《中国政治尚贤制辩论的历史考察》,《哲学与公共议题》,2017 年 11 月。(http://fqp.luiss.it/2018/01/05/debates-on-political-meritocracy-in-china-a-historical-perspective/)

经动摇了我对全民公决的信心。如果连世界上最成熟的民主国家的选民都会以不理性的方式投票——英国选民的教育水平越高和他们与国内欧洲移民的实际互动越多，投票支持脱欧的比例越低——我们为什么期待在相对贫穷的和没有悠久民主传统的国家选民投票时会更加理性呢？如果中国举行垂直民主尚贤制的全民公决，或许应该同时实行尚贤色彩的监督制衡，如出独立专家制定有关政治选择的多项选择问卷。

但是，在中国背景下，全民公决的建议或许显得有些牵强。与此同时，需要其他机制来为政治制度赢得更多的民主合法性，尤其是赢得体制外的认可。在这方面，章永乐和曹峰的评论特别有帮助作用。章永乐认为，公共教育需要倡导"尚贤"，"以便维持这样一种民意：政治家是一个需要特殊才干的职业，需要培养和锻炼，尽管获得培养和锻炼的机会具有开放性，但最终能够进入到这一职业路途的只可能是少数人"。但是，也有一种需要来确认这个观点，"即便是未能进入这一职业路途，普通人在社会基层、在各行各业都能够参与公共事务，并有可能做出卓越的成就，得到国家的承认和表彰"。革命时代留下了普通人得到国家承认和表彰的可能性。其中，关于政治美德有一种更少知识分子色彩的认识："获得荣典的一线劳动者，也经常能获得政治提拔，走上更大的政治舞台。这些选拔人才的实践塑造和加固了一种社会信念：平凡的职业是可以做出重要贡献的，甚至有可能从其他职业转到领导岗位上,接受组织的锻炼和培养。"①但是,在"文化大革命"期间对一线劳动者的尊重往往伴随着激烈的反智主义。今天的挑战是在尊重不同政治美德的同时并不激烈批判体制外的群体(没有针对敌对阶级"坏分子"的暴力)。

章永乐认为,维持合法性的最大来源来自革命年代产生的"群众路线":"'群众路线'倡导'从群众中来,到群众中去',这不是为了政治精英树立亲民形象的'亲民路线'。'群众路线'反对的是少数精英'先知先觉',所以可以自上而下地指导'后知后觉'与'不知不觉'者的看法,而是认为对真理的认识是一个被集体的实践不断修正的过程,党员干部只有深入群众,保持与群众的血肉联系,才能够克服自己的教条主义与经验主义,形成更为符合实际的认识,而这对于制定正确的路线、方针、政策是非常重要的。要践行'群众路线',还需要'找到群众',这不仅需要干部往下走,同时也在一定程度上要求基层社会达到某种组织化,从而在决策者、执行者与基层社会之间建立起无数的毛细血管。这有助于决策者迅速听到基层社会的政策诉求,并做出及时的回应。而一个具有很强民意回应性的政治体制,无疑更能获得普通民众的支持。"②

---

① 章永乐:《贤能政治的未来——评贝淡宁〈贤能政治:为什么尚贤制比选举民主制更适合中国〉》,《文史哲》英文版(*Journal of Chinese Humanities*),第4卷第1期。
② 同上。

章永乐的论证发人深省。践行群众路线是赢得广泛支持的合法性的方式。今天令人鼓舞的是，中国现有和未来的官员通常都需要长时间在贫穷农村地区工作，以此帮助培养干部的觉悟，使其对社会最弱势的群体的需要保持高度的敏感。[1]但是，当前的基层并没有充分的机会成立自发性组织。

曹峰的文章讨论了道家对尚贤制的批判。儒家和墨家在先秦时期为不同的政治尚贤制概念辩护，但是道家反对尚贤制。道家思想的创始人老子毫不客气地提出不尚贤、不使能的观点："不尚贤，使民不争。不贵难得之货，使民不为盗。不见可欲，使民心不乱。"[2]其基本观点是任何形式的竞争性社会——包括鼓励基于政治贤德概念的竞争——都让人变成羡慕他人和嫉妒他人的"失败者"。为了获得更好的生活，最好放弃任何竞争欲望。因此，"圣人之治，虚其心，实其腹，弱其志，强其骨，常使民无知无欲，使夫智者不敢为也。为无为，则无不治"[3]。统治者应该限制竞争和野心驱使的政治，这意味着反对用智用贤。

同样，庄子也反对尚贤。他赞同老子的观点"尚贤"将导致充满竞

---

[1] 在"文化大革命"中，数百万受过教育的城里人不得不花费长时间到农村接受贫下中农的再教育。对许多知识分子来说那是可怕的经历（尤其是因为他们根本不知道什么时候能够返回城里）。但是，它产生了积极的后果，经济改革初期的领导干部有农村生活的经历，很好地感受到农民的需求（此处，我要感谢汪晖的深刻见解）。干部失去了与群众的密切联系，更有可能推行一些忽略群众真实需求的政策。

[2]《老子》第三章。

[3] 同上。

争和混乱的社会："举贤则民相轧,任知则民相盗。"①庄子进一步指出,区分贤与不贤的观点本身令人怀疑,每个人的才能都是有限的,其视角难免偏颇。"吾生也有涯,而知也无涯。以有涯随无涯,殆已。已而为知者,殆而已矣。"②人们只是居住在特定的地方,处于特定的情景中,获得的知识有限,却常常以为自己的观点就是全部真理,没完没了地从自己的视角看问题或者阐明自己有限的观点。"故有儒墨之是非,以是其所非而非其所是,欲是其所非而非其所是,则莫若以明。"③圣人无论有多聪明,他也不能避免卷入到社会关系的网络和导致灾难的政治阴谋中,"昔者龙逢斩,比干剖,苌弘胣,子胥靡。故四子之贤而身不免乎戮"④。所以,解决办法是放弃追求智慧的观点,"至德之世,不尚贤,不使能"⑤。

老庄传统在反智主义方面或许看似非常极端。但它的确提醒我们,意识到自己的视角必然是有限的,意识到需要对那些傲慢地宣称掌握全部真理和充满信心地确认其政治效率的人表示怀疑。解决办法不是放弃某个视角比其他视角更好的观点——庄子至少承认意识到自身局限性的人比没有意识到的人更好些——也不是放弃选拔在才

---

① 《庄子·庚桑楚》。
② 《庄子·养生主》。
③ 《庄子·齐物论》。
④ 《庄子·胠箧》。
⑤ 《庄子·天地》。

能和品德上高于中等水平者的想法。我们必须做的是选拔任用拥有多样性才能和不同视角的官员以帮助纠正任何个体的局限性。曹峰认为，黄老传统与道家的见解可以用于实现政治目的："既然是一种政治思想，就必须通过贤能之士加以贯彻和实施。因此不可能像老庄道家那样无条件地怀疑、排斥贤能，甚至将其视为祸乱之根。相反，为何需要贤能、需要怎样的贤能、如何使用贤能，成为黄老道家政治思想中的重要一环。"[1]

在政治实践中，君王需要承认他自己不能任何事都亲力亲为，需要使用精明能干的官员，甚至最聪明的圣人的知识和视角也是有限的，需要得到帮助（和批评）："为一人聪明而不足以遍照海内，故立三公九卿以辅翼之。"[2]为了让官员放开手脚，大胆作为，君主必须实施无为的策略："夫君也者，处虚素服而无智，故能使众智也；智反无能，故能使众能也；能执无为，故能使众为也。无智、无能、无为，此君之所执也。"[3]

考虑到知识和视角的局限性，君主应该尽可能多地选拔任用不同背景和技能的官员，最大限度地发挥人才的作用："轻者欲发，重者欲止，贪者欲取，廉者不利非其有也。故勇者可令进斗，不可令持坚；重者可令固守，不可令凌敌；贪者可令攻取，不可令分财；廉者可令守分，不

---

① 曹峰：《先秦道家对于贤能的思考》，《人文杂志》，2007 年第 10 期。
② 《淮南子·修务训》。
③ 《吕氏春秋·分职》。

可令进取；信者可令持约，不可令应变。五者，圣人兼用而材使之……夫守一隅而遗万方，取一物而弃其余，则所得者寡，而所治者浅矣。"①总而言之，君主应该意识到自己的局限性，网罗天下贤才，因人善任，才尽其用。

在无君主的政治制度中，黄老学派或许建议反对独裁统治，尤其是统治者如果受到个人崇拜，被称颂为最聪明和最仁慈的人。在集体领导制中，不同的视角能够为高层政策制定过程提供指导。在中国这样的大国，高层集体领导也需要得到各级政府庞大官僚系统的支持，里面配备有不同背景和不同才能的官员。但是，即使这种制度也不能充分减少道家对政治尚贤制黑暗面的担忧：在现代世界，选拔任用不同才能和背景的官员的运行良好的政治尚贤制，也需要得到竞争激烈的教育体制的支持，这种教育制度旨在选拔和教育英才。社会上占支配地位的竞争心态将导致没完没了地追求成功，这给"失败者"造成痛苦和怨愤，从而播下社会动荡的种子。如果在资本主义经济制度下，道家的这些担忧将变得更加严重。因为这种制度奖励那些成功创造消费者新需求和新欲望的公司，人们永远不应该满足现状。

那么，在当今时代，我们该做些什么来减缓和消除政治尚贤制对社会造成的负面影响呢？或许最好的方法是强调官员并非通向有意义

---

① 《文子·自然》。

生活的唯一道路。这意味着给予服务社会利益的"非政治的"生活方式更多的社会尊重和物质价值，如农民、家庭保姆和体力劳动者等。这也意味着为怀疑尚贤制的势力留下存在空间，但确保其不会产生真正的威胁。当今中国最引人关注的社会发展是一种"萌文化"的快速传播：可爱动物、机器人、视觉情感符号（emoji），被公众普遍认可，并介入人们的日常生活与社交互动。这种趋势开始于 20 世纪 70 年代的日本。①当时，日本在很大程度上被竞争激烈的教育制度所支持的尚贤文化所支配。"萌文化"最初在十几岁的少女中间流行，后来扩展到社会其他领域。

在过去十年左右，"萌文化"像野火一样在中国迅速蔓延开来，中国的城市大街上充斥着可笑的酷狗和萌猫，使用卖萌表情包几乎是社交媒体交流的必需，甚至也用在官方背景如大学管理者的交流中。②值得提出的问题是，为什么"萌文化"如此迅速和深刻地在中国社会扎下根来？其中一种解释是它有助于尚贤竞争。根据最近的一项研究，观看卖萌的形象有助于让人的行为变得更加认真，注意力更加集中，这给学习和办公室工作都带来潜在的好处。③但是，对于政治尚贤制的辩护

---

① http://bigthink.com/paul-ratner/why-do-the-japanese-love-cute-things.

② 这里不是要提出批评。传统电子邮件的问题之一是口信无法传达感情，因此很容易造成误解。现在，我们可以添加一个笑脸或者表示其他情感的符号作为信息的补充，这样能够减小被误解的风险。

③ http://journals.plos.org/plosone/article? id=10.1371/journal.pone.0046362. 感谢朱利安·贝尔寄给我这项研究成果。

者来说,更深层的原因或许既令人担忧又令人振奋。一方面,"萌文化"代表了一种反抗——不认同服务于公共利益的无趣和辛苦工作的(大部分是男性)官僚价值观,而是认同玩乐的价值观和一定程度的自我放纵的生活方式。另一方面,"萌文化"减弱"力争上游"的竞争欲望,帮助安抚尚贤竞争中的"失败者",从而让尚贤制保持稳定。①

总而言之,如果我们的任务是要改善和巩固垂直的民主尚贤制,我们不仅能够从儒家那里,而且能从革命时代和道家那里学到很多东西。更具体的是,革命时代的群众路线和道家的观点能帮助改善尚贤制在体制外群体中的合法性——他们缺乏参与更高政治职位竞争的必要渠道。群众路线能够帮助基层民众获得参与政治的机会,能够帮助精英对群众的需要做出更积极的回应,道家对整个尚贤体制是否值得向往的怀疑,能够帮助、赋予得到社会尊重的其他生活方式如"萌文化"以合理性,这些生活方式让政治尚贤制的"失败者"能够看到生活的意义。

吴万伟 译

本文原载于《文史哲》,2018 年第 6 期

---

① 如果"萌文化"热(至少部分)是以另类方式对于贤能政治制度的回应,那么"萌文化"将不会在缺乏竞争性的社会中产生实质性的社会影响。这种假设得到如下事实的支持,"萌文化"在挪威和丹麦等世界上最幸福的国家产生的社会影响非常小。

中国贤能政治的未来

任何一国的政治体制都有缺陷,中国也不例外。然而一些西方中国问题专家将一些迹象解释成中国政治体制处于崩溃边缘的证据,最近的例子是乔治·华盛顿大学的沈大伟。但是,这样的结果当然不会出现。执政党牢牢掌握着权力,高层领导人赢得民众的广泛支持,任何其他政治选择在今天都无法得到广泛的支持。

更具现实意义也更值得向往的结果可能是,保留现有制度优势的政治变革。但是,中国政治模式的优势究竟何在?在没有外部压力的情况下如何取得进步?我相信,在政治更加开放的环境下,这个模式会不断完善,最终以合适的方式接受民众的检验。

选举民主并非政治改革的唯一形式。在中国,过去三十多年的变革中一直遵循三个原则:政府层级越低,政治体系中的民主成分越多;

在最低层和最高层政府之间留出探索治理新模式的最佳实验空间；政府层级越高，政治体系中的尚贤成分越多。

中国政府在 20 世纪 80 年代末期引入村级民主选举，以便维持社会秩序和遏制地方官员的腐败；到了 2008 年，九亿多中国农民已经行使了选举权。选民不是选择政党，相反，他们直接提名候选人，并采用不记名投票的方式选出任期三年的村民委员会。①一般来说，投票率很高，随着时间的推移，选举质量也在逐步提高。

中国政府有很好的理由支持基层的民主选举。在小社区里，人们对所选择的社区管理者的能力和品德有更多的了解。地方性议题相对直接也更容易理解，更容易产生共同体的感受。即便出现了错误，地方层次的代价也较小。

在城市和省一级，中国政府往往以经济和社会改革对体制进行修补，然后将成功的经验应用到其他地方。在向其他地方推广前，会分析出现的问题，对政策进行调整。这种改革试验有很多形式，最著名的就是进行市场导向政策试验的深圳经济特区，随后它的模式被推向全国。中国政府还进行一些改革试验，比如吸引非国有资金为老年人提供医疗保健，以及保护工人合法权益等，这些都挑战了对所谓"威权型治理"的常见臆断。事实上，中国政府非常清楚"经济增长至上"发展模

---

① 2018 年 12 月 29 日，第十三届全国人大常委会第七次会议表决通过《关于修改〈中华人民共和国村民委员会组织法〉的决定》，村民委员会每届任期五年。——编者注

式的昂贵代价。所以已经鼓励地方政府尝试用更加多样化的指标来考核政府官员的政绩,比如杭州优先考虑环境的可持续性,成都则强调要缩小城乡居民的收入差距。

中国比较灵活的宪法体制没有将不同层级政府的权力分工视为"神圣"原则,因而更容易进行此种试验。国家的政治稳定也确保成功的地方改革创新经验推广到中国的其他地方。但在西方民主体制下,因为政党轮流上台执政,不能确保维持和扩展前景良好的新尝试,从而意味着政策领域缺乏推动试验和革新的积极性。

中国模式的高层特征是贤能政治,即高级官员的选拔应该基于德才兼备的原则。在皇权时代的中国,贤能政治依靠科举制使优胜者取得功名与权力的途径制度化。这种科举制可以追溯到6世纪和7世纪的隋朝时期。在帝制彻底终结之前的1905年,科举制被废除了,但是在过去的三十多年里,新的考试体制又被重新确立起来。

那些渴望成为政府官员的人必须通过公务员考试,这是类似于智力测验性的考试,里面还有意识形态方面的内容。通常是成百上千个申请者竞争一个初级岗位。他们必须在基层表现良好,经过一级一级的严格考核,才能进入政府部门。政府高官必须积累数十年的各种行政管理经验,而只有少数才能进入政府高层。

中国的贤能政治选拔过程最适合一党执政的国家。高层领导人能够制订长期计划。多党制体系不能确保官员因为在低层级政府时的优秀政绩而被提拔到高层级政府,同时也没有培训高层管理者的积极性。因为主要官员的任命是随着选举结果而变化的。

与中国领导人们相比,需要担心下一场选举西方民主国家领导人在决策时更有可能受到短期政治利益考虑的影响,更容易受到强大特殊利益集团的游说和摆布。如果这些利益与选民的利益或选举活动资助者的利益发生冲突的话,受政府政策影响的非选民利益(如子孙后代的利益)很有可能被牺牲掉。民选领导人需要花费很多时间筹款,一次次地发表竞选演说。与之相反,依据选贤任能原则选拔的领导人则是根据他们做了什么而非他们说了什么来评价的。

当然,理想的中国模式与政治现实之间还存在着巨大差距。比如,即使村级民主选举是公平和自由的,掌权的可能性并不总是转变成真正行使权力,当选的民意代表的权威仍然受到掣肘。

在市级政府和省级政府的政策试验方面,问题是如果革新触动到权力群体的利益的话,改革的动力往往会减退。而公众的压力能够平衡这种压力,一个典型的例子是,2003 年"非典"疫情引发广泛的批评,极大地推动了 20 世纪 80 年代初期开始的农村医疗卫生改革的试点项目在全国范围推广。

政府还能通过其他方法进一步消除试验的不良后果,比如委托社会科学领域的专家组成的顾问机构评估在不同地区进行的试验是否具有政治敏感性。

只有在根据高超的能力和优秀的品德选拔领导人的情况下，高层的贤能政治才值得向往。很少有人怀疑中国领导人的领导能力，更深层次的原因是他们愿意致力于服务公共利益的政治品德。比如，从20世纪70年代后期至今，中国领导人优先考虑脱贫和大力发展经济的选择不是没有道理的。如今，政府更多强调环境的可持续发展。

在贤能政治体系中，腐败、以权谋私的危害性特别巨大。因为领导干部的合法性即便不是全部，至少部分就来源于他们被视为品德高尚和献身公益的人。在有的国家，清除腐败官员首先要依赖于民众，但是贤能政治必须依靠独立的监督机构、严厉惩治贪污和高薪养廉等手段。总体上看，过去三十多年中国的腐败呈现增长趋势，这也是因为在过去几年里社交媒体的曝光和腐败官员炫耀性消费的滋长。正是认识到这个致命威胁，习近平主席才将反腐作为国家的大事。

这场反腐败"战役"，在中国历史上算是持续时间比较长，也更具有系统性。无论反腐败过程中出现了何种政治偏见，净化体制是必须的。

从更长远来看，中国政府非常清楚，现在推动的经济现代化到了一定程度，往往会出现政治上的变革。但贤能政治在中国有深厚的根源，调查一再显示，大部分人更支持"监护人话语"，而不是西方自由民主话语。前者授权能干的官员承担起维护社会利益的责任，后者则优先强调程序性安排，确保民众参与政治和自己选举的权利。人们可能回应说,这种政治偏好将随着教育程度的提高而有所改变,但是在我任教的中国名牌大学清华大学里的学生往往都支持贤能政治。

虽然这样说,中国仍然存在对政府透明和法治等价值的需求。随着中国的现代化进程,这些要求会越来越强烈。怎样才能既保持社会的开放,又不会威胁到精心构建的贤能政治呢?

中国模式的胜利将有助于增强该体制的民主合法性。国外批评家常常指控中国政府因为没有民主选举和缺乏民众支持,因而在本质上并不稳定或缺乏合法性,如今是民众而不是政府会让他们闭嘴。

中国人常常对可以追溯到几千年前的悠久文明感到自豪。没有人反对中国应该维持和壮大建立在伟大文化成就基础上的文明,无论是饮食文化还是武术或医药。为什么不能在贤能政治的伟大传统基础上建立政治体制呢? 当然,这个传统需要证明在现代世界里依然是可行的,并具有适应能力。在我看来,该体制已经显示出真正的潜力,而且应该成为判断未来政治改革进步与否的标准。不过,该模式在某个时间点也必须得到中国人民的认可。

吴万伟 译

本文原载于《南风窗》,2015 年第 14 期

"天下"归来

    中西方政治最大的区别是，直到一百年前，中国人总是在考虑"天下"。从传统意义上来说，中国人不会以"国"的概念考虑问题，觉得国家就是天下，中国人不习惯只考虑自己国家的利益，或者我们跟周边的国家是否会有矛盾冲突。可是西方人考虑问题的角度不是这样的，他们认为政治的主要目的就是法家所说的"富国强兵"。西方人考虑的是"国家"的概念，以及怎么为"国家"服务。这种观念在西方有很长的历史，"国家"与"天下"的差异是中西方最大的区别。

    因为近代中国也曾被其他国家欺负，包括西方国家、日本等，所以中国也逐渐开始强调"主权"的问题。但是这些价值观完全是西方的价值观，"主权"不是中国传统里就有的，是舶来品。

西方制度不符合中国国情

与一百年前相比,中国现在没有那么落后了,国家比较稳定。所以现在很多人想恢复这些传统的价值观,其中也包括"天下"观念。因为现在只着眼看自己的国家已经远远不够,还得考虑到整个世界。中国的外交政策一定会影响到世界上的其他国家。因此,用什么价值观来考虑问题就显得尤为重要。现在很多中国的专家学者都提出要用"天下"这个世界观。随着经济发展和中国实力的壮大,现在是时候恢复自己的世界观了。

"天下"的概念不是全球化(Globalization),这个词很难翻译,有人翻译成世界(The World),有人翻译成天堂之下(All Under Heaven)。

很多人都在讨论什么是"天下",我认为"天下"有三层含义:第一层是地理上的概念,整个世界,The World。第二层是价值观,我们的理想是儒家的"爱有差等"。我们爱家庭,虽然将这种爱推及家庭之外的时候,这种爱的力量会随着距离的渐远而逐渐削弱。因此,我们固然应该为自己的国家服务,应该考虑自己人民的利益,但与此同时我们也应该考虑天下人的利益。"天下"就是怎么考虑本国之外的其他人的利益。第三层,"天下"还有情感上的含义,即我们对整个世界的关怀。

比如，现在中国政府提出"绿色经济"的概念，就是在发展经济的同时做好环保。为环保付出努力，在西方的民主制度下非常困难。西方民主制度下的统治者主要为选民服务，如果选民和非选民之间有些利益矛盾或者利益冲突，谁会赢？不论这位领导多么聪明，但他没有其他选择，只能站在选民利益的一边，奥巴马就是如此。因此，西方式的民主制度很难解决类似环保这样的问题。

一方面，我们当然需要民主，但在考虑天下人的利益或者为子孙后代的利益做决策的时候，需要一些不同于西方民主的制度。因为这样，决策的执行就会更有效率。从理论上说，中国的政治制度相较于西方的民主制度，在决策上是有优势的。现实是不是这样呢？我们可以继续探讨。相比美国，我更看好中国。如果对中国政府提出改进的建议，很可能会被采纳；但如果在美国，不一定会有这么大的希望。

"天下"的核心是人民

中国有很多人都想恢复儒家的价值观。因此，孔子的学说好像是个好东西。可是另一方面，官方对儒家的解释与学者的理解当然会有区别，我们非官方的人并不要完全被某一种说法局限。因为价值观的理想和现实总会有一些差异。因此，我们需要一定的言论空间。如果完全没有言论自由,就很容易被人利用,也没有办法批评他们。

在天安门广场上立孔子像也许只是一个符号,政府不一定会有更多的实际举措。但这个符号非常重要,因为三十年来整个北京发生了巨大的变化,其中包括天安门广场。天安门广场有非常深刻的政治意义,即使是在国家博物馆门前,但就其结果而言,天安门广场附近摆放了孔子像这件事情的本身是具有很大意义的。①

孔子像空降天安门广场,其他传统价值观的代表是否也会"到此一游"? 我觉得不会,因为中国传统政治的主流价值观是儒家学说。儒家作为学术思想对于其他价值观的态度是十分包容的,也吸取了佛教和法家的一些优点。

法家和儒家还是有很重要的区别的:法家的核心价值观是整个政治为国家服务,可儒家是"为人民服务"。谁是人民? 儒家不会用狭隘的"民族"(Nationalism)的概念去考虑,它指的是整个天下。儒家和法家都觉得治国很重要,但两者治国的目的不同:一个为统治者服务,一个为人民服务。国家的稳定可以用一些法家的方法,但最重要的目的不能是为了统治者。

---

① 2011 年 1 月,孔子的雕像被竖立在国家博物馆北门广场,并非严格意义上的天安门广场区域,后被搬至国家博物馆馆内。——编者注

儒家学说也包含世界性价值

强调传统价值观，并不是官方在意识形态上的倒退。因为按照现在官方的意识形态，治国光靠理想是不够的。我很同意现在的一些做法，比如重视弱势群体的利益等，儒家也需要适应这样的价值观。按照马克思的历史理论，中国现在还处于社会主义的初级阶段，未来的高级阶段是共产主义，这没错，但对老百姓来说，这些哲学理论没有日常生活那么清晰明确。因此，如果治国完全脱离几千年留下来的传统思想，其实是不符合中国国情的。

社会主义的价值观跟儒家的价值观还是有很多相似之处的，包括政府的首要责任是解决贫困问题，孟子也提到了"井田制"的土地改革。西方政治哲学什么时候开始考虑贫困和土地问题？应该是18世纪以后，可是儒家从一开始就提出了。因此，儒家在治国方面有很悠久的历史，当然以前的理论肯定需要有新的发展和解释，不管是社会主义还是儒家思想。

此外，儒家学说包含很多世界性价值观，大家都应该学一些，只是这些价值观比较符合中国的国情。所以，中国人用起来比较容易，也比较愿意接受。如果我把这些理论搬到加拿大去，他们还是会觉得奇怪，因为历史不同，主流思想也不同。

　　全球各地建了很多孔子学院，并不代表着儒家思想的广泛传播，迄今为止我所看到的很多孔子学院都是以学中文为主，而没有很好地传播中国的文化和思想。我去南非参观一所孔子学院，发现南非的价值观和孔子的价值观有很多共通之处。因此，西方的理论不一定是放之四海而皆准的。南非的价值观中也强调"和谐"的概念。孔子学院在这方面也应当做出贡献。

本文原载于《社会观察》, 2011 年第 5 期

发展中国的软实力

　　美国常说自己代表自由和民主。虽然言辞和现实之间存在巨大的鸿沟，但美国确实在向海外"出口"其政治理想。它这么做并不仅仅依靠实力，还依靠政府资助的基金会，比如美国国家民主基金会（NED），向海外"亲民主"的组织提供拨款资助。总部设在美国的非政府组织，如"自由家园"（Freedom House），按照国家的政治自由程度给国家排名，其隐含的意思是其他国家应该与美国宪法中体现的理想保持一致。

　　中国代表了什么？这个问题出现在 2010 年在南非召开的儒家和非洲思想家的对话会议上，此次会议由孔子学院资助举办。这种对话比较新颖，因为对话以非西方术语进行，而且由非西方机构资助。既然中国比较富裕了，它完全有能力资助一些旨在探索西方价值的政治替代物的对话。

但中国代表什么样的价值? 如何向海外推广这些价值呢? 儒家或许是中国主要的政治传统,但有潜力让世界变得更美好的儒家主要价值观是什么?像自由派和基督徒一样,儒家相信其价值观具有普遍性,但中国并没有很好地将政治价值观推广到东亚之外的地方。随着中国成为全球性的政治大国,这样的问题可能变得更加突出。

儒家传统多种多样,派别林立,但当今儒家主要捍卫的是两个关键价值:贤能政治与和谐观。贤能政治的价值不难解释。人人都应该有同等的教育机会以便参与政治活动,但并不是每个人都能从这个过程中获得同等的能力去做出道德指导下的决策。因此,政治体制的一个重要任务是挑选出能力超出常人的人。

不管怎么说,中国共产党实际上已经更加注重贤能政治。优秀学生被鼓励入党,干部的总体教育水平在快速提高。在过去三十多年里,中国共产党成功地推动了经济现代化,这一成就在很大程度上归功于根据德才兼备原则挑选出来的干部。这与具有儒家传统的东亚其他成功国家非常相似。

但迄今为止,中国向发展中国家推广贤能政治的尝试,相对来说一直是非制度化的权宜之计。因此,有必要成立政府资助的组织,如"国家贤能政治基金会",以资助在其他国家推行的贤能政治试验。西方国家或许不怎么感兴趣,但非洲或其他地方或许愿意尝试。这样的项目能帮助受援国提高管理水平,并赢得他们的感激。

和谐的价值观或许最好通过非政府组织来推动。因为政府支持很可能引起政治上的怀疑。因此,我们或许可以想象一个非政府组织,不妨称之为"和谐家园"。它依靠强有力的实证方法判定世界的和谐程度,可根据犯罪率、监狱囚犯数量、离婚率、贫富差距程度等"社会和谐指数"给国家排名。按照儒家"和而不同"的理想,"社会和谐指数"也应该衡量思想和生活方式的多样性。那些在指数上排名靠前的国家可以作为其他国家学习的榜样。

现在到了中国用自己的话语方式参与全球政治价值对话的时候了。中国应该推广激励中国人的政治价值观,如果世界其他地方认真对待这些价值观,将有助于这个世界变得更加美好。这是中国对世界的更大贡献。

这并不是否认自由、民主在中国的价值,但像贤能政治与和谐等本土价值观或许地位更高,中国应该尽力说服世界其他地方认同中国的价值观。当然,这需要中国先在国内树立一个好榜样。

吴万伟 译

本文译自 *Developing China's Soft Power*,

原载于 *The New York Times*, 2010 年 9 月 23 日

美国存在缺陷的民主制度可以从中国学些什么

　　政治尚贤制在现代社会的政治理论体系中基本上一直处于被忽视的地位，但是有三个重要原因让这种政治理念复苏，并对它进行新的诠释，尤其是在中国的大背景下。

　　首先，政治尚贤制一直而且未来也将是中国政治文化的核心。其次，民主是一种存在缺陷的政治体制，而政治尚贤制可以帮助弥补民主制度的一些缺陷。最后，三十多年来，中国共产党已经成为一个更尚贤的政党。

　　政治尚贤制是中国政治文化史上的一个核心主题。"尚贤"的主张是春秋时期以家世门第为基础的上层社会秩序瓦解后出现的。战国时期的大多数著名思想家都赞同这种主张，而且政治思想家们还就如何定义贤德、如何以贤德为基础进行政治实践并建立政治制度进行了讨论。

如果大家普遍赞同西方自由民主制度是最好的政治制度，那么不讨论政治尚贤制也没什么问题。但是，现在对民主制度的怀疑日益加剧。前所未有的商品、服务和资本的全球流动给西方民主社会带来了"控制危机"，政治学家们充分证明了这一点。

资本家的利益在政治进程中发挥了大大超出其比例的作用，特别是在美国的政治体系中。这种现象被称为"一美元一票"而不是"一人一票"，这种说法大概不能说是不对。

中国曾经反对孔子提倡的政治尚贤论。这也可以理解，因为当时的主要任务是鼓励革命热情并使国家具备军事实力，结束外国列强的蹂躏和欺侮。但如今，在共产党的领导下，中国已经变得相对稳定和强大，这意味着中国不再那么担心自身的安全，而是开始关注其政治共同体。

因此，重点已经转向了由有能力和品德高尚的政治领导者进行完善管理，而共产党的选拔机制也变得越来越注重能力和才智。

据官方统计数据显示，2011 年，在类似清华大学这样的知名学府，28% 的大学本科生和 55% 的研究生是共产党员。共产党还注重吸收城市地区年轻专业人才组成的"新社会阶层"，其中包括商人、私企经理、律师和会计师。

共产党的领导干部还需要在廉洁从政方面做出表率。为了表明在选拔政府更高层官员方面的严格性，中共中央组织部公布了选拔党政领导干部的程序。

贤能政治的好处很明显。领导干部要经过严格的才能选拔，只有那些过去表现优异的人才可能进入更高级别的党政机关之中。这一过程包括培养干部的美德，例如通过到农村地区工作一段时间来培养对弱势群体的同情心。

此外，这种选拔过程也只能在一党执政的前提下发挥作用。在多党制国家中，无法保证干部凭借在低一级政府机构中的良好政绩继续在更高一级政府机构中得到奖励，而且也没有强大的动力对领导干部进行培训，以使他们将来能在更高级别的岗位上具备经验。因为关键性的人事安排会随着领导政府的政党的改变而改变。

因此，即使那些有才干的领导人，一旦获得领导地位，也会犯"新手的错误"。因为他们没有接受过适当的培训——教他们如何在政府的最高层坐镇指挥。中国的领导人就不太会犯这种错误。因为他们有行政经验而且接受过培训。中国的领导人可以做出考虑到所有利益攸关方的决定，其中包括未来几代人和生活于中国之外的人们。

与之相反，在多党制民主制国家中，通过竞争性选举选出的领导人担心下一次选举。因此，他们更加可能做出受短期政治考量影响的决定。因为这关系到他们能否再度当选。如果非选民的利益和选民的利益相冲突,例如未来几代人,他们的利益就不太可能受到重视。

本文译自 *What America's Flawed Democracy Could Leard from China*,

原载于 *The Christian Science Monitor*,2012 年 7 月 25 日

中国人正在获得政治自信

现在，西方针对中国人权问题的批评声音又在增加。为什么中国在西方媒体上总被妖魔化？其中的原因有很多，有人认为这样报纸卖得快，还有人感到中国破坏了西方经济，或许种族主义也有助于解释西方对中国的负面看法。考虑到西方种族主义的历史，完全排除这种可能性肯定是鲁莽愚蠢的。

但是，我想说的是，另一个因素更重要：伴随着中国传统的复兴，人们的民族自豪感也在复兴。中国曾忙于全面批判自己的传统，渴望学习西方。对西方人来说这是让人自豪的，你瞧，他们想成为像我们这样的人。但是现在中国人开始对自己的传统感到自豪了，开始从自家的传统中寻找社会和政治改革的灵感。这令很多西方人不安。

在谈论政治的时候，许多西方人使用的是民主与专制的二元对立观点：如果有人不完全支持民主，那他们肯定是专制主义者。但是，如果出现不完全符合民主专制二元对立模式的受儒家思想启发的其他选择会如何呢？我认为，具有民主特色的儒家贤能政治可能影响中国的未来，以西方为中心的政治范畴来讨论中国问题是错误的。

对于人权问题，重要的是留出在冲突时采取不同优先选择的可能性。我们不应该假定西方的优先选择就最好。比如，国家的首要责任是为民众提供基本物质生活需要的观点在中国有悠久的历史，它不是中国共产党人的新创造。两千多年前，孟子就认为政府必须为民众提供基本的生存条件，以免让他们误入道德歧途。这种观念在整个中国封建时代影响力都很大。因此，那种认为政治权利如果与经济权利冲突时就必须被牺牲掉的观点，在中国并非不可思议的胡言乱语。

将中国的人权纪录与经济发展水平相当的其他国家的纪录进行对比也很重要。但是，现在有一种倾向，那就是将中国和美国或者西欧的人权状况做对比，更合理的对比应该是在中国和墨西哥、俄罗斯、印度等国家之间。果真如此，从包括社会和经济权利等在内的更全面的人权观点来看，中国的人权纪录并不那么差，中国走的或许是正确的道路，当然，不应该否认还存在某些改善的空间。

西方知识分子在学习中国的艺术、医药和文化方面是开放的。中国社会生活的有些方面,比如关心和尊重老人等应该对西方知识分子是有吸引力的。但是在学习中国的政治价值,比如和谐方面,我怀疑他们能有多大的兴趣。一个社会只有在危机中才更有可能向其他社会学习。在 19 世纪下半叶到 20 世纪上半叶的大部分时间里,中国都处于危机之中,向西方寻求治疗的药物。如果西方国家进入长久的危机,它可能向中国寻求政治灵感。现在的需要是西方要了解中国发生的事情,如果不是尊重,至少需要容忍与西方不同的,且又在道德上具有正当性的事物。

另一方面,中国政府需要做更多的事情来严肃对待那些价值,表现模范道德。中国在海外的行动符合道德,那它就能够向世界其他地方提出和推广这些价值,否则没有人愿意听。儒家价值观也应该被看作是影响国内政策的,这涉及对持不同观点的人的更大宽容。孔子在《论语》中最著名的说法之一就是"君子和而不同"。这种对比更早在《左传》中首次提出,当时用来指统治者应该对谋士的不同政治观点都持开放态度。

中国人今后将越来越自信,但并不能就此说中国将成为国际关系中不稳定性的因素。我不相信中国会发动针对边远国家的战争。中国在全球经济体系中有重大的利益,政府将尽最大努力来稳定国际体系,当然这也依靠其他国家政府的努力。美国共和党总统候选人麦凯恩曾提出要组建诸如"民主国家联盟"之类组织的建议。这样的建议将被中国政府视为负面的东西,希望民主党人不会走这种道路。或许今后美国总统可以对中国文化表现出真诚的兴趣,或许在对中国人讲话的时候使用一些中文,会让中国人的心里感到温暖,并让问题变得更容易解决一些。

吴万伟 译

本文原载于《环球时报》,2008 年 12 月 24 日

选民应该接受测试吗

　　过去的伟大思想家从亚里士多德到卢梭和孟德斯鸠等人都认同一个观点，即民主只有在小国才能运行良好。在地方层次上，人们对所选择的领导的能力和品德有更多了解，地方议题相对直接也更容易理解，即便出现了错误，地方层次的代价也较小。

　　然而，出于某种原因，这一点一直被现代西方政治思想和实践所忽略——无论是小共同体还是拥有数亿人的庞大政治群体，领导人都在自由和公平的竞争性选举中产生，每个成年人都有一张选票。

　　中国是完全不同的情况。在地方层次上，人们有广泛的共识，即民主是个好东西。但是前提是这样一种假设，即在不同等级的政府中，选举和提拔领导干部的标准应该是不同的。在中央层次上，政治议题变得更加复杂，政策不仅影响到国民，而且影响到子孙后代、外国人和自然界。因此，选拔过程应该随着政治权力台阶的上升而越来越多地注重选贤任能——具有高超能力和良好美德的人。

中国的政治体制已经部分受到这些思想的影响。中国政府在1988年引入村民直接选举。而在更高层政府，已经形成一套复杂而全面的选拔体制。政府官员经过一系列的考试和考验，只有在经过多年下级政府管理的历练之后才能被提拔到高层领导岗位。

当然，在基层，选举不一定如理想的那样自由和公平。该体制也需要更加讲究选贤任能：官员的选拔应该取决于能力和道德水平，而不是政治关系网。但是，这个模式本身——基层采取民主，越往上面越强调选贤任能——的确是不同于西方的判断进步与否的标准。

与之对比，在欧洲，模式本身存在缺陷。在面积庞大、人口众多、由不同国家组成的高度多样化的政治组织内，期待民众以知情的方式投票本身就不现实。欧盟的政策影响到各成员国国民和欧洲公民，欧洲选民应该投票支持那些代表国家利益和欧洲利益的政党。在原则上，欧洲选民应该很好地理解国家政治和欧洲政治，愿意了解最新消息。因为它对国家政治和欧洲政治产生影响，同时详细了解不同政党的政纲以便做出知情的决定，如果哪个政党能更好地处理欧盟的问题，如国内生产总值停滞不前和青年的高失业率等。无论人们喜欢欧盟更强大还是更弱小，欧洲的未来都不应该仅仅依靠不同欧洲国家的地方政策。

　　欧洲选民对此任务似乎并没有充分的准备。一方面,选民投票率在过去二十年一直下降,在 2009 年的欧洲议会选举中,投票率只有 43%。而那些投票者常常显示出极端主义倾向。2014 年 5 月,来自二十八个欧盟成员国的公民将选举欧洲议会的七百五十一名议员。民意调查显示,左翼和右翼的反欧盟民粹主义者将可能获得远远超过现在的十二个席位。这样一来,欧盟的改革将变得更加困难。选民或许希望极端主义政党阻挠积极的变革。但是,选民真的知道他们想要什么吗?

　　西班牙社会调查中心进行的调查让人对此产生怀疑。大部分受访者在选举欧洲议会议员时,对欧洲议题没有充分的政治认识,"与欧盟和欧洲议会有关的议题"只影响了 13.7% 的受访者。而且,超过一半的受访者宣称,他们从来没有或几乎从来没有阅读过报纸上的政治和选举信息。绝大多数人说,他们从来不从网上搜索选举信息。

　　选民投票缺乏知情的了解,这不能归咎于选民误解了选举的利害关系:72.6% 的人承认,欧盟决策影响到西班牙人的生活。简而言之,西班牙公民承认他们对欧洲议会议员的集体选择将影响到西班牙和欧洲,但他们缺乏知情投票所需要的政治知识。欧洲其他国家的选民比他们更理性的可能性非常低。

　　与中国不同,欧洲民主习惯已经根深蒂固,选拔领导人不用公民投票而用纯粹的选贤任能模式是不现实的。但是,旨在提高选民能力的尚贤建议可以被注入选举体系之中,同时不至于破坏民主选举的基础。理想的情况也许是选民需要通过一场考试，以显示出他们对欧盟所有十三个政党的政纲有充分了解。更现实的解决办法是，要求选民通过强制性的多项选择考试，该考试是对十三个得到承认的欧盟政党中两个政党的政纲的检测。

选民接受测试的要点，不是要偏向某个政党或政治倾向，重要的是，要选民很好地了解他们投票支持的内容或人选。这样一来，政治代表更有可能实施可靠的政策。如果欧洲能从中国的政治理论和实践中得到一点有用的启发，过去的伟大西方政治理论家也会为欧洲喝彩吧。

吴万伟 译

本文原载于《南风窗》,2014 年第 8 期

儒家思想可弥补民主不足

过去十年最引人注目的社会现象就是儒家的复兴了,但中国和西方的许多知识分子担心儒家所谓的"反民主"倾向。在我看来,这种担心有些夸张。如果认同民主不是完美的,那么我们就能认同儒家有助于补偿民主的失败。

当代儒家通常赞同言论自由,他们质疑的是以西方式竞争性选举作为挑选国家最有权力领导者的制度这个意义上的民主。"一人一票"选举制的明显问题是平等仅限于政治群体边界之内,边界之外的人统统被忽略。经过西式民主选举出来的政治领导人把注意力集中在国民利益上,这是体制的要求,可以说他们就是要为选民所在的国家服务,而不是为生活在这个政治群体外的外国人和子孙后代服务。即使运作良好的西方民主国家也往往把注意力集中在本国国民的利益上,而忽视外国人的利益。但是，尤其像中国、美国这样的大国政治领袖做出的决定会影响到世界其他地方的人，比如全球气候变暖问题，他们做出重要决定时需要考虑世界其他地方的人的利益。

因此，儒家思想家提出的政治模式旨在比西式民主更好地服务于受到政府决策影响的包括外国人和子孙后代在内的所有人的利益。这个理想不一定是人人平等的世界，但在这样的世界里，相较于大多数以国家为中心的民主国家，非选民的利益能得到更严肃的对待。

实现全球政治理想的主要价值是贤能政治，也就是说人人在教育和参政方面都具有平等的机会，但领导岗位被分配给该群体中最有美德和最称职的人。这里的观点是人人都有潜力成为君子，但在现实生活中，做出有效的和道德上可靠的政治判断的能力就因人而异，政治体制的重要任务之一就是辨认出拥有超越常人能力的人才。

这些价值观在实践中意味着什么呢？过去几十年，儒家知识分子已经提出了试图把民主理想与贤能政治结合起来的建议。这些建议不是把儒家价值观或者机构当作所谓"放之四海而皆准"的民主的附庸，而是包含着劳动分工，让民主在某些领域具有优先权，让贤能政治在另外一些方面具有优先权。如果是农村的土地纠纷，农民应该有更大发言权。如果是工资和安全纠纷，工人应该有更大发言权。

但是，有关外交政策或者环境保护的议题该怎么办呢？政府在这些领域的决策将影响到非选民的利益，这些人也需要某种形式的代表。因此，儒家思想家提出了贤士院的建议，那里的代表是经过自由和公正的竞争性考试而选拔出来的。这些代表有义务维护经过民主选举产生的政治决策者而往往容易忽略非选民的利益。

反对考试的明确观点是因为考试不能检验出孔子关心的种种美德：敏锐性、谦逊、仁爱等，从理想上看，这些也是现代世界政治决策者的品格。考试确实不能完美地检测出这些美德，但是问题在于这些考试选拔出来的代表可能比民主选举出来的代表更有远见。

有理由相信这些。布赖恩·卡普兰在《理性选民的神话：为什么民主选出糟糕的政策》中指出，选民往往是非理性的。他提出了举行选民能力考试作为纠正的建议。考试将检测基本的经济学素养国际关系方面的知识，也包括儒家经典知识。著名儒家思想家蒋庆认为，考试能确定后续政治行动的框架和道德词汇，对考试合格者还要进行实际表现的考核。

这种假设是否太牵强了呢？其实，这并不比西方自由民主转型的前景更荒唐（因为这两种前景就预设了更加开放的社会），至少它帮助人们消除对民主转型的主要担忧：即可能出现短期的、狭隘民族主义的政策决定。它也是我们应该用什么标准评价中国政治进步的问题。从政治上说，许多人认为中国看起来应该更像西方。但是，也许有一天，我们希望西方看起来更像中国呢！

吴万伟 译

本文原载于《环球时报》，2010 年 3 月 24 日

中国政治模式：贤能还是民主

我在加拿大长大，小时候一直以为世界上只有两种国家：一种是选举民主的国家，一种是非选举的专制国家。关于应该怎样选领导，我小时候就盲目相信，不管国家的文化、历史、国情，只有一种合法性的方式就是选举。如果不是选举的方式，加拿大人甚至所有的西方人大多会怎么想呢？他们认为是缺乏合法性的制度，认为其他的国家都是所谓专制的国家，因为它们都不用西式选举民主来选拔领导。我在中国已经工作生活了十五年，我发现这个想法是不对的。中国主要是按照贤能政治的标准选拔优秀的领导，具体的方式包括考试等，这虽然跟西方不一样，但并不一定缺乏合法性。

怎么选拔优秀的领导，哪些能力很重要，哪些道德很重要，能力与道德的关系是什么，怎么衡量能力、怎么衡量道德，这些问题都是中国特色的问题。西方人倾向于将政治世界划分为"好"的民主政权和"坏"的专制政权两种类型。但是,这两种类型中任何一种都不足以衡量中国的政治模式。要真正理解中国模式、中国的政治制度,是不应该用西方人的两种政治制度标准来衡量的。因为这样划分太简单了,大部分中国学者也不会这么想。尤其是20世纪70年代以来,中国一直在恢复贤能政治。讨论贤能政治到底是什么东西,为什么应该用贤能政治的标准来判断中国的政治制度,这个问题非常有意思。这就涉及一系列问题:贤能政治怎么影响政治制度? 为什么要用贤能政治的标准来判断政治制度的进步呢? 不管是什么样的政治制度,都会有优点和缺点,怎么避开这些缺点呢? 当然民主也是个好东西,我们没有人会反对民主,问题是如何实现贤能政治与民主政治的最佳结合? 这些问题非常重要。所以有必要进行深入讨论。

衡量政治进步与退步的标准

应该用哪些标准衡量政治的进步与退步呢? 在中国应该用贤能政治的标准。西方不一样,西方人用一刀切的想法来判断其他国家的政治制度,不管这个国家的规模,不管这个国家的历史与文化,都觉得应该用选举民主的方式来选拔自己的领导人。这是一种很奇怪的教条——很多西方人,包括我小的时候,尽管一点都不懂中国的文化,但是我们还是觉得中国应该用我们的方式来选拔领导人。我现在觉得不应该这么想了。也有西方人开始怀疑选举民主。因为老百姓不一定总是很理性，有时候他们会选拔出非理性的领导人。如英国"脱欧"和极右政党及煽动性政客的选举活动，这种做法现在引起了更多的质疑。选民们并不总是理性和道德的，比如现在美国的很多知识分子反对他们的特朗普总统，觉得他们自己选出的总统没有那么理性。所以，他们说选举民主并不一定是最理想的选拔领导的方式。有一些美国学者开始研究中国的方式，并思考为什么不考虑用贤能政治的方式来选拔自己的领导人呢？！

中国不一样。我们先看这个国家比较独特的情况、比较独特的历史文化等，才可以判定可以怎样选拔国家领导人。这方面我觉得中国大部分的学者比较开放，不会用一刀切的方式来判断一个国家的政治制度。西方有自己的文化与历史，跟中国的文化与历史当然有一些共通的价值观，但是也有一些区别。大多数西方人会觉得自己的方式应该是世界通行的价值观。我觉得这样的想法不一定是对的。当然有一些最基本的人权，无论中国人还是西方人，在认识上是一致的。比如说我们都认为滥杀无辜或者折磨他人是不好的。但是关于怎么选拔国家的领导人，有没有可普遍适用的价值观呢？这跟每个国家的文化与历史有关系，而不是所谓"普世价值观"的问题，也不是最基本的人权问题。推选政治领导人的恰当方式应该考虑一个国家的情境制约，适合于西方国家的未必适合于中国，适合于中国的亦未必适合于西方国家。所以说，中国应该按照自己的主流价值观来认定什么是比较好的政治制度；西方人也应该按照自己的主流价值观来认定他们的政治制度应该是怎么样的。

为什么在中国选拔高层的领导应该用贤能政治的标准呢？为什么政治制度应该选拔与提拔比较优秀、有能力、有道德的领导呢？我认为有以下六个理由，而且其中四个理由都跟中国独特的情况有关。

第一，跟国家规模有关系。国家规模大，更高层级的政府面临的问题是复杂的，并且常常受到社会许多领域、世界其他地区以及未来世代的影响。中国的规模那么大，而且中国高层级政府面临的问题非常复杂，如果中国高级干部没有政治经验，不懂经济或者历史，或者文化、哲学、国际关系等，那就会是一个问题；而且中国高层级政府面临问题的复杂性也会影响其他的国家。所以至少应该理解一些国际关系问题。中国高层级政府的政策会影响后一代人或后几代人，等等。比如有一些问题，像全球变暖，现在的政策会影响五十年以后的人民，谁会考虑他们的利益？再比如，怎么解决中国经济的问题？怎么改革？这些问题都非常复杂，解决这些复杂的问题，需要中国高层领导具备基层政府的政治历练和良好的政治判断力。如果是规模小国家，如加拿大人口少，只有三千多万人口，资源丰富；如一些北欧国家，像丹麦，只有五百万人口。这些国家的领导不一定要考虑"天下"的问题，不一定要考虑整个世界的问题，也不一定要考虑五十年以后政策怎么会影响后代等大问题。这方面跟基层政府也是不一样的。基层政府的领导要考虑的问题，比如要建新的医院、怎么建医院，或者应该在这里建还是那里建，这些问题当然也有复杂性，但是并不一定需要多年的政治经验才可以解决。中国有时候会通过选举民主产生基层领导。这不一定不好——有时候老百姓知道这些领导的性格，可以直接判断那个领导是好人还是坏人。因为老百姓和领导有直接的关系，他们都认识。但是如果老百姓与高层级政府没有直接的关系，情况就会大不一样。所以说，很小规模的国家或者中国的基层官员可以适用选举民主，但是中国高层级政府应该用贤能政治。政治制度的目标是选拔比较优秀的高层级政府的领导。这是中国特色。

第二，跟历史文化有关系。一个国家要建立比较稳定的政治制度，应该按照那个国家的主流价值观来建立。中国主流的政治文化是什么呢？是贤能政治的文化。两千五百年以来，政治理想在中国的政治文化中一直至关重要。儒家文化是古代中国的主流文化，孔子的《论语》是儒家文化的代表作。其中孔子问：谁是君子呢？在孔子之前，判定谁是君子，要看这个人的家庭背景——有钱或者有权，即如果我爸爸是有钱人那我也是君子，但是孔子批评这样的观念。孔子认为，有能力、有道德的人才是君子。所以，他改了认定君子的内容，那就是用贤能政治的制度选拔的人，这样的人才是君子。两千多年来大部分的中国知识分子一直在讨论这些问题：谁是君子？什么样的能力是最重要的？什么样的道德是最重要的？道德与能力的关系是什么？这是中国主流思想热衷探讨的问题。什么是最理想的政治制度呢？在中国，大家都知道，先讲天下为公，然后是选贤与能。领导应该为人民服务，就是天下为公的意思。但是谁是领导呢？选贤与能，选出的应该是比较优秀的领导。"贤"是道德的意思，应该是最优秀的道德；"能"是能力的意思。"选贤与能"，这就是政治制度非常重要的目的。具体应该用什么方式选拔比较优秀的领导呢？可以用考试的制度吗？科举制度在中国有一千三百年的历史，科举制度的目的也是为了选拔比较优秀的领导。可以用考试来选拔有能力的领导吗？可能可以，但是可以用考试来选拔有道德的领导吗？不一定。但是考试有优点。因为考试是比较公平的制度，不管什么样的家庭背景，大家都有公平的机会来当领导。比如唐朝的时候也有科举制度，而且很有意思，当时比现在更开放，因为不管什么国家的人都可以参加科举考试。唐朝的时候，朝鲜人、日本人、阿拉伯人都可以参加中国的科举考试，也可以当官。《礼记》中关于"选贤与能"的描述，在帝制时期的中国通过科举取士的方式得到（不完美地）实行。

第三，跟以往的经验有关系。政治理想刺激了政治改革。与五十年前相比，现在中国的政治制度取得了很大的进步。最大的区别是什么呢？西方的媒体认为中国这几年有经济改革，但是政治方面没有什么改革。为什么得出这样的结论？因为他们用唯一的标准，即西式选举民主来衡量中国，认为中国没有用选举民主的方式来选拔最高层的领导，所以没有什么政治改革。这样的想法是不对的。中国的政治制度有非常大的变化，主要体现为贤能政治制度的恢复。当前政治制度的目的就是为了选拔比较优秀的领导，从不同的方式看这个领导的教育背景，或者通过考试制度，包括官员的考试。但尤其看重的是这些领导有没有基层政府的成绩，如果在基层做得好，那可以提拔。一般来说，从基层一步步上来的才可以当高层领导。这跟以前的贤能政治制度很类似。而考试的内容与原来有了相当的区别，明朝与清朝的时候科举内容都跟儒家经典有关系，现在儒家还会有一些影响力，但更多的需要考经济、科学等方面的内容。

第四，跟民众的需求有关系。用贤能政治的标准来判断中国的政治制度、中国的进步，还有很重要的一个理由，就是看老百姓的需求是什么。领导说了算的制度是不对的，关键要看老百姓的想法、追求是什么。关于这个问题也要用比较科学的方式来研究。通过调研我们发现，老百姓还是喜欢用一些贤能政治的标准来衡量领导，他们希望领导都是道德方面比较优秀的人，希望领导为人民服务，而且认为那些只是为自己或者为自己家庭服务、谋利的领导是腐败的。老百姓完全反对腐败的领导，尤其是对高层领导，他们会用贤能政治的标准来判断。因为他们认为，贤的底线是不应该腐败、不应该滥用国家的资源。在两千多年的历史中,这种价值观一直是中国主流的价值观。但是其他的国家则不一定,有一些国家觉得腐败问题不一定是非常重要的问题。因为它们并不用贤能政治的标准来评价自己的领导。

第五,当代社会需要有水平的领导人。贤能政治,其重点在于选拔高水平的领导。优秀的领导比政治机构更重要,对当今科技快速发展、不可预测的全球性冲击来说也尤为重要。二百五十年前美国人最重要的需求是比较稳定的宪法,而且宪法基本不可改了或者至少很难改。因为二百五十年前的美国领导人认为当时的社会与五十年以后的社会不会有很大的变化。所以稳定的宪法和政治机构最重要,相比之下,领导的素质不是最重要的。现在的世界变化太快了,如果现在有比较稳定的宪法、不易变更的政治机构,不一定很好。因为它可能对现在的社会有好的效果,但是五十年以后,现在的政治制度不一定是最理想的政治制度。比较优秀的领导、有一些政治经验的领导可以考虑和想象新的问题,并据此改变他们的思想。这比稳定的宪法更加重要。如2008 年经济危机在美国产生,但是影响了整个世界,也包括中国,面对这个新问题,当时的中国领导人需要立即研究决策。如果没有优秀的领导,他们是解决不了这些问题的。

第六,与民主的兼容性。贤能政治兼含诸如基层政府民主选举,非选举形式的政治参与协商、审议、抽签和公民复决投票等民主价值观和政治实践,但是不包含高层级领导的竞争性选举。也许有人会问,你支持贤能政治是不是反对民主呢？当然不反对民主，民主是个好东西，应该让老百姓决定自己的生活方式，老百姓应该参与很多方面的工作，多给他们一些自由。就基层政府而言，贤能政治并不一定是唯一的方式。基层政府可以用民主选举，老百姓应该和领导一起讨论问题，而且领导一定要部分按照老百姓的要求来考虑什么是好的政策、什么是不好的政策。所以民主当然是个好东西。

领导人的重要品质及其评估

政治制度应该选拔优秀的领导，但是领导人哪些方面优秀？哪些品质对于一个大国的高层级政府机构的领导最为适合？如何对这些品质做出最佳评估？衡量领导人的能力、道德需要综合历史、当代国情、社会科学调查等多种因素而定。不同时代、不同层级、不同国情，对领导人要求是不一样的。战国时期如果用儒家的方式来解决问题，不一定会成功；如果是和平时代，比如现在中国基本处于和平时代，法家的方式不一定是有效的；在基层工作成功的领导，在中央工作不一定能成功。但是基于中国处于和平时代和当下社会的发展，怎么选拔比较优秀的领导，哪些品质是最重要的？

第一个品质就是智力水平。领导人需要能够理解复杂的争议，并对经济、历史、国际关系、环境科学和心理学等有良好的掌握。考试是过滤掉缺乏基本知识的人的一种有效方式,既公平且机会均等(类似于投票)。因为高层级政府的问题很复杂,如果没有什么教育背景或者不懂经济问题、不懂国际关系问题、不懂科学问题,很难解决高层级政府的问题,或者很难判断哪些政策是最好的、哪些政策是不好的。战争年代不一定需要经济学家,但是在和平时代,比如怎么解决贫困问题,如果完全不懂经济学,那是解决不了的;或者没有经济学家做顾问,那也会解决不好。所以说,一定是比较聪明的人才可以当高层级政府的领导。

问题是怎么选拔比较有能力、高智力水平的领导呢? 按照中国的历史与文化,最好的方式还是考试:一方面,考试是比较公平的,不管什么样的家庭背景,大家都可以参加考试;另一方面,至少考试可以避免特别笨的人当领导。虽然我不想批评——因为加拿大人总是批评美国——但是我还是要批评美国,如果用考试的制度来选拔领导,我估计现在的总统不会通过考试,他不一定有资格当高层级政府的领导。很多人感觉选举民主的优点是什么呢? 是比较公平的制度,因为大家用公平的方式来投票。但考试制度也是一样公平的,大家都有平等的考试机会。古代中国只允许男子参加考试,但是现在不一样了,不管是男的或者是女的,不管是什么样的人都有平等的考试机会。这是公平的。

第二个品质是社交能力(高情商)。具备高智商的学者不一定能成为好的领导人。对大学的知识分子而言,最重要的标准是智力水平;对于领导人而言，重要的是（如果不是更为重要的话）高情商。因为任何领导人均要花大量的时间与不同类型的人打交道。如果有很聪明的领导，但是他的情商不高，那就是问题。政治家、官员一天到晚要跟人交流，要说服不同的人以达到目标。所以，对官员或者政治家而言，比聪明更重要的是情商，情商高才会成功。美国最成功的领导人其实是20世纪30年代的罗斯福总统。他承认自己很少看书，他也不是非常聪明的人，但是大家都认为他的情商非常高，他可以从别人的角度考虑问题，可以说服不同的人，这是最重要的；他可以让最优秀、最聪明的顾问一起讨论问题，然后可以决定选哪个人的政策，并去说服老百姓。

　　如何衡量一个人的情商高低？考试制度，但它不是最成功的、最佳的方式。如果他们政治上很成功，担任基层官员的时候工作很成功，一般来说这样的领导情商高。因此，政治经验是衡量一个官员情商水平的重要因素。因为如果情商高，基层官员可以说服不同的老百姓及不同的人，善于从不同人的角度来考虑问题，一般来说，这样的领导情商比较高。这也是中国比较独特的政治制度。情商还跟年龄有关系。科学调查发现，一般来说，五十岁以上的人情商更高。因为情商高也需要一些经验。很多年轻人，比如十八岁的人，他们当然有很多优点，但是一般来说没有那么理性，有时候情商没有那么高。这方面我觉得中国做得还是比较好的。因为五十岁以上的人才可以当高层级领导。科学调查还发现，女的比男的情商高，说实话这方面中国做得不是很好。因为大部分的高层级领导还是男的。如果用情商的高低来选拔领导,应该更鼓励女的当领导。

第三个品质是美德。不管是聪明的领导还是情商高的领导,最重要的衡量标准还是贤,即美德。领导人应该具有的最重要的品质是致力于服务政治共同体,为人民服务。至少领导人不应该腐败。如果有很聪明的、情商高的领导,但是他是腐败的领导,那就更危险。如果有两种领导,一种领导很笨、情商很低但是腐败,第二种领导很聪明、情商高但是腐败,你觉得哪种领导更危险呢?当然是第二种。因为他比较聪明,可以用坏的方式为自己和自己的家庭谋取私利。如何评估领导人的美德?同事间的推选是最重要的。因为他们的互动最为充分、彼此最为了解。当然,也需要减少容易导致腐败的因素,如明确地惩罚腐败,为政府官员提供更高的工资、更加独立的监察,进一步分离经济权力和政治权力。道德教育也很重要,它可以使领导人在即使无人监督的情况下也不会腐败。儒家教育在这方面很有帮助。

怎样才能避免坏的领导?可以用考试制度来选道德方面好的领导吗? 不一定。这是中国知识分子一直在讨论的,包括宋朝时候的朱熹,他觉得不可以用考试的制度来选拔贤人或者美德方面好的领导。那应该用什么方式来选拔好的领导呢? 当然没有一刀切的标准,要看具体情况。但是长期用法家的方式来解决问题并不是最有效的,也要用其他的方式。

新加坡也用贤能政治制度来选拔自己的领导，它是如何避免腐败问题的呢？新加坡领导人的薪水比较高，他们觉得如果领导的工资比较高，那就不需要腐败了。我希望中国领导干部工资更高，最重要的目的是为了避免腐败。这并不是唯一的方式，还需要把经济权力与政治权力分清楚，否则也很容易产生腐败。最重要的方式是要改变领导的思想。当然，如果我是领导，但是没有人监督我的时候，我也想腐败。

为什么北欧国家的领导工资也没有那么高，却是最不腐败的国家呢？其实最重要的原因就是，他们觉得腐败是不好的，即便没有人监督，他们还是不会腐败。所以说，最重要的是怎么培养领导，怎么让领导明白腐败是坏事。说实话，这方面自由主义和其他的主义都没有很大的贡献，但是儒家思想非常重要，两千五百多年来一直在讨论怎么培养贤人、怎么避免腐败。现在中国包括中央社会主义学院、党校等都开始设置儒家思想课程以培养领导。因为这样做有助于长期避免腐败问题。

领导人选拔：民主还是贤能政治

中国那么大，选拔领导有没有一刀切的方式？这可以从基层和高层官员选拔进行评估。政治体制应该致力于选拔和晋升具备卓越素质的领导，中国在选拔基层领导与高层领导时并没有采用一刀切的方式,而是不一样的。可能基层政府应该用比较民主的方式,对于更高层级的政府(市级及以上)来说,需要贤能政治。至于具体应该用哪些标准来评价干部的成绩? 问题比较复杂,在中国不同的地方有不同的答案。比如杭州是比较富裕的城市,评价官员更重视环境方面的标准——如果可以解决污染问题,说明那个官员比较成功,他就可以被提拔。但是别的地方不一定是类似的问题。大家都承认,这三十年中国最大的问题是贫困,所以评价官员时要看他们会不会解决贫困问题。解决贫困问题最重要的方式是经济发展,如果干部对经济发展有一些贡献,那么就可以得到提拔。在中国选拔高层级政府领导,哪些理想和标准是最好的? 在高层级政府层面选拔和晋升领导干部,则需要更多的政治经验和贤能机制,我还是觉得贤能政治是最好的标准。

贤能政治是个好东西,民主也是个好东西,怎样把这两种理想结合起来?答案是应该结合现实情况。基层领导选拔更应该偏向民主。但是调查发现,有时候基层的选举民主也存在腐败问题。怎么避免选举中的腐败,只有这个问题得到解决,才可以用比较民主的制度。基层政府也需要一些贤能政治的制度,如现在山东农村也在考虑怎么把选举民主与贤能政治的制度结合起来。选拔并培养比较优秀的领导,不应只是高层级政府的问题,同样也是基层政府应该考虑的问题。

但是我们还是要承认,有时候民主与贤能政治有一些冲突,那么冲突是什么呢?我认为,不应该用选举民主来选拔最高层的领导。如果用选举民主来选拔最高层的领导，那一定会破坏贤能政治的优点。贤能政治的优点是什么呢？一是所有的领导有政治经验。在中国所有的领导就是依据贤能政治而选拔产生的，所有的领导会有一定的政治经验。相比之下，现在美国的总统在当总统之前，一点政治经验都没有，所以会犯很多错误。二是领导可以考虑长远的问题，可以考虑后代的利益，也可以考虑"天下"的需要。如果是用选举民主的方式产生，比如在美国或者加拿大，大部分的领导最多会考虑四年以后的问题。因为差不多每四年有新的选举，所以他们不会考虑长远的问题。当然理想和现实是有差距的，这是不可避免的，但是至少大部分的中国领导可以考虑长远的问题。这是贤能政治的优点。比如现在大家都在关心人工智能问题，二十年后、三十年后人工智能会改变我们的生活方式。所以，我们希望领导考虑这些问题。如果是用选举民主的方式来选拔最高层的领导，一般来说这些领导最多会考虑四年以后的问题，会考虑下一次选举。应该承认，贤能政治是一个好东西，一般来说可以把民主和贤能政治结合起来。但是有时候还是要承认，当选举民主与贤能政治产生冲突时，还是贤能政治比选举民主更重要，尤其是在高层级领导的选拔上。

高层级政府面临的最大考验是什么呢？主要还是腐败。因为如果解决不了腐败问题，那对贤能政治是非常大的威胁。为什么共产党可以比国民党更成功呢？不是因为共产党的武力更强，是因为共产党没有国民党那么腐败。贤的底线是不应该腐败，如果领导腐败的话，会影响整个制度的合法性。所以说，一定要杜绝腐败，才可以达到或者才可以改善贤能政治。

中国的模式可以被其他国家移植吗

中国的模式是什么呢？我认为主要是基层侧重民主政治，高层侧重贤能政治。在高层、基层之间有不同的试验，当然这既是一种理想，也是一种现实。理想与现实有差距，我们的挑战是怎么缩小理想与现实的差距。

中国的模式在中国是理想的政治制度，那对别的国家有没有积极的参考性呢？不一定，因为这个制度跟中国的特色有关系。现在中国每年会为非洲培养一万多名人才，他们愿意学习中国的经验，但是他们也不应该照搬中国的模式来解决自己国家的问题。

为什么贤能政治在中国而且在中国高层级领导选拔中是比较合适的标准呢？很多人问我，中国贤能政治这套东西为什么在加拿大行不通？加拿大也应该有贤能政治的制度吗？不一定。为什么呢？

一方面，这一模式可能只适合在大的国家实行，在小型国家很难开展基层政府层面的试验。试验同样需要进行数十年之久。因此更不可能在政府变动频繁的民主制国家实行。

另一方面，很难在一个没有贤能政治传统的国家实行贤能政治。即使在贫穷和混乱的国家，实行民主选举也并不是多么复杂。但是支撑贤能政治的官员群体和政治机构可能需要几十年，甚至几百年才能建立起来。

更重要的是，宣传中国模式的最好方式是在国内树立起一个足以激励其他国家的良好模型。在可预见的未来，中国也可以通过分享其基层政府的经验来帮助其他发展中国家，并且帮助这些国家培训公共管理机构官员，从而有助于它们拥有贤能政治的相关知识，建立起支撑贤能政治的机制。

本文原载于《中央社会主义学院学报》，2018 年第 4 期

比较中国和西方的政治价值观：
能学到什么，为什么重要

引言

中国学生和学者在政治思考过程中，天生就会运用比较的方法。中国大学里的政治研究大多涉及中西方哲学传统中主流政治价值观的比较。师生读取中西方传统中的经典，经常去西方国家学习政治理论的最新研究成果。相比之下，西方的大学则显得格外狭隘。英语系国家主流大学的政治科学、哲学和法律院系大都致力于西方社会的学术研究，缺乏对中国传统和当代中国政治研究的认真探索。

为什么这很重要？有哲学上（或知识层面上）的原因。中国哲学为思考政治事务提供丰富多样的范例文本，而西方大学无视中国传统的经典学术研究。而且，通过对不同传统文化中主流思想的学习，能够产生具有深远影响的新政治思想。还有政治层面的原因，在 20 世纪的大部分时间里，迫于西方国家较强的经济和军事实力，中国的政治学被边缘化。中国政治传统尚未影响到中国之外的世界其他地区，从实用层面上讲，西方人没有了解它的必要。但现在我们不能不讨论中国崛起的影响，我们需要了解中国的政治价值观。因为它不仅影响了中国，还影响了世界大部分地区。例如，中美政治上的不同观点一定程度上源于不同社会对主流政治价值观和社会理想的优先排序不同。当然，这两个社会共同拥有多种政治价值观，但这些价值观在社会中的优先排序不同。这在冲突事件中很重要。为了化解根植于文化误解中的政治冲突，需要理解不同的政治价值观并尊重道德上的差异。更重要的是，比较工作可以产生新的政治思想来思考我们这个时代紧迫的全球问题。当西方国家不能够完全支配世界时，完全依赖西方政治价值观很难产生与当今多极世界相关的实用见解。

这并不全是坏消息。首先，西方国家远非完全一致，例如挪威似乎更具有国际意识。区域研究一直是美国大学突出的分支学科，政治学家主要是比较发达国家的政治机构，其次，在较小程度上比较发展中国家的政治机构，很少比较发达国家和发展中国家的政治机构。政治学家通过严格的实证研究（例如世界价值观调查），比较不同地区和国家的政治价值观。然而，他们缺乏的是对西方以外政治价值观的系统反思，这与中国形成了鲜明的对比。在一个多世纪里，中国学者一直在讨论如何向"西方最好的国家"学习。

当然，我们期望系统地从事中国政治思想研究，这源于政治理论界的首要目标是规范化思考社会应该如何运作，以及确保政治活动的合理有序，但进展缓慢。20世纪80年代初，我选修了"柏拉图到北大西洋公约"的课程，毕业时也没有意识到能够从非西方政治世界学习任何有益的规范性知识。在80年代末，西方社群主义思想家对建立在自由民主经验基础上的"普世政治观"提出质疑，但他们没有提出任何政治上可取的现实替代方案。他们主要讨论关于深化民主的必要性而非限制民主，如何简化等级制度而不是考虑哪些等级制度是合理的，以及忽视对和谐价值的讨论。西方自由主义者最终采纳了社群主义的观点，同时，由于没有与非西方社会的主要政治价值观进行正式研究，自由主义与社群主义的辩论在学术上就消失了。最近，比较政治学理论领域研究进展缓慢，但确实对西方大学产生影响。[1]布鲁金斯学会的桑顿中心中国思想家系列丛书和"普林斯顿-中国"系列翻译出版了中国政治学理论的关键著作。其中大量涉及比较政治学理论中的方法论讨论。[2]理

---

[1] Von Vacano D. *The Scope of Comparative Political Theory. Annu. Rev. Polit. Sci.* 2015. 18:465-480.

[2] Dallmayr F, ed. *Comparative Political Theory: An Introduction.* New York: Palgrave Macmillan. 2010. Godrej F. *Cosmopolitan Political Thought: Method, Practice, Discipline.* New York: Oxford Univ. Press. 2011. Jenco L. *"What does heaven ever say?" A Methods-centered Approach to Cross-cultural Engagement. Am. Polit. Sci. Rev.* 2007. 101(4):741-755.

论家将过去伟大思想家的伦理思想和政治思想进行了比较。①比较政治学理论中的部分著作包含了更明确的规范性问题。②但是，西方大学很少系统地比较中西方的政治价值观，并以人民大众更能接受的方式将这些观点与当代的政治问题联系起来，也没有从中国政治文化中获取比如贤能政治、"等级"、和谐政治价值，作为比较项目建构基础。

那么，比较中国和西方主要政治价值观意味着什么呢？当然，二者有很多共同的领域，例如反对种族灭绝、奴隶制、酷刑、谋杀或一贯的种族歧视的权利。③但西方社会的一些主流政治价值观在中国备受争议。毫无疑问，中国政府官员经常质疑这些价值观。但这并不是政治的全部，甚至不是主要的部分。大量中国政治改革者、学者及国外研究中国哲学与政治文化的专家认为，与西方主流政治价值观相比，贤能政治、"等级"与和谐的政治价值观对中国政治权力运行的合理有序产生了影响。④当然，这种主张需要以开放思想来审视，不能根据西方社会

---

① Yearley LH. *Mencius and Aquinas: Theories of Virtue and Conceptions of Courage.* Albany: State Univ. New York Press, 1990. El Amine L. *Classical Confucian Political Thought: A New Interpretation.* Princeton: Princeton Univ. Press, 2015.

② Tan SH. *Confucian Democracy: A Deweyan Reconstruction.* Albany: State Univ. New York Press, 2004. Jenco L. *Making the Political: Founding and Action in the Political Theory of Zhang Shizhao.* New York: Cambridge Univ. Press, 2010.

③ Walzer M. *Thick and Thin: Moral Argument at Home and Abroad.* Notre Dame: Univ. Notre Dame Press, 1994.

④ Bell DA, Li C, eds. *The East Asian Challenge for Democracy: Political Meritocracy in Comparative Perspective.* Cambridge: Cambridge Univ. Press, 2013.

道德理想与社会实践基础上生成的所谓"普世价值"与政治推理来否定中国的价值观，也不能断然声称文明之间有着不可协调的差异，并排斥文明之间的共性与相互学习的可能。[①]我们需要系统地比较中西方的政治价值观的优先排序，并探寻二者的共性和差异。如果能将二者对比清楚，我们需要考虑向它们学习的可能。我们能否基于多种政治传统建构一种独特的政治道德，帮助我们思考多极世界中的政治问题？还是我们应该顺从这些差异？如果一些差异难以协调，那么我们需要从道德上反思如何根据差异来协调关系。我们需要在何种程度上接受或尊重一个与我们的政治观截然相反的社会？当西方国家在优越的经济和军事实力支持下施加压倒性的文化影响时，在未来这些差异则有可能被忽视，但现今我们需要（至少）根据世界不同地区、不同政治价值观的诉求来看待政治冲突的文化本质。

　　本文论述了近年来系统比较中国和西方国家主要政治价值观的成果。汉语语境下存在着大量的学术讨论，但由于篇幅的原因，我的谈论局限于英文作品。我主要关注与当今政治争议相对的哲学观点，而不是国家和地区之间价值观的实证差异，尽管后者可以阐明前者。过去几年，学者已经写了相关的作品。2014 年至 2016 年期间，我担任伯格鲁恩哲学与文化中心（BPCC）的负责人，我的思想受到工作的影响。

---

　　① Huntington S. *The Clash of Civilizations and the Remaking of World Order*. New York: Simon & Schuster, 2011.

BPCC 汇聚了跨文化和政治边界的主要思想家，来探索我们这个时代的关键问题，通过广泛的相互学习，并将调查结果转化为一种中西方广大人民更能接受的语言进行宣传，以增进相互了解，并产生新的见解。具体来讲，BPCC 关注的主题是围绕长期政治意义传统和哲学意义传统中的两极分化及其张力；如何从不同的道德传统、不同学科的角度探索而产生新的见解；并且欢迎更多系统化的比较研究。其目的不仅是要阐明政治价值观之间的共性与道德上的合理差异，还要产生新的视角及新的哲学思想。按照来自不同文化、不同学科著名思想家广泛的思考，BPCC 在这一时期优先排序了三个跨文化的社会与政治意义主题，其中特别强调一直被西方学术讨论忽视的中国政治传统的贡献：精英与民主，"等级"与平等，和谐与自由。我以中国政治文化中的主流价值观为起点，讨论每组对立观点，并对未来的研究提出建议。

精英与民主

关于民主（指民治政府）和精英政治（指从政治制度应该以选择和提拔具有卓越能力和美德的领导人为目的）的争论历史最长。柏拉图以批判民主著称，并在《理想国》中捍卫了精英政治理想。尽管思想家很少为纯粹的精英做政治辩护，但精英政治在随后的西方政治理论与实践中产生了重要影响。美国的开国元勋和 19 世纪的自由派精英，如约翰·密尔和托克维尔,提出了将精英与民主结合起来的政治理想。[①]
今天,西方自由民主国家选拔精英并授予行政和司法职位,但他们对
民主选举的领导人实行间接负责。[②]他们在一个狭小领域内行使权力,
并应尽量在可能的范围内保持政治中立。例如,英国公务员是为当选
的政治家服务,他们需要把自己的政治观点搁置一旁。但是应该有考
核精英的想法,比如通过考试或拥有低层级政府的政治经历;根据能
够在广泛领域上做出政治判断而挑选政治领导人的想法,在西方社会
被认为是超越道德栅栏。无论多大规模的政治团体或是政治背景如
何,人民条件反射般地认为,一人一票是选择政治领导人唯一合乎道
德的方式。因此,如何最好地提拔出在广泛领域中做出政治判断并拥
有政治团体最终决策权的政治领袖,这种政治精英理论在第二次世界
大战后的现代西方政治话语中消失了。可以在公务员制度中讨论精英
政治,但不能据此而为这种选举领导人的方式进行辩护。也就是说,人
民越来越质疑西方国家领导人的素质。选举民主具备了领导人对公民
负责并确保领导阶层和平过渡的优点,但如果选民选举出缺乏能力或
容易腐败的缺乏经验的领导人,这个体系就不会良性运转。保证民主
选举合理的关键在于选民是理性的,并在选择领导人方面做得很好。但

---

① Macedo S. *Meritocratic Democracy: Learning from the American Experience*, 2013. See Bell & Li 2013, pp.232–258. Skorupski J. *The Liberal Critique of Democracy*, 2013. See Bell & Li 2013, pp.116–137.

② Pettit P. *Meritocratic Representation*, 2013. See Bell & Li 2013, pp.138–160.

社会科学证据表明，选民往往缺乏做出道德上明智与理性政治判断的能力和动机。①选民通常很难了解自身的经济利益。②他们为了自己的短期或族群利益，以不道德的方式投票，即使会让其他政治团体付出沉重的代价。③当他们投票赞成共同利益时，他们通常只考虑自己的利益，而不是子孙后代、生活在本国以外的公民、动物和受政府政策影响的其他生命的利益；至少在冲突中，选民不太可能牺牲投票群体的利益来支持非选民（如未来几代人）的利益。④

　　类似于约翰·密尔的建议，即受过教育的人应该获得额外的选票，相应地，理论家提出了旨在增加见多识广、有公德心的选民更多话语权的措施。卡普兰提议对选民的经济能力进行检测。⑤Ziliotti 和贝淡宁在两个政党的政治平台上提出了多项选择题考试，这不比驾照考试难多少。⑥无论这些提议的规范可取之处是什么，都不太可能在已经实施

　　① Brennan J. *The Ethics of Voting*. Princeton: Princeton Univ. Press, 2011. Achen C, Bartels L. *Democracy for Realists: Why Elections Do Not Produce Responsive Government*. Princeton: Princeton Univ. Press, 2016.

　　② Caplan B. *The Myth of the Rational Voter: Why Democracies Choose Bad Policies*. Princeton: Princeton Univ. Press, 2007.

　　③ Mann M. *The Dark Side of Democracy: Explaining Ethnic Cleansing*. Cambridge: Cambridge Univ. Press, 2005.

　　④ Mulgan T. *Ethics for a Broken World: Imagining Philosophy after Catastrophe*. Montreal: Mc Gill-Queen's Univ. Press, 2011.

　　⑤ Caplan B. *The Myth of the Rational Voter: Why Democracies Choose Bad Policies*. Princeton: Princeton Univ. Press, 2007.

　　⑥ Bell DA, Ziliotti E. *Should Voters Be Tested? World Post*, Apr.14, 2014.

了个人选举制度的国家进行严肃的听证。无论如何,大多数人都不愿意放弃或者被限制投票的权利。当然,选举民主的国家可以(或许应该)实施旨在促进无党派专家做出决策的措施,并在两次选举之间提高决策过程的质量。[1]但是当选的领导人仍然有权力决定是否实施无党派专家的建议。专家们做出缺乏民主合法性的决定,使得承诺恢复选民权力的民粹主义煽动者崛起。总而言之,选举出不能兑现承诺或是推动了不合理政策的低水平领导人也是选民的权利。从这个意义上说,文献表明,主要(或最终)依赖选举民主的政治制度和主要依靠选拔德才兼备领导人的机制之间存在着尖锐的分歧。

　　贤能政治是中国政治文化史上一贯的主题。春秋时期以血缘为基础的贵族秩序瓦解之后,提拔杰出人才的思想出现了,并在战国时期迅速发展,当时受到了重要知识分子的提倡。[2]可以夸张地说,随后中国政治理论的争论集中在公共官员需要何种道德与才能,以及何种选取德才兼备领导人的机制上,中华帝国对贤能政治的巨大贡献是创造了科举制度。从隋朝直到 1905 年科举制度废除,选拔政府官员主要通过严格激烈竞争考试的方式。然而,考试的主要功能是对精英进行过滤[3],其

① Berggruen N, Gardels N. *Intelligent Governance for the 21st Century: A Middle Way between East and West.* Cambridge: Polity, 2013.

② Pines Y. *Between Merit and Pedigree: Evolution of the Concept of "Elevating the Worthy" in Pre-imperial China.* 2013. See Bell & Li 2013, pp.161–202.

③ Elman B. *A Society in Motion: Unexpected Consequences of Political Meritocracy in Late Imperial China,* 1400–1900. 2013. See Bell & Li 2013, pp.203–231.

次是在低层级政府进行绩效评估。皇帝能够也确实越过整个系统任意行使政治权力。

20世纪早期就出现了如何协调贤能政治和民主的问题，面对软弱的中国，改革者和知识分子努力学习西方社会中更为现代化的民主政治体系。孙中山先生是国民党的第一任领导人，他主张民主选举，并建立摆脱君主专制统治的独立考试部门。考试部门将为包括民选官员在内的公职人员设置考试，所有官员就职前都必须通过这些考试。[①]然而，这种观点的问题在于，相较于那些能通过考试但在选举中获得很小比例选票的官员，赢得了大部分选票但没有通过考试的领导人被视为更为合法的代表。因此，在国民党退守中国台湾地区后，考试部门仅仅用于测试公务人员，也就不足为奇了。

在中国大陆，关于贤能政治的辩论一度停止了，重视战士、工人和农民的政治贡献胜过知识分子和教育工作者，不重视自上而下的政治现实，政治精英主义的捍卫者在中国大陆消失了并不再被公众听到。但是，历经"文化大革命"之后，这个国家已经准备好复兴贤能政治。中国领导人重新确立了其贤能政治传统的要素，例如在基层政府的考核基础上选拔领导干部，同时在村级建立民主选举。然而，理论与现实之

---

① Sun YS. *Prescriptions for Saving China: Selected Writings of Sun Yat-sen*, ed. J Wei, R Myers, D Gillin; Transl. J Wei, E Zen, L Chao. Stanford: Hoover Inst. Press, 1994. Li C. *Equality and Inequality in Confucianism. Dao*, 2012. 11:295–313.

间仍然存在着巨大的差距,当代政治理论家也提出了自己的主张,以调和贤能政治与民主。

几位思想家提出,在中央政治体制层面上,结合贤能政治与民主制度的优势,但他们的提议不仅与当前中国的政治现实相去甚远,深层次的问题是,他们也很难(或许不可能)进行组合。以一人一票方式选出的政治领导人,就必然被选民看作合法的政治领导人,久而久之精英阶层的权力就可能被边缘化,诸如英国等西方国家,在上议院中注入精英政治不仅仅是一种趋势。调查数据显示,中国人民强烈重视贤能政治①,但其他东亚社会对贤能政治的重视迅速改变,当要做改变时,逐渐采用一人一票的形式支持民主制度。日本、韩国都不倾向于家长式的儒家传统。②

政治理论家试图建立一种垂直的民主精英理想,即在低层级政府中实行民主制度,在高层级政府中政治制度更加精英化。③郑永年认为,中国共产党通过招募不同社会群体中的精英,开启了政治进程。④姚洋

---

① Shi T. *The Cultural Logic of Politics in Mainland China and Taiwan.* Cambridge: Cambridge Univ. Press, 2015.

② Shin DC. *Confucianism and Democratization in East Asia.* Cambridge: Cambridge Univ. Press, 2011. Shin DC. *How East Asians View Meritocracy: a Confucian Perspective.* 2013. See Bell & Li 2013, pp.259–287.

③ Bell DA. *The China Model: Political Meritocracy and the Limits of Democracy.* Princeton: Princeton Univ. Press, 2015.

④ Zheng Y. *The Chinese Communist Party as Organizational Emperor: Culture, Reproduction and Transformation.* London: Routledge, 2010.

认为，公正的中央政府和理性选拔政府官员的程序支撑了中国经济的成功。①然而，党和国家必须设法获知普通民众的需求，并监督自己的领导干部，以确保持续的成功。何包钢讨论了在中国各级政府中协调精英制度和民主制度的努力，但呼吁更多的协商民主试验，以及在选拔和晋升过程中更加强调公职人员的价值而不是政治忠诚。②肖红和李晨阳认为，贤能政治的一个关键问题是，衡量能力比美德更容易。③考试可以测试知识，绩效评估包含了相对客观的评估，比如经济增长的速度，但是这样的机制不能轻易地过滤掉更关心自身利益而不是共同体利益的腐败候选人。

更重要的问题是：在强烈重视平等的现代社会中，如果有的话，什么能证明政治等级制度的合理性，以及哪些等级制度更为普遍？

"等级"与平等

平等显然是一项重要的价值，关于平等的理想和实践有很多，以

---

① Yao Y. *The Disinterested Government: an Interpretation of China's Economic Success in the Reform Era. Achieving Development Success: Strategies and Lessons from the Developing World,* ed. AK Fosu, Oxford: Oxford Univ. Press, 2013. pp.152–175.

② He B. *A Discussion of Daniel A. Bell's The China Model: Political Meritocracy and the Limits of Democracy. Perspect. Polit,* 2016. 14(1):147–149.

③ Xiao H, Li C. *China's Meritocratic Examinations and the Ideal of Virtuous Talents.* 2013. See Bell & Li 2013, pp.340–362.

及需要平衡性别、阶层、种族和宗教团体之间的关系。等级制度也同样重要，但对等级制度的研究远远落后了。在纯描述性的意义上，等级制度是一种关系，其特征是差异，以及根据某种属性进行排序。社会等级倾向于具有规范性维度：社会制度在这里指"对有价值社会维度的个人或群体显性或隐性的等级秩序"。①所有大规模复杂的社会都需要根据一定的等级结构进行组织。这一点在中国得到了广泛认可，但在西方国家却更具争议。有很多问题需要研究：哪些等级制度是合理的，哪些不是？不同社会和道德传统对平等和等级制度的理解有哪些共性和差异？在家庭和工作场所中，在管理者与公民之间，在国家之间，在人类与动物之间，在人类与人工智能机器之间，那些处于等级制度最上层和最底层的人有什么样的责任？促进这些责任的最佳途径是什么？同理，和谐、责任及其他价值观和美德，在道德上合理和有益的等级关系中的作用是什么，以及如何培养？从过去和非西方的哲学传统中，关于人类和动物之间等级关系的观点，能否让我们在未来与人工智能机器的合适关系上进行讨论？

　　简而言之，重要的是考虑何种等级结构是合理的，以及如何与平等主义目标相兼容。复杂社会需要等级制度，任何趋向于建立没有等级制度社会的努力，如法国大革命和中国"文化大革命"，都可能导致

① Magee JC, Galinsky AD. *Social Hierarchy: the Self-reinforcing Nature of Power and Status. Acad. Manag. Ann*, 2008. 2:351-398.

混乱。因此，我们需要清楚地区分好与坏的等级制度，并思考如何促进好的等级制度，尽量减少坏的等级制度的影响。遵循商业研究思路有这样的研究结论：似乎很明显，大公司需要某种等级制度。[1]在国际关系中也是如此：显然，有些国家比其他国家拥有更大的权力，并且任何理论都需要在此基础上进行。[2]但是，道德上合理的等级制度的相关问题在西方政治理论中已经被边缘化了。这是未来研究的一个富有潜在生产力的领域。

无论表面上反对说什么，人类都倾向于支持某种形式的等级制度，一项研究发现，人们潜意识里喜欢等级制度。[3]表示等级结构的抽象图表比表示相等的图表能更快地记住，而更快的处理过程使参与者更喜欢等级关系图表。同样的研究发现，参与者更容易对一个等级更多的公司做出决策。因此，等级组织具有更积极的性质。我们通常把尊重等级看作是理所当然的：很明显，勒布朗·詹姆斯凭借在篮球场上的成绩，在 2016 年季后赛中获得了最有价值球员的奖杯。即使诺贝尔和平奖得主的道德价值有争议，但很少有人反对我们能够并且应该奖励一些有伟大道德成就的人。

---

[1] Mochari I. *The Case for Hierarchy*. *Inc.com*, Jan. 15, 2014. http://www.inc.com/ilan-mochari/case-for-hierarchy.html.

[2] Lake D. *Hierarchy in International Relations*. Ithaca: Cornell Univ. Press, 2009.

[3] Zitek EM, Tiedens LZ. *The Fluency of Social Hierarchy: the Ease with Which Hierarchical Relationships Are Seen, Remembered, Learned, and Liked*. J. Pers. Soc. Psychol, 2012. 102(1):98–115.

那么为什么美国人（以及其他西方人）通常支持关于平等制度的主张，抵制关于等级制度价值的主张[1]，并抱怨等级制度是不人道的、不道德的和不民主的？[2]主要源于道德上坏的等级制度带来的不愉快经历，以种族主义、性别歧视和种姓歧视的形式对人进行区分。在现代社会中，没有人会为以高贵的出身、种族或性别区分天生优越或低等的等级制度进行辩护，尽管这样的等级制度在过去是常见的（并且普遍被接受）。在古罗马，对奴隶人身攻击的惩罚是对自由人惩罚的一半，[3]但是今天的奴隶制（幸运的）被视为道德上的淫秽。迈克尔·沃尔泽指出了印度村民接受支持种姓制度的教义作为公正等级制度的例子[4]，但是这个例子现在不再适用（如果它曾经被接受）；印度的知识分子很少捍卫种姓制度。在中国的封建社会，由于通过了公共服务考试，成功的考生被免除了刑事处罚，但我不知道哪些现代中国思想家（包括儒家学者）试图在法律面前恢复这种不平等的形式。在某种程度上，我们都是平等主义者。但这并不意味着，没有符合基本的道德身份平等和刑法面前平等的良好等级制度。如果我们不能有意识地区分好与

① Bellah RN, Madsen R, Sullivan WM, Swidler A, Tipston SM. *Habits of the Heart: Individualism and Commitment in American Life.* Berkeley: Univ. Calif. Press, 1985.

② Leavitt HJ. *Top Down: Why Hierarchies Are Here to Stay and How to Manage Them More Effectively.* Cambridge: Harv. Bus. Sch. Press, 2004.

③ Beard M. *SPQR: A History of Ancient Rome.* New York: Liveright, 2015.

④ Walzer M. *Spheres of Justice: A Defense of Pluralism and Equality.* Oxford: Basil Blackwell, 1983.

坏的等级制度，我们就不能尽我们所能（也应该）去促进好的等级制度，并减少有害等级制度的影响。那么支持等级制度的理由是什么？特定形式的社会关系中优先考虑什么？在这些方面道德上合理的文化差异是什么？让我们依次讨论这些问题。

证明等级制度合理的最明显理由是效率。任何大公司或官僚机构都需要等级制度以更有效率的方式运行。等级关系的必要性在军队中尤其明显。埃德蒙·柏克是著名的法国大革命批判者，他在军队中试图平衡军事指挥与服从的关系，并预测这将导致"一些受欢迎的将军，懂得安抚士兵的艺术，拥有真正的指挥精神"，他会"把人们的目光吸引到自己身上"，最终会成为"整个共和国的主人"。[①]今天，为了军队能获胜，我们承认军队等级制度是合理的，只有在非正义战争情况下有异议。

中国古代哲学家荀子为捍卫等级制度提供了另一种依据。他认为人类有倾向于利己和无限追求欲望的缺陷，但同时认为仪式可以使这些缺陷的表现最小化。仪式可以在参与者之间创造一种社群意识，并使人类的互动形式文明或变得文明，否则就会导致冲突。荀子讨论了涉及不同权力和地位阶层的人的等级制度，在共同的社会实践中，他们以不同的方式对待不同的人。在 20 世纪，中国的自由主义者和马克思主义者公开谴责等级制度，等级制度被用来维护封建社会统治阶级的

---

① Burke E. *Select Works of Edmund Burke, Vol. 2: Reflections on the Revolution in France*. Indianapolis: Lib. Fund, 1999.

利益,因此不适合现代社会。但这也许并不是荀子的真正意图。对荀子而言,等级仪式也有使弱者和穷人受益的作用。这使强者照顾弱者利益而生成的社群意识和情感必不可少。例如,在一个有饮酒仪式(得让长辈先喝等)的村庄,所有人参加仪式,从而生成一种社群意识,强大的社群照顾能力水平较低的人。①简而言之,等级仪式的一个重要功能是,不仅给予有权力和地位的人认可,而且赋予他们关心的权力,去关心地位较低的人的利益与需要。

这就是说,等级制度应该维护低层级成员的利益而不应固化权力和地位的关系。因此,儒家学者提出了角色扮演的建议,比如在老年人和年轻人之间进行角色转换的祖先崇拜仪式,②来提升拥有更多权力和更高地位的人认同处于底层的人的可能性。当然,从长远来看,年轻人会取代老年人,并以一种更自然的方式提升年龄层次。师生关系也是如此。师生关系是分等级的,学生应该尊重拥有更多知识的老师。承认别人比我们知道得更多,意味着对学习和成长的开放态度;通过尊重老师,我们创造了一个可以提升的空间。③但尊重老师并不意味着严格的服从;老师也应该谦虚,并且总是乐于自我提高,从而对向学生学

---

① Bell DA. *China's New Confucianism: Politics and Everyday Life in a Changing Society*. Princeton: Princeton Univ. Press, 2008.

② Puett M. *Ritual Disjunctions: Ghosts, Philosophy, and Anthropology. The Ground Between: Anthropologists Engage Philosophy*, ed. V Das, MD Jackson, A Kleinman, B Singh, Durham: Duke Univ. Press, 2014, pp.218–233.

③ Angle SC. *Contemporary Confucian Political Philosophy*. Cambridge: Polity, 2012.

习的可能性持开放态度。①从长远来看,老师应该对学生最终超越他们的可能性持开放态度。《论语》中最著名的一句话是:"后生可畏,焉知来者之不如今也？"②换句话说,等级制度的目的不是统治阶级底层的人,而是使他们能够在自己的权力范围中成长。消极地说,当拥有更多权力和更高地位的人不认同也不帮助低层级成员,或者更糟糕的是,寻求剥削和压迫他们时,等级制度就会功能失常。总之,证明等级关系合理的第二个理由是,能维护拥有更少权力和更低地位的人的利益,只要有高层级的人认同低层级的人的机制,以及等级结构是流动的并允许向上运动。

一个社会平等主义者可能接受局限于家庭和公民社会的等级制度,但反对将等级制度扩展到仅接受政治平等关系的政治领域。然而,儒家学者认为,建立政治权威的主要目的是为被管理者服务。如果管理者有效地为被管理者创造福利,并且参与者之间的关系表达了两者之间的信任和承诺关系③,那么政治等级制度是合理的。从儒家伦理角度出发为等级辩护的观点,也会强调关系属性——例如和谐——作为基础(而不是更典型的西方观点,规范性是个体内在的功能属性,例如自主性、理性或愿望),如果捍卫等级关系对于防止冲突和促进交

---

① Li J. *Humility in Learning: a Confucian Perspective*. *J. Moral Educ*, 2016. 45:147–165.

②《论语·子罕》。

③ Chan J. *Confucian Perfectionism: A Political Philosophy for Modern Times*. Princeton: Princeton Univ. Press. Tiwald J. *Xunzi on Moral Expertise*. *Dao*, 2012. 11(3):2014.275–293.

流是必要的。①如果政府的等级制度为人民服务,在管理者与被管理者之间建立相互信任的关系,为防止滥用权力建立机制的同时,促进人之间的和谐关系,即使它与当代政治平等观念相冲突,也符合儒家的标准。

这就是说,等级关系也能表达现代自由主义者更倾向于赞同的价值观。泰勒区分了强制的与合作的等级制度。在强制的方式中,等级中的上级试图通过单向的、自上而下的、个性化的强制手段来控制下属的行为。在合作的方式中,就像在日式社区治安管理和工作场所管理中一样,等级下属被鼓励自我帮助,并被给予一种自我管理的感觉。上级仍然掌握着决策的最终权力,但他们也会提升下属的自主性和自制力等价值观,并首先依靠相互信任来推进共同企业的目标,以胁迫和惩罚作为最后的手段。②等级关系可以通过其他方式促进个人自治。提倡"轻推"或自由的家长主义者,主张在外部环境和公民教育中进行家长式的干预,帮助人们克服认知偏见,最终能够更自主地行动。③此外,官僚等级制度可以举例说明自由主义的价值观,如法治,但需要免受来

---

① Metz T. *Values in China as Compared to Africa: Two Conceptions of Harmony. Philos. East West*, 2017. 67(2):In press.

② Taylor M. *Good Government: on Hierarchy, Social Capital, and the Llimitations of Rational Choice Theory. J. Polit. Philos.* 4(1):1996.1-28.

③ Thaler RH, Sunstein CR. *Nudge: Improving Decisions about Health, Wealth, and Happiness.* New York: Penguin, 2009.

自新自由主义者(或自由主义者)的指责，基于市场的分散性、竞争性结构更为经济有效，他们主张废除官僚等级制度。[1]而像最高法院这种等级森严的机构可以通过保护个人权利免受多数人的侵害来提升法治。[2]简而言之，等级制度与机构也可以促进例如自治和法治等自由主义的价值观。

因此，等级制度是合理的，因为它们有助于效率、低层级成员的福利、和谐的关系，以及自由主义的价值观。但是，等级制应该被优先考虑，这取决于社会关系的性质和社会背景。在家庭环境中，等级关系首先被证明是合理的。因为它们赋予了较弱成员(比如孩子)权利。父母对孩子有权威，但他们应该把孩子放在通往成年的道路上，在这一点上，孩子们也会行使类似的权利。儒家学者补充说，年老的父母应该对成年子女保持权威，因为我们一生都有责任感谢我们的父母，作为在我们年幼时提供的爱和关怀的交换，拥有更多经验和知识的人通常可以做出更明智的判断。[3]过去，丈夫主导妻子的合理理由主要基于效率。[4]因为男人被认为拥有优越的体力，他们从事社会上有价值的工作——狩猎、耕种、战斗等——而女人则被限制在家里。如今，大多数

---

[1] Bevir M. *Democratic Governance*. Princeton: Princeton Univ. Press, 2010.

[2] Macedo S. *Meritocratic Democracy: Learning from the American Experience*, 2013. See Bell & Li 2013, pp.232–258.

[3] Bell DA. *China's New Confucianism: Politics and Everyday Life in a Changing Society*. Princeton: Princeton Univ. Press, 2008.

[4] Li C. *The Confucian Philosophy of Harmony*. Oxfordshire: Routledge, 2014.

工作需要的是知识和社会技能，而不是身体技能，而男性在家庭中占据主导地位的效率理由不再适用。相比之下，对于商业公司和军队来说，证明等级制度合理的效率是最重要的。

如果等级制度能使低层级成员受益，那就可以证明等级制度是合理的。这也是证明政治安排合理的核心。罗尔斯著名的观点是，有价值商品在分配上不平等是合理的，如果这种不平等能使政治共同体中的弱势群体受益。①在国际关系中，如果能给欠发达国家提供安全保障和经济利益②，国家之间的等级制度就可以被证明是合理的。像加拿大这样的国家从美国的霸权中获益，因为它受到美国安全保护伞的保护，并且可以将用于防御的资源转向社会福利。阎学通认为，中国应该公开承认它是等级世界的主导力量，但这种主导意味着它有额外的责任，包括向无核国家提供经济援助和安全保障。③

根据等级制度应该有利于地位较低成员的观点，也能证明人类和动物之间的等级关系是合理的。甚至强烈反对物种歧视的动物权利捍卫者，或许也会认为我们有权以错误对待我们自己物种的方式来对待其他物种成员，④当要在杀死一个人与动物之间必须做出选择时，他们

---

① Rawls J. *A Theory of Justice*. Cambridge: Belknap Press, 1999.

② Lake D. *Hierarchy in International Relations*. Ithaca: Cornell Univ. Press, 2009.

③ Yan X. *Ancient Chinese Thought, Modern Chinese Power*, ed. DA Bell, Z Sun, Transl. E Ryden. Princeton: Princeton Univ. Press, 2011.

④ Singer P. *Animal Liberation. New York Rev. Books*, Apr. 5, 1973.

默认人类与动物之间合理的等级关系，正如最近的案件中涉及杀死一只大猩猩救一个小孩。①但是接受这种等级制度在道德上是不允许人类按照自己的意愿利用动物，尽管这可能是丑陋的现实。②原则上，人类有义务为动物提供适合的生活条件，并尽可能地代表它们的利益。③相比之下，人类和机器之间的等级关系被证明合理，纯粹是基于效率：人类利用机器为了提高自身生活效率。当然，风险在于人工智能机器可能会在未来超越我们的能力并逆转这种关系——把人类变成机器主人的奴隶。因此，我们应该尽力为人工智能机器编程，让它们为人类的利益服务，尽管人们可以设想出事情出错的场景。④

尽管不同类型的社会关系可能会优先考虑不同的等级论，同样不同类型的社会也可能会合理地优先考虑不同类型的等级制度。有些社会可能反对整个等级制度观念。在英语中，"等级"一词几乎总是贬义的；相比之下，在汉语中谈论道德上合理的等级制度更容易。因为汉语中有诸如差序这样的词，更易让人相信并非所有等级都是坏的。⑤但是，

---

① Singer P, Dawn K. *Harambe the Gorilla Dies, Meat-eaters Grieve. Op-Ed. Los Angeles Times*, June 5. 2016.

② Harari Y. *Sapiens: A Brief History of Humankind.* New York: Harper, 2015.

③ Donaldson S, Kymlicka W. *Zoopolis: A Political Theory of Animal Rights.* Oxford: Oxford Univ. Press, 2011.

④ Shanahan M. *The Technological Singularity.* Cambridge: MIT Press, 2015.

⑤ Yan Y. *Unbalanced Reciprocity: Asymmetrical Ggift Giving and Social Hierarchy in Rural China. The Question of the Gift: Essays Across Disciplines*, ed. M Osteen, London: Routledge, 2002, pp.67–84.

无论这个词的内涵是什么，大型复杂的社会都不能没有等级制度。有权势的群体通常会试图将自己与其他群体区分，面对如何维护弱势群体利益的等级结构运作的挑战，社会做出了不同的反应。

在美国，人民作为社会平等的一员而被重视，而更高权力通常以财富的形式表现出来。我们可以直呼比尔·盖茨的姓名，但是富人也可以把自己和穷人分开（例如，住在有门禁的社区）。赤裸的物质等级体系并没有被广泛认为是根本不合法的（尽管不同于自由平等主义者的论点）。在以等级仪式来展示社会地位差异的社会中，强势的人不需要依靠物质财富来显示他们的优越性。在清代，以年龄为基础的等级制度造就了一批政治精英，该阶层中有大量的低收入但高资历的人，结果是长老统治的等级制度实际上促进了经济平等。[②]加强基于年龄的社会等级制度可能是解决当今中国经济不平等问题的方案之一，这种解决方案在西方社会中行不通，这些社会不尊重老年人，也不重视子女的孝道。在日本和韩国，虽然工人们会尊敬地向老板鞠躬，但他们下班后一起喝酒，他们通常住得很近并一起度假。在经济困难时期，老板们很少解雇员工。领导同情他们的下属，他们也很少反对政府为确保物质平等而采取的措施。[②]也许像挪威这种小型同质国家可以促进社

---

① Zhang T. *Social Hierarchies and the Formation of Customary Property Law in Pre-industrial China and England*. Am. J. Comp. Law, 2014. 62:171–210.

② Bell DA. *China's New Confucianism: Politics and Everyday Life in a Changing Society*. Princeton: Princeton Univ. Press, 2008.

会和物质平等，但是大国需要在社会地位平等和经济上等级差异与社会地位等级差异和经济平等之间做出选择。优先排序取决于文化观：西方社会倾向于支持前者，而东亚社会倾向于支持后者。

这些差异基于不同的童年教育实践①和不同的认知目标表达。②要改变这种观念很困难，但并非不可能。最近的实证研究可以帮助有等级商业组织的管理者与下级员工建立积极的关系，③来自西方社会重视社会地位平等的管理者如果能够适应偏好社会等级的东亚工作场所，④他们就能很好地发挥作用。从标准的观点来看，只要各层级成员能接受，且基本人权没有受到侵犯，就没有理由反对不同社会重视不同的等级制度。

政治领域最为明显的是文化差异。在西方民主国家中，等级关系在某种程度上被证明是合理的，他们呼吁自由主义价值观，例如自治和法治。但儒家伦理的拥护者在社会和谐关系中可能更担心"我赢你输"自由主义民主实践的负面影响，比如竞选活动、辩论、竞争

---

① Li J. *Cultural Foundations of Learning: East and West.* Cambridge: Cambridge Univ. Press, 2012.

② Nisbett RE. *The Geography of Thought: How Asians and Westerners Think Differently... and Why.* New York: Free Press, 2003.

③ Kennedy JA, Kim TW, Strudler A. *Hierarchies and Dignity: a Confucian Communitarian Approach. Bus. Ethics Q,* 2016. 26(4):479–502.

④ Meyer E. *The Culture Map: Decoding How People Think, Lead, and Get Things Done Across Cultures.* NewYork: Public Aff, 2014.

选举。在中国，考虑到等级观念有悠久的历史，在过去的三十年里已经激发了改革，根据真实调查并得到了人民的广泛支持，尤其重要的是问及贤能政治如何能得到改善，以及使其缺点最小化。[1]贤能政治的正当理由集中在精英们选出的领导人最能胜任并愿意促进人民福祉的观点。但是我们所说的人民的幸福是什么意思？它是指个人的自由，指和谐的关系，还是指两种理想的结合？

和谐与自由

和谐是中国政治文化的重要理念，西方社会崇尚个人自由。但是，在政治实践中每个普遍观点意味着什么呢？关于中西方差异和相似性，它们将会告诉我们什么？两种理想之间的共性和差异是什么？在何种程度上追求自由破坏了和谐的关系，我们如何解决冲突的案例？在重视这些理想的社会中，和谐和自由的理想是如何产生的，以及如何在实践中防止政府和私人滥用这些理想？哪种形式的政府最能促进和谐与自由？如何衡量不同社会的和谐与自由？这些问题在哲学和政治上都非常重要，"中国"价值观将在全球舞台上产生更大的影响力。关于自由的论述很多，但关于和谐理想的论述却很少（英语中），关于这

---

[1] Shi T. *The Cultural Logic of Politics in Mainland China and Taiwan.* Cambridge: Cambridge Univ. Press, 2015.

些理想之间的共性和差异论述更少。

李晨阳的《儒家的和谐哲学》是第一部系统地用英语表述儒家和谐理想的作品，他论证了该理想在中国的过去、现在和未来的重要性。儒家的和谐理想是为了和平的秩序，但它不只是一种和平的秩序。在西方，"和谐"一词也倾向于援引同意、一致或一致的观点。从柏拉图开始，和谐被认为是针对一种根本的不变宇宙秩序的同意或适应，而在政治语境中被赋予邪恶的内涵，即服从统治阶级强加的压迫性秩序。与此相反，儒家的"和谐"指的是一个动态的过程，在这个过程中，不同的元素被引入一个相互平衡、协作发展的观念中，此观念包括对新情况的适应。儒家的和谐理想决非假设商品的统一性，而是以一种新的方式，为人类的繁荣创造了新的可能性。儒家的和谐观在今天的中国得到了广泛的认同：在 2008 年北京奥运会的开幕式上，中国汉字"和"被选为中国文化的象征，这并非巧合。"君子和而不同"，这也许是《论语》中被广为引用的一句话。因此，关于"和"更好的翻译或许是"和而不同"而不是"和谐一致"，这在英语中导致了错误的内涵。

也就是说，音乐术语的和谐更接近儒家的和谐。对于早期的儒家学者，音乐表达了宇宙的终极和谐，应该作为世界上其他形式和谐的典范。《乐记》是《礼记》（汉初编纂）的一部分，它揭示了道德高尚的人能够并且应该用正确的音乐在社会中培养和谐的关系。和谐指的不仅仅是没有冲突、仇恨和怨恨，还指更积极的东西，即一种关系中各部分之间的共性和承诺感。简而言之,儒家的或者说中国的和谐理想是指以和平秩序为特征的社会关系;倡导尊重,而不是鼓励差异性;强调组成部分中特殊的共性,而不是赞颂各个组成部分。

    一个崇尚和谐的社会重视文化的多样性,但不能以尊重多样性为理由来证明严重侵犯人权行为的合理性,由于这些活动旨在伤害和消灭他人,因此它们与实现和谐的目标相冲突,然而,对个人自由的一些限制可能是基于和谐的正当理由。在一个贫穷无序的社会里,政府可以把重点放在提供经济发展的条件上,以维持和平秩序,即使它的努力包括限制个体的自由流动,诸如中国户籍制度。[①]父母可以对孩子的自由进行限制,以教育孩子,让他们欣赏并努力追求和谐的关系。[②]一对想要离婚的夫妇在诉诸法律手段之前,会被建议进行非正式调解,这更有可能挽回和谐关系。[③]在德国,如果有必要避免一种仇恨的文化威胁到社会中不同群体之间相互信任和关心的基本关系,那么言论自由就会受到限制。因此在德国,否认大屠杀是不合法的。然而,一个重视和谐的社会也应该鼓励不同群体进行价值合作和信任的实践,比如

[①] Bell DA. *Beyond Liberal Democracy: Political Thinking for an East Asian Context*. Princeton: Princeton Univ. Press, 2006.

[②] Li C. *The Confucian Philosophy of Harmony*. Oxfordshire: Routledge, 2014.

[③] Chen AH. *Mediation, Litigation and Justice: Confucian Reflections in a Modern Liberal Society. Confucianism for the Modern World*, ed. DA Bell, C Hahm, Cambridge: Cambridge Univ. Press, 2003, pp.257–287.

在学校中促进不同阶层和民族之间的公民参与。①

为什么在没有将和谐作为政治价值来优先考虑的政治环境中，比起自由的价值应该优先考虑和谐？这也许会被责问：自由不是更普遍的价值吗？但和谐不仅仅在中国受到重视。在历史实践中，儒学传播到了日本、韩国、越南，这有助于解释为什么所有东亚社会都倾向于优先考虑和谐的价值。东亚之外，许多社会和文化也重视和谐，即使它们在历史实践中没有受到儒家思想的影响。班图精神（Ubuntu）是撒哈拉以南非洲地区的主要道德传统，它强烈致力于构建和谐的关系。②美好生活理念（Buen Vivr）源于安第斯山脉盖丘亚人的世界观，它在整个拉丁美洲广受欢迎，强调与他人和自然和谐相处。③北欧国家的道德体系和政治文化重视社会和谐，这与东亚文化相似。④加拿大的政治文化受到了从美国独立战争中逃离的"效忠派"的影响。因为他们重视秩序与和谐，而不是个人自由的激进主张（尽管经济利益也受到威胁）。美国的社群主义者认为，美国人的"心灵的习性"显示了对家庭和社会关系的

① Wong DB. *Agon and Hé: Contest and Harmony. Ethics in Early China: An Anthology*, ed. C Fraser, D Robins, T O'Leary, Hong Kong: Hong Kong Univ. Press, 2011. pp.197–216.

② Bell DA, Metz T. *Confucianism and Ubuntu: Reflections on a Dialogue between Chinese and African Traditions. J. Chin. Philos*, 2011. 38:78–95.

③ Balch O. *Buen Vivir: the Social Philosophy Inspiring Movements in South America. Guardian.* 2013. Feb. 4. https://www.theguardian.com/sustainable-business/blog/buen-vivir-philosophy-south-america-eduardo-gudynas.

④ Helgesen G, Thomsen SR, eds. *Politics, Culture, and Self: East Asian and North European Attitudes.* Copenhagen: Nord. Inst. Asian Stud, 2006.

责任,尽管这些责任往往被隐藏在个人主义的自我理解之下。①

事实上,与自由等普世价值观相比,和谐价值观在世界的文化、伦理体系和宗教中被更为广泛地共享和优先化。无论如何,片刻的反思足以让我们认识到和谐的重要性:我们当中有多少人能够在没有和平秩序、尊重多样性和公共责任的家庭和社会中茁壮成长?极少数的古怪天才或艺术家可能会刻意选择与家庭和社会隔绝,如果这些联系妨碍追求真理和自由的话(斯宾诺莎是一个著名的案例)。但对大多数人来说,人类繁荣的关键是如何受益于不同的社会责任。为何自由似乎是更普遍的价值观?主要原因在社会学而非哲学范畴。美国行使的政治和经济霸权在第二次世界大战后到了这样一种程度,其政治的主导价值——个人自由——已经被视为一种"普世价值",而其他价值观也被认为是特殊的,并与落后的社会环境相联系。根据马克思的观点,统治国家的思想是占统治地位的思想。但是,随着美国失去作为世界意识形态领域的霸权地位,和谐作为一种普遍的道德理想,可能会在关于什么构成人类福址的全球讨论中重新发挥作用。

这并不是说儒家的和谐观得到了广泛认同。例如,在日本,和谐意味着更接近统一和共识。在撒哈拉以南非洲的传统中,和谐有着强烈的平等主义倾向,并且经常被用来证明一种以协商一致为导向的

---

① Bellah RN, Madsen R, Sullivan WM, Swidler A, Tipston SM. *Habits of the Heart: Individualism and Commitment in American Life*. Berkeley: Univ. Calif. Press, 1985.

民主。①但也有一些与儒家的"和而不同"理念相同的重要领域，这也对思考如何限制自由有影响。公元前288—前232年，统治印度次大陆的阿育王提倡容忍和妥协，尽管宗教团体之间存在严重的道德分歧。在佛教的启发下，他颁布了一项命令，在与其他群体互动时要保证每个群体的安全，从而使相互信任和良好的关系出现在一个由不同信仰群体组成的复杂社会。该法令建议限制言论，因为言论能破坏共存，比如侮辱和贬低他人的言论。②阿育王的法令依赖于道德，但是类似的理想意味着在严重分裂的社会中，保护公共和谐的状态，可能在今天产生法律影响。例如，《印度刑法》（第295A节）规定了故意侮辱任何群体的宗教感情的惩罚。

不同的道德传统和社会中和谐理想之间的共同之处，可以巩固不同社会中比较（和排名）和谐程度的努力。如果和谐只限于和平的秩序，以及尊重社会关系形式的多样性是谋求人类福祉的关键，就需要具备在各国之间可进行比较的可靠的全球指标（更难以衡量相互信任和责任的水平）。所有主要的全球指标，包括世界自由调查，都忽视了丰富多样的社会关系对人类福祉的重要性。为了填补这一空白，清华大学的研究人员设计了"和谐指数"，并发现国家规模是整体和谐的最

---

① Metz T. *Confucian Harmony from an African Perspective. Afr. Asian Stud*, 2016. 15:1–22.

② Bhargava R. *Beyond Toleration: Civility and Principled Co-existence in Asokan Edicts. The Boundaries of Toleration*, ed. A Stepan, C Taylor. New York: Columbia Univ. Press, 2014.

佳预测指标：规模越小的国家越容易建立和谐关系。①显而易见的是，中国和美国等大国需要下放权力，促进更加和谐的社会关系，这在促进个人自由方面也有益处。

结论

比较不同哲学传统中政治价值观的优先顺序和获取对多极世界政治启示的努力才刚刚开始。我谈论了排在中国和西方传统中首要的三套政治价值观。但其他有影响力的政治价值观，例如自决与政治统一，可以从政治相关性的角度加以比较。人们还可以比较中国仪式和西方法律的作用，表明它们如何塑造解决冲突的不同方式，或者表明不同的政治价值观如何影响不同国家的外交政策。当然，各个国家内部也是多样化的，人们可能会比较，比如不同国家的城市有着强烈的环保理念，在思考以地方性方法处理气候变化等全球性问题时，具有启发意义。②没有理由限制比较中西方哲学传统中主要的政治价值观。可能有很好的哲学理由来探究与其他社会的主流政治价值观的比较。此外，政治格局和全球权力关系也可能发生变化。在未来几十年里，印

① Bell DA, Mo Y. *Harmony in the World 2013: the Ideal and the Reality. Soc. Indic. Res*, 2014. 118(2):797–818.

② Bell DA, de-Shalit A. *The Spirit of Cities: Why the Identity of a City Matters in a Global Age*. Princeton: Princeton Univ. Press, 2013.

度可能成为一个主导全球的力量，①比较中国和印度哲学传统中主要的政治价值观会有更大的政治意义。为了使这种比较工作在学术上更有成效，需要改变大学的激励机制，这样研究生和教授就能获得具有洞察力的与政治相关的跨文化和跨学科成果。最后，我们需要破除大学与外部世界之间的界限，学者需要从新闻工作者和决策制定者那里学习并参与讨论。

崔佳慧、王生章 译

本文原载于《吉首大学学报》(社会科学版),2018 年第 5 期

---

① Rachman G. *Easternisation: War and Peace in the Asian Century*. London: Bodley Head, 2016.

中国的贤能政治与西方民主

在 2018 年 2 月召开的慕尼黑安全会议上，即将离任的德国外交部部长称"中国正在发展一种能替代西方模式的完备体制,这与我们的模式不同,该体制并不以自由、民主和个人人权为基础"。对于那些主张"自由、民主和个人人权"的西方自由主义派而言,他们应该为此感到担忧吗?

这种担忧不是没有理由的:假设(1)中国反对自由主义意识形态,(2)中国试图对外输出其非自由主义的模式,(3)中国有实力说到做到。但这其中每一个假设都会成真吗?

中国是否反对自由主义意识形态

在中国封建社会,官方支持这样一种观点,即一群社会精英如中举者仅凭其社会地位就可逃过刑罚,即使他们触犯了法律。

但如今,中国认可基本人权,并认为,在刑事案件中,所有公民在法律面前人人平等,没有人会公然质疑严禁奴役、种族灭绝、谋杀、严刑拷打、长期的恣意歧视和系统性种族歧视。中国公民享有结婚、就业和出国旅游的自由。这已成为广泛的共识。

当然,理想与现实之间总是存在着很大的差距,但西方国家也同样如此。中国和西方国家的任务都是要缩小基本人权的理想与现实之间的差距。

中国政府肯定贤能政治这样一种政治安排,通过考试和绩效评估等方式从下级领导干部中选拔能力超过平均水平的领导干部,做知情的、道德上站得住脚的政治决断。不过这里,理想与现实之间依然存在着巨大差距:腐败问题以及缺乏对权力滥用的制约是贤能政治面临的显著威胁。因此,当务之急就是要缩小这个差距。

与法西斯主义或极权主义不同,贤能政治与大多数民主价值观和实践相容。政治参与的形式,如抽签、协商和审议,以及从下级政府中选拔,都符合贤能政治模式。

但是,在最高层采用西式民主选举制将破坏贤能政治的优势。倘若当选的是一个没有任何政治经验的领导者,那他可能煽动起人们最糟糕的情感并一下子爬上最高领导者的宝座(可能会出现新手才会犯的错误)。这样的领导者也会受到竞选短期考虑的限制,不惜牺牲为了政治共同体和世界其他地区的利益而做的长远规划。

因此,中国的任务就是要培养和提升国家政治体系中的尚贤元素。但我们应该承认,自由主义者仍然会对贤能政治的理想感到不舒服。因为贤能政治要求限制组建政党争夺最高政治权力的权利。简而言之,对自由主义意识形态的挑战,主要集中在贤能政治作为选举民主之外选拔领导人的方法的价值之上。

中国是否试图对外输出贤能政治模式

并非如此。西方的民主人士总是辩称(或假设),无论政府的级别和国家的历史和文化如何,民主选举都应该作为挑选和提拔领导人的标准。而与之不同的是,贤能政治的支持者强调,贤能政治是中国特有的国情决定的。

第一,国家的规模问题:贤能政治的理想只适用于大国。要治理庞大且极其多样化的国家是相当困难的,将中国与自然资源丰富又相对同质的小国进行比较,没有任何益处。此外,对于大国的高层级政府而言,问题往往很复杂,会影响到社会的许多方面,还会影响到世界其他地区以及子孙后代。在大国,那些在较低层级政府中积累了丰富政治经验且政绩突出的领导人,往往更能在政治上取得成功。

第二,中国的贤能政治理想历史悠久。早在两千五百多年前,孔子就为这样一种观点辩护，即君子德才兼备，优于常人（而不是像早期的观点一样认为君子都出身于贵族家庭）。从那时起，中国知识分子一直在争论，哪些才干和美德对治国至关重要，如何评定这些才干和美德，以及如何将中国选拔德才兼备的公职人员的政治体系制度化等。

中国古代官僚制度纷繁复杂，已有两千多年的历史，可以将其视为政府将贤能政治理想制度化的不懈努力。但是，该理想尚不处于支配地位，且官僚主义没有长久地受到贤能政治理想的启发，在这种政治背景下，很难实现这个理想。中国的贤能政治支持者都强调，贤能政治是由中国特有的国情决定的。

第三，贤能政治的理想在过去约四十年的时间里激发了中国的政治改革。对此，西方媒体报道的典型论调是中国进行了实质性的经济改革，但政治改革付之阙如。但这是因为（在西方媒体的眼中）在政府最高层采纳选举民主才被认为是判定是否进行政治改革的唯一标准。倘若摈弃这一教条，我们可以明显地看到，中国的在过去几十年里也经历了实质性的政治改革。

主要区别在于，中国为了（重新）在高层级政府中建立贤能政治制度，已经做出了一番努力，选拔干部时更多强调教育、考试和基层政府的政治经验。尽管理想与现实之间仍然存在着很大差距，但通常用于评定进步的标准是贤能政治制度的建立到了何种程度。

第四，调查结果一向显示，中国贤能政治的理想得到了广泛支持，尤其是在高层级政府。在没有广泛认同该理想的社会中，贤能政治理想可能不是评估政治进步（与退步）的恰当标准。

即便如此，其他国家的公职人员想学习中国政治制度中积极的方面，中国对他们也表示欢迎。每年非洲都有大量人才来中国研修、培训。但政府不会将政治言论变成道德说教，更不会用武力推动其政治制度向国外输出。

但是，倘若中国决定将贤能政治向外输出呢

贤能政治能在西方选举民主国家中取得成功吗？不大可能。一旦人们获得了选举权，无论遇到什么样的情况，他们都不想放弃这个权利。试图改变政治制度的支持者通常都需要用武力来实现他们的目的（想想泰国或埃及的情况就明白了）。

因此，有可能是夸大了西方民主国家的"危机"。在西方，任何支持废除民主选举制而建立贤能政治制度的政治力量都不可能走多远。

简而言之，西方自由主义者不必担心中国崛起给意识形态带来的威胁。在意识形态层面，中国同样承诺要实现自由、民主和人权，中国不支持的是对西式选举民主的承诺。另一种理想——贤能政治——是由中国独特的政治环境所决定的。

中国政府并没有试图将其向外输出。西方自由主义意识形态的主要威胁来自内部。人们可能会选出一些非自由主义领导人，这种领导人试图破坏人们对自由和个人人权的承诺。这才是西方的风险所在。

吴万伟 译

本文译自 *China's Political Meritocracy Versus Western Democracy*，

原载于 *The Economist*，2018 年 6 月 12 日

西方人批评中国时，
须避免殖民主义思维

2016 年 8 月 25 日,《世界邮报》主编内森·加德尔斯发表了一篇有关中国政治的评论文章。对此,宾夕法尼亚州立大学历史学助理教授梅凯悦和加州大学尔湾分校历史教授华志坚两人做出了回应。这一回应使我们意识到,研究中国政治必须考虑丰富多样的政治传统。

从春秋时期到清朝崩塌,儒家、法家、道家、佛教等思想百花齐放。1912 年以来,中国的思想家们则围绕马克思主义、自由主义、无政府主义、女权主义等西方政治传统展开了激烈的辩论。因此,如果断言称中国历史上只有一种政治传统,并以此为依据来推断当代中国的话显然是错误的。不过内森·加德尔斯并没有犯这个错误,他在文中用的是"主流观念"一词,并没有排除其他支流的存在。

问题反而出在华志坚和梅凯悦两人的身上,他们走向了另一个极端：他们过于关注这些"非主流"的思想，并敦促西方评论家批评中国政府未能实践中国政治传统中"最好的部分"，而这些政治传统恰好与西方"自由主义民主的理想和人权观念"不谋而合。换句话说，他们就是套用西方政治框架评价中国政治的进退得失，并支持中国本土与西方"所见略同"的批评者。

评价中国政治的发展不应唯"自由民主"是论。事实上，中国可以提出道德上合情合理、政治上切实可行的方案代替自由主义民主，但是华志坚和梅凯悦并没有意识到这一点。由此观之，这两位学者的思想观念与19世纪、20世纪的殖民者别无二致，都极力鼓吹西方的政治信仰。而历史上，这些强加于中国的政治信仰带来的效果多半是灾难性的。

不过，华志坚、梅凯悦二人的文章仍然提出了两个重要的议题：其一，何种政治传统或价值观更能解释当代中国的政治？其二，何种政治传统或价值观更能有效衡量和评估当代中国的政治？不妨让我来逐一回答这两个问题。

如果我们要解释政治制度或政策成效，那么最直观、最不容争辩的是政治、经济因素产生的效果。但是文化的作用也不容忽视，它为分析各种社会政治选择提供了框架和思路，也有助于推动政策的实施，使某种政治道路变得更为可行。不妨考虑一下内森·加德尔斯所谈的"政治统一"的价值。

以色列历史学家尤锐·皮纳斯在其知名作品《展望永恒帝国》一书

中写道,战国时期的政治思想家虽然政治主张迥异,但是他们都认可单一君主治理下的国家统一,这此后也成为中国政治思想的基石。"政治统一"的原则解释了中国帝制、皇权和政治制度发展的根源,以及中国政策和政治制度稳定的缘由。尤锐·皮纳斯认为,尽管中华帝国的历史中时有乱世和分裂,但是中国根本的政治体制、社会政治和文化特征总能恢复稳定。"政治统一"的原则也解释了为什么20世纪早期"联省自治"等政治主张无法得以实现的原因,因为这些主张与中国主流政治价值观相左。

简而言之,主流政治价值观念在立法者和普通民众的心中根深蒂固,并作为动因促成了某些结果。尤锐认为,中国共产党可以被视作单一制国家和最高权威的具体体现。但当代中国的最高领导人不同于古代家族承继的帝王,前者是由"选贤任能"的程序产生的,任期也有相关规定。

无独有偶,内森·加德尔斯也认为,人们维护单一制国家的深刻观念影响着当代中国领导人的政策,这也解释了为什么这些政策往往总能得到人民群众的支持。诚然,当下中国的非主流政治观点,如美式对抗式政治、三权鼎立等政治理念也许会在未来获得认同,但在拿不出强有力证据的情况下,这也只是一厢情愿的想法而已。

在中国的政治文化中,"选贤任能"的政治观念可能和"政治统一"一样深入人心。从孔子以降,绝大多数的中国思想家都认为,优秀政治体制的目标应该是甄选并提拔德才兼备的人才；他们争辩的主要问题是何为德才兼备，以及如何衡量品德与才能。从隋朝开始，中国"选贤任能"的政治理念就以科举考试的形式制度化了下来，中举的考生在基层政府锻炼，按照能力逐级获得提升。

与"政治统一"的价值观一样，"选贤任能"也曾在 20 世纪的时候遭遇了理念和实践的双重冲击。但在经历过短暂的激进之风和"文化大革命"之后，中国领导人很快重建了"选贤任能"的政治安排。虽然今天的"选贤任能"与古代科举内容有别，但在形式上沿袭了后者。

但是，不管中国有怎样的政治现实，也不管其未来变化方向如何，华志坚和梅凯悦等自由民主主义者仍然会批判当代中国"所谓的'选贤任能'"治理体系，而极力宣扬西式民选政治领导人的种种好处。

不过仔细想想，"选贤任能"的政治体制真有那么糟糕吗？我在新书《贤能政治》中，为这一政治体制进行了辩护，借此机会简要概括一下我的观点：其一，"选贤任能"的理念在中国深入人心，它比民主选举等其他政治形式更稳定。其二，政治民调显示人们对中国的官员选拔模式支持度一直很高。其三，中国对下一代和全世界都肩负着重大的责任，它需要选出经验最为丰富、知识最为广博的领导人，他们不应只为眼下这一代人着想。其四，科技的快速进步和突如其来的金融冲击、自然灾害等都需要思路清晰的领导人做出快速而全面的反应。其五，"选贤任能"的官员选拔模式与基本人权和广泛意义的民主价值相吻合，中国在基层政府实现民主选举，也有政治协商、信息公开、质询反馈等机制保障。

"选贤任能"避免了多党选举通过"一人一票"的形式产生国家最高领导人。中国需要有机制来尽可能地确保最高领导人经验丰富、视野广阔、思维长远，避免让"中国版特朗普"进入权力核心。

当然，中国的贤能政治仍然存在理想与现实的差距，正如美式民主的理想与现实之间也存在差距一样。但是西方的思想家们应当支持中国建立具有民主特色的"选贤任能"选拔模式，不是吗？对于一些西方学者而言，这也许像一剂苦口的中药般难以接受。就我个人而言，我也是在中国住了许多年，与中国的朋友、同事多番交流思考后才愿意接受这一观点的。除了选贤任能，中国还有其他的政治制度选择吗？难道西方人只应支持那些恰好与自己观点一致的"中国异见分子"吗？这难道不是殖民思维的遗毒吗？

也许我的这一番评论对华志坚和梅凯悦并不是很公平。长期以来，我十分欣赏他们的博学，以及他们深入浅出的中国现代史著作。或许他们在与中国学者的交流过程中，评判政治的规范标准发生了变化。如果是这样，我十分希望了解他们用怎样的标准来衡量中国政治的进步与倒退，为何与评价美国政治的标准不同？

张成 译

本文译自 *Western Critics of China Need to Avoid a Colonial Mindset*，

原载于 *HuffPost*，2016 年 9 月 8 日

自由比真理更重要吗

    中国报道新闻的方式相对西方有一些优势。当中国记者采访当事人的时候，他们尽力对受访者的言论进行平衡的描述，重点放在能够从中学到或了解的新东西或有趣的东西上。他们很少进行揭丑扒粪、人身攻击或者玩人前一套人后一套的把戏，即采访时面带微笑，报道内容却违背受访者的本意。

    另外一个优势是中国记者常常和受访者一起讨论标题的选择。这样做的目的是找到一个能更好地反映文章主题的标题。与此相反，西方媒体的目标常常是找到一个能一下子吸引读者眼球的耸人听闻的标题。有人说唯一糟糕的标题就是乏味的标题。媒体在选择标题时几乎从来不咨询采访的对象或评论文章的作者。许多读者在看到不好的标题后往往怪罪作者或受访者，那是因为他们并不知道标题并非作者选择的。

最重要的或许是中国记者总是在文章发表之前把初稿送上以核查有无不确切的信息。记者往往在发表文章前核对事实。我接受过中国媒体的数次采访，他们总是给我文章的初稿以防出现误读受访者意思的描述或事实的错误。当然，对持有不同道德观和政治价值观的记者提出的批评意见，我不会发表评论。

我也接受过西方媒体的数次采访，记者几乎从来没有在文章见报前寄给我初稿。我理解记者的担忧，他们认为与受访者保持距离是保留更多批评空间的方式。但是，这可能出现发表错误信息的危险，从而给文中涉及的受访者造成伤害。

马克·麦金农在《环球邮报》上的一篇文章就是一个说明西方媒体的采访可能出现不良问题的案例。这篇题目为《加拿大反传统斗士盛赞中国的一党制》的长文把我描述成一个被阶级利益遮住了双眼、为中国政治现状说好话的辩护士。

事实上，我竭力辩护的是这样一种政治治理模式，即高层采用贤能政治、基层采用民主，中间留有试验空间。我认为这是评价中国政治进步（或退步）的标准。我也一再使用这种模式批评中国的政治问题。

这篇报道充斥着事实错误和误导人的影射和讽刺，引导读者相信我是拿了银子为中国共产党说好话的政治仆从。马克·麦金农确实提到我是北京一家餐馆的老板（之一），但是他没有提到我还是一名学者，曾经在普林斯顿大学出版社和剑桥大学出版社等著名大学出版社出版过多部论述东亚政治和哲学的学术著作。

我明白，尤其是在一篇并不打算追求报道平衡的文章中，信息的选择确实需要，但是为了诋毁受访者的声誉而选择违背事实的错误信息是不可原谅的。请让我举若干例子。

马克·麦金农写道："清华大学后来告诉官方的《人民日报》说，聘用贝淡宁教授是因为他比其他外国学者更了解中国。"这种说法似乎暗示我是因为政治观点而非学术成就而被清华大学聘为教授的。事实上，马克·麦金农提到的是《人民日报》英文网站选用的一篇文章。该文曾发表在《中国青年报》上，我所在的哲学系主任万俊人教授的原话是"我们聘请贝教授的部分原因是他对中国文化和教育的理解和热情"，麦金农漏掉了"部分"。八年前受聘清华大学时，我还没有写过有关中国政治的任何文章，我希望自己受聘清华大学至少部分原因是出于学术成果丰硕的想法并非过分的自我欺骗。

马克·麦金农没有提到我在书中提出的任何论证，反而选择网络上的某些观点，暗示我写的文章不过是因为我是为中国政府服务的"间谍"："与此同时，有些中国网民注意到贝淡宁教授使用了与中国官方媒体一样的论证和术语，这令人不由得怀疑他的观点是否完全发自内心。"

但是，马克·麦金农没有提供任何证据。我从未为了写文章而与政府官员合作，立此存照。

　　坦率地说，所有这些错误和误导人的说法我都能够忍受。受访者被揭露"丑闻"的记者伤害并不是第一次了。但是，真正令我受到伤害的是马克·麦金农在文中把我妻子牵扯进来，而他们从未见过面。文章发表前我曾经给他转发了妻子的电邮，希望他在文章中删掉妻子的名字，但他置若罔闻。

　　马克·麦金农写道："贝淡宁教授幽静安逸的宅第及其背景暗示其家庭属于中国的统治阶级。"这句话的潜台词是我出于自己的阶级利益为有钱人的统治辩护。其实，我认为有钱人不应该统治中国。运行良好的贤能政治的一个重要优势就是留下了根据德才兼备原则而不是阶层背景选拔贤能的向上流动（或向下流动）的机会。

　　但是为了强调他的"庸俗马克思主义"论调，马克·麦金农写道："1989 年，在牛津，他与妻子宋冰相识，当时只有根正苗红的优秀学生才被允许出国留学。"其实，我妻子并不是中共党员，她在 1988 年离开中国到牛津留学是因为成绩优异而获得了太古奖学金。当时，我妻子是北京大学法学院的本科生，她被北京大学录取是因为在家乡湖南省的全国高考中成绩优异。马克·麦金农或许被误导认为"根正苗红"对妻子的出国留学发挥了帮助作用，因为八十六岁的岳父是当地的党员干部。其实，马克·麦金农的思想中只有关系。他本来可以核对事实的，但他却故意忽略。

这些为什么重要呢？我承认，我很高兴参加这个博客论坛以便为自己和家人辩护，反驳那些人身攻击。但是，我更愿意强调一个更重要的观点。现在，报纸遇到了麻烦，许多报纸还没有找到可靠的模式与网络上的自由新闻竞争。报纸的最好办法是采用自由网络所缺乏的质量控制措施：报纸上的文章应该基于更多的研究，有更深刻的分析，更平衡的主张，更加发人深省的洞察力。简而言之，在探索真理方面，它们应该比因特网上的言论喧嚣做得更好。但是，记者若只关心写作的"自由"，就像在网络上发言的人那样随心所欲的话，为报纸辩护就很困难了。

所以，让我们为西方和中国的媒体自由辩护吧。但是，请不要忘了真理也很重要。

后记

麦金农一文的网络版做了更正，标题更改了一下，显得不那么耸人听闻了（"加拿大反传统斗士"听起来是否太像矛盾的说法？）。我给《环球邮报》去信，指出了五个错误，要求更正和道歉。但是他们没有道歉，只是更正了四个错误，电子版中删掉了两个错误（但没有说明删掉的内容；它们有一个不重复错误信息的政策，原因是那样做可能让错误的信息得到强化），添加了一句有关我妻子背景的话（加了一个注释），随后或许会发表我的回应和指出错误的信。当然，理想的情况是，一家大报在文章发表前尽可能认真地核查事实。不过，总体上来说我对《环球邮报》在处理此篇报道的善后问题上表现出的专业素质和勇气印象深刻。

吴万伟 译

本文译自 *Freedom Over Truth*，

原载于 *HuffPost*，2012 年 11 月 25 日

达沃斯纪行:精英中的精英

　　达沃斯论坛被认为是全球精英的聚会。在第一天论坛签到的时候,我就感受到了这一点。进入一个帐篷,我把护照交给前台一个上年纪的瑞士妇女,她没有从参会者登记表中找到我的名字,随后进一步核实,说我是"媒体领袖"(media leder)。我马上否认,说我不是"媒体领袖",但她坚持认为我是,并发现我进错了帐篷,她应该是负责媒体代表签到的,"媒体领袖"在隔壁帐篷签到。我想解释父亲曾经是记者,我的有些好朋友也是记者,我从与他们的谈话中学到的东西与他们从我这里学到的东西一样多,这根本不是领导任何人的问题,但我已经看出来她有点不耐烦了。所以,我进入旁边一个更大的帐篷以"媒体领袖"身份签到。不过,我很快发现并非所有"媒体领袖"都是平等的。

　　一年一度的"夏季达沃斯"在中国大连和天津轮流举办。我曾经参加过几次在大连的论坛，进展确实非常顺利。所有参加者都是乘坐商务舱前来，匆匆忙忙从五星级宾馆沿着专门为论坛参加者通行的被交通管制的宽阔林荫大道前往会场。在北京，我常常对因为政府高官通行而封锁道路造成的交通堵塞而苦恼，但我必须承认在"等级体系"另一端的感觉就是爽得很。当然，我认识到这一切都是人造的，灰姑娘式的舞会将在午夜结束（就我来说），但我从来没有意识到在舞会上我是"全球精英"中的并不怎么平等的一员。

在瑞士达沃斯，故事就不一样了。大部分学界人士都住在三星级宾馆。最能说明我们不那么高贵的标志是门口没有保安。领导人和总裁们住在五星级宾馆，外面有警卫站岗，入口处还有像机场那样的扫描仪，拒绝没有世界经济论坛电子徽章的人进入。我曾经忘记戴徽章而遭到拒绝，即便是要参加在其中一个宾馆举行的晚宴演讲。我试图径直走进去，但身材魁梧的警察把我挡在一边，用法语告诉同伴我惹恼了他。我转而使用法语，他似乎温和了许多。最后，他让我打电话叫来世界经济论坛工作人员解决了问题。

达沃斯论坛是一次大规模的交易活动，比"区域性"经济论坛拥有更多的国家领导人和企业总裁。最初的邀请函显示，该论坛包括"二十国集团和其他重要国家"的领导人。我为"不那么重要"的国家感到惋惜。我很想知道他们心中的重要国家是哪些？阿塞拜疆吗？我猜错了。我的宾馆房间里有阿塞拜疆赠送的礼物，这意味着他们肯定派了代表团前来。

这个小镇本身布满了安全保卫人员。四十多个国家的领导人前来，他们显然需要得到保护。但有些国家的架势看上去简直就是匪徒，国家领导人被身高七英尺、戴着墨镜（室内也戴着）的贴身保镖围着，人们猜想，这肯定来自像阿塞拜疆这样的国家。在高级酒店参加了一场讨论会之后，我正要走上电梯，一个个子很高的家伙拦住了我的去路，他用结结巴巴的英语告诉我，总统来了，请让道。我没有争论。

达沃斯论坛或许是唯一的国家领导人不在大会上发言的全球论坛。这次，只有德国总理默克尔发表了大会演讲。其他国家领导人被安排在根据其国力而定的大小不等的房间里。新加坡领导人在一个小房间接受法里德·扎卡利亚的半个小时的采访。墨西哥领导人被安排在一个大房间，里面坐满了人，但我猜想真正的吸引力来自比尔·盖茨。因为他在采访这个总统。

我的猜测果然是正确的，因为墨西哥领导人之后是加拿大总理，但房间已经空了。加拿大总理是右翼保守派，我本来不喜欢他，但我的民族自豪感受到了伤害。我真的感到很糟糕，他并不鼓舞人心的演讲也没有令我的情绪好起来。第二天，多伦多《环球邮报》报道了他的演讲，题目是"总理哈珀透露重塑加拿大的宏伟计划"，而我则想起财经网站"宝贵的加拿大倡议"（Worthwhile Canadian Initiative）的为获得最乏味标题授奖的搞笑帖子。文章没有提到稀稀拉拉的听众。

不过,至少下面这个事实令我稍稍感到安慰,即还有很多国家似乎在全球权力秩序中处于更靠后的位置。阿塞拜疆总统被安排与其他三个似乎不那么重要的国家领导人一起举行小组讨论。我没有去参加这个讨论。

当然,从道德角度看,这种优越感没有正当性。昨晚阿塞拜疆就进行了"报复"。我梦见在达沃斯的高楼中迷路了,因为忘记戴世界经济论坛的徽章,来自阿塞拜疆的一个大个子挡住了我的去路,我试图解释我是来参加达沃斯会议的,但他根本不听我的请求,把我拉到大楼边缘准备揍我。我吓醒了,大汗淋漓。

补遗

我刚刚返回北京。请允许我以思考"达沃斯式"道德这个话题结束本文。显然,许多总裁来达沃斯论坛做生意,许多国家领导人前来捞取政治资本(加拿大总理用法语演讲,显然他的真正听众不在达沃斯)。但赋予该论坛道德价值的地方在于确实有真诚的努力在鼓励国家领导人和商界精英考虑其工作的社会后果。正如官方口号所说,世界经济论坛"致力于改善世界的状况"。世界经济论坛也选择了通常都是世界各地的成功企业家的"全球青年领袖"(四十岁以下)和"全球塑造者"(三十岁以下)前来与"社会企业家"交流,探讨世界面临的主要道德议题。玩世不恭很容易，但很难想到有比这更好的改善"全球精英"社会良心的方式了。

随机的碰面与正式安排同样说明问题。几天前，我乘坐世界经济论坛安排的汽车返回宾馆。在下一站，上来一个诺贝尔奖获得者，是以进步世界观而闻名的经济学家。接着又上来一位带有南非口音的人，他是诺贝尔和平奖获得者。他急急忙忙前往最豪华的宾馆对二十国现任领导人发表演讲。他提出的建议是把二十国集团扩大为二十五国，让五大洲各选一个最贫穷的国家参加进来。他解释说，目标是让穷人在全球论坛上发出更大的声音，让世界上最富裕国家的领导人对最贫穷国家人民的需要和利益更关心。我祝愿他好运。我不知道他是否能够成功，但达沃斯能够让这个球滚动起来。

吴万伟 译

本文译自 *Memo From Davos：Elites Within Elites*，

原载于 *HuffPost*，2012 年 1 月 29 日

达沃斯纪行:"打倒"民主!

　　我们非常熟悉这个似是而非的言论,即跨国公司太大,太有力量,因而不能被民选政客充分控制。跨国公司常常抱怨劳动法规过于严格,他们想拥有随意解雇工人的权利。因为如果不这样,他们就无法在残酷的市场竞争中幸存。而且,过去几年技术变革以指数级飞速发展,对劳动灵活性的需要变得越来越紧迫。如果严格的劳动法规阻碍了革新的需要,跨国公司将打包走人,前往更"欢迎"大公司的国家。从民主的视角看,问题非常清晰。最终的控制权应该在民众及其民选代表手里,但是这里跨国公司的权力似乎更大。国家法律必须与跨国公司的要求而不是与民众意志一致。在对参众两院联席会议发表的演说中,奥巴马总统试图重申人民的权威:他说他将改变税法以惩罚那些把工作岗位转移到国外的公司,奖励把工作岗位回流到美国的公司。

但是从民主视角看说得通的观点,从道德角度看就说不通了,正如在年度达沃斯世界经济论坛上所表现的那样。在跨国公司总裁参加的两场讨论会(对媒体开放的采访)中,我感到吃惊的是总裁求助于道德(而不是严格的利润动机)论点来为自己的行为辩护。

针对企业失掉了道德感的批评,总裁们试图转移金融危机和后来的"大萧条"造成的痛苦的责任,但这些观点不是很有说服力。美国银行总裁莫伊尼汉宣称,银行试图扭转经济中的过激行为,但他没有接着说有些银行加剧了这些失控现象。因为他们明明知道后果还向消费者兜售令人怀疑的产品。美国凯雷投资集团的执行董事大卫·鲁宾斯坦说,富有的金融家不应该受到谴责,因为他们交付的税率低是法律允许的。但他没有接着说,那些低税率或许是由资金雄厚的游说团体为了有钱有势者的利益,有效地扭曲政治体制而争取来的漏洞。合法的东西不一定合乎道德。

但是总裁们也提出了值得思考的观点。美国思科公司总裁约翰·钱伯斯认为,经营最好的公司也往往从事大量慈善活动,他自己的公司去年捐款2.99亿美元。他没有解释慈善和谋利之间的关系,但他的要点或许是拥有好名声的公司增强雇员提高生产率的动机,管理当局也更容易支持"好"公司。

创造就业岗位的议题对总裁的道德观似乎更重要。有些总裁强调,他们创造了就业岗位,应该给予他们继续这样做的条件。但创造就业岗位也伴随着破坏或中断。纽约泛欧交易所集团总裁邓肯·尼德奥尔指出,公司重组要求削减两万个工作岗位,但他接着说这种重组是为了更大的发展,尤其是在新兴市场。从道德角度看,某些工作的丧失可以通过它在其他地方创造更多的工作岗位来辩护。不过,从民主的角度看,问题在于创造出来的工作往往是在其他国家。

但是,如果工作岗位的总数比失去的岗位更多,难道不是好结果吗?正如粮油巨头 ADM 公司总裁帕特里夏·沃尔茨所说,不管在哪里增加工作岗位的经济增长都是积极的。像奥巴马总统以保护本国工作岗位的名义试图阻碍这个过程的政府,从道德角度看,应该受到谴责(假设跨国公司从全球角度看确实创造了更多的工作岗位)。在不考虑国家边界,尊重人类幸福的普遍道德理性的理论角度,这种政府应该受到谴责。尊重以国家为边界的集体自决权的民主党人或许站在奥巴马总统一边,但这或许不是好人与坏人之间的冲突,而是不同的道德体系之间的冲突。

补遗

一、必须郑重声明,我自己并不认同总裁们的道德观。我写这篇博客文章只是想说明有些大型跨国公司的总裁确实有动机具备此种普遍道德,即一视同仁地尊重所有人,而不论人们来自哪个国家。在此意义上，他们的道德观类似于鼓吹普遍人权者的道德观。我自己的道德观具有更多社群主义色彩和儒家色彩：不同纽带确实产生不同的义务。我们对人类整体确实有义务，但是这些义务随着纽带的减弱而变得越来越弱。在考虑到与本国国民的互动中，我们确实对本国国民有更多的义务。因此，政府理所应当地通过立法为跨国公司，为国民提供特殊优惠创造条件。但考虑到跨国公司的规模，确实也存在全球管理的需要。

二、我与一个朋友谈到这个话题，我需要进一步修正我的回应。我的社群主义和儒家倾向让我站在奥巴马一边，但是得看我为哪个社群欢呼的具体情况，我也可能站在中国人一边。坦率地说，我的心在中国人一边。我或许确实支持总裁，但不是因为从全球来说，企业转移到中国产生了更多工作岗位，而是因为我更愿意为中国的工作岗位而不是美国的工作岗位欢呼。如果最终结果是总的工作岗位增加，当然更好。（当然，我意识到总裁的决定能够给美国工人带来痛苦，但是不要忘了，他们也可能给中国工人带来真正的痛苦。他们能够通过为中国创造工作岗位，增加了许多中国工人及其家庭的幸福。）

吴万伟 译

本文译自 *Memo from Davos：Down with Democracy*!

原载于 *HuffPost*，2012 年 1 月 25 日

附录

洋院长贝淡宁这一年

每两周，山东大学政治学与公共管理学院会开一次党政联席会议，贝淡宁总会反馈他从学院师生中收集来的意见。自 2016 年 9 月 24 日从时任山东大学校长张荣手中接过聘书以来，一年多的时间里，来自加拿大的贝淡宁努力地适应着院长的角色。这位之前从未有过高校管理经验的洋院长，既小心遵循着既有的管理制度，"萧规曹随"，也努力地实践着他在就任时的承诺，努力调动各方资源，推动山东大学的国际化建设和实现他推广儒家文化的理想。

从名教授到处级干部

2012 年 4 月 25 日，时任清华大学哲学系教授的贝淡宁陪同著名国际关系学者、哈佛大学教授约瑟夫·奈访问山东大学政治学与公共管理学院。贝淡宁做了题为"社群主义与儒家政治哲学"的学术讲座，社群主义研究是贝淡宁的专长，他的成名作便是《社群主义及其批评者》，此书也奠定了他在西方学术界的地位。

也正是那次访问，贝淡宁与现任山东大学青岛校区党工委书记孔令栋相熟，对儒学的共同兴趣让他们日后结为好友。大约在2012年，孔令栋邀请贝淡宁到山东大学任政治学与公共管理学院院长。曾在政治学与公共管理学院担任过院长的孔令栋相信，贝淡宁的经历很适合这个岗位。"他一直有这个想法，当时就犹豫，也没坚决地说不行。"孔令栋说。但在2015年，他开始考虑担任该职的可能性。当时，贝淡宁与清华大学的合约只剩一年多就到期了。

孔令栋向校领导汇报了引进贝淡宁的意愿，校方表示支持。作为教育部直属的重点大学，山东大学属于副部级单位，二级学院的院长行政级别是处级，担任院长这一职位，也意味着贝淡宁从一位知名学者走上了高校的管理岗位。

2016年9月24日，从时任山东大学校长张荣手里接过聘书时，贝淡宁尚未结束在清华大学的聘期。直到2017年1月1日，贝淡宁才正式成为山东大学的一员。《齐鲁晚报》记者在清华大学哲学系官方网站发现，在师资队伍一栏里，排在第一位的便是贝淡宁。孔令栋说，贝淡宁在清华大学的苏世民书院授课，该院培养未来可以引领世界的人才,聘请最杰出的教授,贝淡宁的课不可或缺。所以,经与清华大学协商,受聘山东大学后,他仍在苏世民书院兼职授课。

现任政治学与公共管理学院副院长李济时清楚地记得,1月2日和3日两天,贝淡宁来到济南与院里的老师见面,就这样,贝淡宁开始了他的院长任期。

和而不同

中国人喜欢讲"新官上任三把火",但曾被一媒体评价为"温良恭俭让"的贝淡宁似乎并没有特别大的动作。

"我有一些想法,但学院规模很大,有很多老师,一千多名学生。我先跟他们见面,与他们讨论问题,我才知道怎么做。"贝淡宁解释。

2017年9月26日,山东大学青岛校区全面启用。之前的7月12日,政治学与公共管理学院完成整建制从济南搬到青岛工作。在新学期的开学典礼上,院长贝淡宁做了演讲。推崇儒家思想的他,告诉新生们要做到"和而不同","学院追求和而不同,希望同学们多与老师、同学沟通,在发现问题、解决问题中进步"。

实际上,在具体的管理工作中,贝淡宁也在遵循着和而不同的理念。

每两周,政治学与公共管理学院会开一次党政联席会,与会的有院党委书记、院长、副书记、副院长等院党政领导班子成员。就任院长一年多来，只要在青岛，贝淡宁基本每次会议都出席。

与会时，贝淡宁会将与老师、学生交谈中收集的每一条意见都带到会上。外人眼里，这位新院长办事很谨慎，处处尊重学校既有的制度和做法，生怕因为不熟悉情况而带来麻烦。

李济时发现，作为一位在学界比较有影响力的大牌学者，贝淡宁却并不想做一个大牌院长，什么事情都听任自己的意志执行，而是"尽量以意见的形式而非用院长的身份去办事"。而贝淡宁在会上反映的问题，其中有些也不是一下子就能解决的。因为校区领导和学校都很器重贝淡宁，李济时还建议应由贝淡宁直接反映到校级层面。

2016年就任院长时，贝淡宁承诺会充分利用国内外资源在山东大学国际化建设、推广儒家文化、培养国际化人才等方面做出贡献。来到山东大学后，他担心会很忙，脑海里也有很多想法。"比如在教育的内容方面，觉得大家都应该学习比较基础的政治哲学等。"不过，他后来发现，有些想法不一定符合学院的情况。学校为政治学与公共管理学院配备了一位常务副院长、三位副院长处理日常事务，集体管理学院。"很讲民主，一起决定问题，我觉得挺好。"贝淡宁随后话锋一转，"另一方面，如果要办事，不是一个人说了算。所以有时候效率不是那么高。"

但谈到国外高校是不是有更好的教学管理方式时，贝淡宁又表示，自己在国外未任管理职务，所以并不了解。他认为，院里已经有很好的制度，自己要做的主要是补充而非破坏。

李济时告诉《齐鲁晚报》记者，贝淡宁来到青岛校区后，很注重改善交流的氛围、场所，他建议把学院里的公共场所都利用起来，建一个咖啡屋，这样大家可以在公共场所畅谈。这在西方是很正常的，大家也很支持。

一直在飞来飞去

当时校方引入贝淡宁，就是希望贝淡宁能推动政治学与公共管理学院的国际化以及儒学化。时任山东大学校长张荣曾说，贝淡宁作为国际知名哲学家、社会学家，致力于研究中国和山东问题，对山东大学人文社会科学发展、对青岛校区国际交流合作意义重大。

据了解，青岛校区落成后，在首批搬迁的学院和研究机构中，山东大学已聘请七位海内外杰出学者担任院长和重点实验室主任，体现出人才队伍建设的国际化。

对于国际化，贝淡宁认为这确实是学院的短板。以他在清华大学执教十多年的经验，他认为山东大学的本科生并不比清华大学的本科生差；但山东大学学生缺乏出国的机会，而清华大学的学生这样的机会很多。

7月，贝淡宁就为院里的学生带来了福利，他带四个本科生和两个研究生到挪威参加为期十二天的"NEWDAY"项目，项目由挪威南森学院、北欧亚洲研究院等发起，旨在与国际学者、青年学生一起探讨政治、文化、教育、可持续发展等当今国际社会广泛关注的话题。

几个月以后，参与此次项目的本科五年级学生杨晓童提起此次北欧之行心情仍很激动。作为政治学与公共管理学院和外国语学院联合培养的双学位学士，通过此行，她对北欧和中国的政治文化有了更深刻的理解。她认为，北欧的规范性力量、强调对话沟通、政治交往的智慧都可供中国借鉴；参与此次活动，她还了解到北欧一直未融入欧洲市场，这主要是考虑到了小渔民的利益，这在注重集体主义的中国很难想象。除了北欧五国，还有日本、韩国的学生参与此次活动。

刘耀灵也是此行的学生之一，活动中也受益良多，亲身的经历让她验证了贝淡宁的著作《东方遭遇西方》。她觉得，通过与各国学生的交流，东方人和西方人还是共同点更多一些，有着共同的话题。

"我还在与欧洲、印度、北美大学讨论合作协议的可能性，给我们学生和老师争取更多去国外的机会。这个过程会很漫长，但这是我的责任。"贝淡宁说。

用刘耀灵的话说就是，"贝院长一直在飞来飞去，不是在国际上飞来飞去，就是在国内飞来飞去"。

的确，山东大学聘请贝淡宁做院长的定位就是促进国际交流合作,以及人才引进,做增量的高端工作,所以一年之中出访比较多。据李济时介绍,目前学院正在跟英国的伦敦政经学院、澳洲国立大学、加拿大麦吉尔大学等谈合作。

讲荀子、引人才

除了为学院争取更多的国际资源,贝淡宁还开设了课程,专门讲荀子,课程对象是博士一年级学生。开课时间是 9 月到 11 月,共八个星期。每个星期由学生准备六个问题。"我们开一章,他们提两个同意的问题,两个不同意的问题,两个不懂的问题,提前发给我,我会按照他们发来的问题准备课程。"

贝淡宁感觉课程效果很好,有一个问题特别让他感兴趣,有学生想研究贤能政治与地方政府的关系。"在贤能政治的书中写到高层尚贤,很多山东人发现地方政府也需要贤能政治。有一两个学生在写荀子的思想在这方面的贡献是什么。"

除了自己讲课,贝淡宁还引进了孔新峰。1980 年出生的孔新峰,在国家行政学院执教多年,在读研时就与贝淡宁相识,2017 年 9 月正式入职政治学与公共管理学院。在贝淡宁与艾维纳主编的《城市的精神 II》中,孔新峰和贝淡宁合写了曲阜,书中贝淡宁称孔新峰为"小兄弟"。虽然孔新峰主要研究方向是西方政治思想,但他生于曲阜,还是孔子第七十六代孙。在书中，贝淡宁这样介绍孔新峰："他对以儒家为中心的'国学'有着深厚的温情与礼敬。"

11 月 20 日晚九点，孔新峰刚刚结束了一堂在手机应用程序上的网络直播课，有二三百人听了他的课程。

因为入职晚，目前他只接了一名退休教授的领导科学课程，给学生讲恺撒、业历山大、丘吉尔、伊丽莎白、周公、管仲等。而在下学期上报的课程中，除了"西方政治学理论"，还有"论语与当代政治"，试图从政治人物的角度切入，引出具体的政策、制度。

另外，贝淡宁还引进了研究儒学政治理论的学者姚中秋。此外，贝淡宁自己原来的一个博士生明年也会进入学院。

一颗中国心

贝淡宁曾在接受媒体采访时说，自己的理想境界是成为"儒者"。每次出席重要场合，他都会穿上最喜欢的中山装。在贝淡宁的三部政治学著作《东方遭遇西方》《超越自由民主》和《中国新儒家》中，他认为儒家文化中的"仁、义、礼、智、信"是中国乃至东亚地区传统哲学的核心价值观。

《城市的精神Ⅱ》提到，每个城市都有自己的味道。当记者问曲阜是什么味道时，贝淡宁说除了干净，还有酒的味道。因为每次去曲阜都会喝酒。

贝淡宁认为："礼很重要,喝酒是很重要的表达方式,如果没有酒,有时候似乎缺乏讲义气或者是哥们儿的精神。"酒能让人建立紧密的联系,当然不一定每个文化都有这样的习惯。他同学院老师交流的方式也很"中国化"——请老师吃饭。

贝淡宁曾在以色列待过一个学期。他在当地也用很"中国化"的方式来化解矛盾。当时他做了一个讲座,一位教授提出了直截了当的批评,两人剑拔弩张。贝淡宁正打算写一本有关中国问题的书,但了解到这位教授是唯一一位研究中国问题的专家。贝淡宁请他吃了顿饭,以舒缓关系。

作为一个娶了中国媳妇,在中国工作居住二十多年,又是研究儒家学说的外籍学者,贝淡宁总是想将自己彻底融入中国的文化中,常常会按照儒生的理念要求自己。比如每当有学生夸他长得帅,他不会像西方人那样,轻松地耸耸肩,笑着说"Thank you",而是害羞地低下头,低声道:"哪里,哪里。"

前段时间,贝淡宁同山东大学青岛校区的留学生见面,组织此次见面的李济时特意叮嘱留学生:"你们都是从国外来的,院长不愿意被叫作外国人,希望被称作中国人。"

采访中,当《齐鲁晚报》记者问"作为外籍学者,在中国从事行政工作有没有不适应的地方"时,贝淡宁提高了往常平淡儒雅的嗓音:"我觉得不适应的地方，就是不应该用种族来判断谁是中国人，谁不是中国人。儒家是用文化的概念来判定的。比如，儒家用文化、价值观来判断谁是君子谁是小人。"贝淡宁说，唐朝时，有一些阿拉伯学者也可以参加科举，现在则没有那么容易。如果想恢复中国天下的核心地位，就得用文化的标准来判定谁是中国人谁不是中国人。

记者 李师胜

本文原载于《齐鲁晚报》，2017 年 12 月 3 日

对话贝淡宁:君子尚贤

贝淡宁以贤能政治研究闻名学界,有人为之鼓掌,也有人为他喝倒彩。2005 年,在清华大学讲课时,一名官员学生邀请他到中央党校讲课,他由此成为第一位在中央党校开讲座的外国学者。

《齐鲁晚报》:您多次到曲阜调研,对儒家思想颇有研究。同样,您是社群主义研究领域的专家。那么,您在社群主义方面的研究思路,内在上和儒家思想是否有相通之处?

贝淡宁:社群主义主要反对自由主义的两部分,一是反对自由主义的"普世价值观"。社群主义也有一些普遍适用的价值观,比如基本的人权,不应该杀无辜人,但怎么选领导、怎么分配资源,跟不同社群有关系,不是普世的。二是反对自由主义太过分的个人主义。我们的生活方式不是我们自己就能决定的,跟我们的社群有关系。

我第一份工作在新加坡，发现亚洲价值观没有什么特殊的。但我开始接触到儒家价值观后，觉得很有意思。在很多方面，儒家和社群主义很相似，都反对太过分的个人主义。

但也有一些区别。社群主义强调特殊主义，每个社群有自己的生活方式，有自己的价值观，不要用"普世价值观"来判断所有不同的社群。这跟儒家不一样，儒家还是世界性的价值观。孔子和孟子没有说我们是为了山东或者为了鲁国，他们觉得是为了天下。

第二个区别是，社群主义者考虑如何深化民主，他们觉得一人一票是应该的，但民主应该包括其他方式和价值观。比如，他们会讨论古希腊的民主方式，当时所有人参与政治活动，方式很好。儒家则不一样，儒家考虑如何把民主与贤能政治结合起来。

《齐鲁晚报》：贤能政治的英文表述为"political meritocracy"，但"meritocracy"的意思为精英主义，贤能政治与精英主义的区别是什么？

贝淡宁：中国那么大，需要一些精英。贤能政治是在平等的机会下应选拔优秀的领导，有道德、有能力、情商高，然后是怎么选拔。这是最关键的问题。

《贤能政治》第三章讨论了贤能政治要解决的问题，不要僵化政治制度，这方面跟精英主义完全不一样。贤能政治要避免滥用权力，怎么避免腐败，等等，这些是贤能政治的问题不是精英主义的问题。

不应该用精英主义来表达贤能政治制度，有很多误会。当然，精英主义偏向贬义，说贤能政治更好听。

《齐鲁晚报》：您的专著《贤能政治》抛出了新的思考中国体制的方式，"基层民主，中间试验，高层尚贤"。那在中国，是如何把民主与贤能政治结合起来？贤能政治能否复制到其他国家？

贝淡宁：贤能政治适合中国，跟"中国特色"有关。

第一，规模大的国家才有这样的模式。

第二，这跟中国的历史有关，孔子修改了君子的内容，君子之前是跟家庭背景有关系，孔子改为和道德、能力相关。从孔子开始，大部分的中国知识分子都在讨论哪些能力很重要，哪些道德很重要，能力和道德的关系是什么。

第三，中国有两千多年的官僚制度，如果要学贤能政治，就得有一些比较复杂的制度，其他国家缺乏这样的历史，很难复制贤能政治。有一个欧盟的朋友说，欧盟也需要贤能政治。但欧盟完全不一样，一开始欧盟上层偏贤能政治，下层偏民主。但这四十多年来，大部分欧洲百姓反对上层的贤能政治制度。现在欧盟的倾向是民主。

《齐鲁晚报》：儒家并没有催生中国的现代化，中国走向现代化的过程多有向西方学习的成分。那么，儒家在当代，哪些思想能助力中国的现代化进程，能否有益于当代的政治制度？

贝淡宁：儒家很多思想都很好。一是贤能政治的精神，包括怎么提拔优秀的领导，怎么培养领导。

二是反腐败建设。儒家在这方面有很丰富的资源。儒家尚贤，要为人民服务，不应滥用国家资源。当然贤也包括其他的价值观，曲阜正在讨论用孝的标准来评价官员的成绩，很有意思，其他城市不会这么做。

三是国家关系方面。对其他国家、天下、下一代我们有什么责任？儒家不会用狭隘的价值观来考虑这些问题。主权观念是西方的价值观，儒家没有讨论该概念。战国时代的孟子讲得很清楚，如果有很坏的统治者随意打仗，其他国家可以干涉。

最后是关于发展的观念。儒家认为不应盲目发展，应该考虑人与人之间的关系，考虑人与环境的关系。

《齐鲁晚报》：您对儒家思想感兴趣，多次在曲阜做一些基础研究，也能看到儒家思想在当地的传承并起到了一些作用，比如旅游、国学教育、乡村儒学。您是如何评价这些尝试？有没有可能在更大范围内推广？

贝淡宁：我觉得已经有推广了，比如说《弟子规》，中国很多小学都在用，当然在曲阜也有。一些好的试点，如果在曲阜成功，也会影响其他城市。我们也承认，儒家的文化在山东，尤其是曲阜，是最有影响力的，但在南方影响可能没有这么大。

《齐鲁晚报》：在《城市的精神Ⅱ》中，小笠原老师写到每个城市都有自己的味道，那么您觉得曲阜是什么味道？

贝淡宁：曲阜比较干净，源于儒家思想注重礼和让。

每次去曲阜都会喝酒,曲阜还有酒的味道。当然,山东人比较喜欢喝酒。儒家重视礼,礼的目的是让大家有社群感,如果没有酒,很难有这么强的社群感。《论语》中也有一句,叫"唯酒无量不及乱"。所以当然不要喝醉,《礼记》中也有酒礼,写得比较细。

喝酒是礼的一种表现方式,如果没有酒,有时候似乎缺乏讲义气或者是哥们儿的精神。酒能建立紧密的联系,促进感情交流。当然不一定每种文化都有这样的习惯。

记者 李师胜

本文原载于《齐鲁晚报》,2017 年 12 月 3 日

我不是"洋五毛"

在北京市东城区二环内的一座四合院,身材纤瘦、个头高高的贝淡宁打开了自家的大门。他拿着一千元出头的乐视手机,穿着深色中式立领服装。

这座院子的房檐重新上过漆,保存完好。会客室承载了客厅、餐厅与厨房三项功能,除了开放式厨房中的欧式橱柜,其余的家具都有着浓郁的中式色彩。柜子、沙发、茶几、餐桌、椅子都是统一的深红色,厚重的木料上有着繁复的雕花。

早晨的阳光斜斜照进来,整间屋子都泛着古旧的气息。

贝淡宁趿拉着拖鞋,看起来比较随意。五十三岁的他有着典型的西方面孔,却能说颇为流利的中文,偶尔不确定某个词的用法时,他原本就不大的声音会更轻,用征询对方的语气来确定自己的语法是否正确。

他表达自己的观点和感受时,不会言辞凿凿地侃侃而谈。他常常垂下眼帘,很少直视对方的眼睛;加上常引用儒家经典,贝淡宁颇有些儒家所推崇的"温良恭俭让"的味道。

在过去的十三年间,这位政治学者一直担任清华大学哲学系教授,讲授伦理学和政治哲学课程。

2016 年,他在新出版的著作《贤能政治》中提出,中国的政治尚贤制比西方的一人一票制更适合中国,他理想的中国治理模式是"基层民主、中间试验、上层尚贤"。这一观点引起了很多关注,也引发了争议。

在写这本书之前,他做了大量的案头工作,并与中国的官员多次交流。但他没有太多的机会去基层。

2017 年,他拥有了一个新角色——山东大学政治与公共管理学院院长。对他来说,这是一个实践自己理论的新机会,也是信奉儒家思想的他积累"外王"经验的机会。

探寻边界

2005 年,是贝淡宁到北京的第二年。那年秋天,他第一次走进中央党校做讲座,讲座主题是怎样学英语。

已经有人向他讲过中央党校区别于其他高校之处。他知道，党校的研究生多数有在政府部门工作的经历。邀请他去做讲座的是一名党校学生，这位官员学生在北京大学旁听过贝淡宁的一门课。这名学生告诉他，在贝淡宁之前，还没有过外国人被邀请到中央党校做讲座的先例。为了使这个讲座成行，他们费了很大力气，争取到了副校长的同意。

贝淡宁在校内看到一群说藏语的年轻女性，这名学生解释说，这些人可能会是西藏未来的官员。而当贝淡宁这张西方面孔出现在党校的学生餐厅时，很多人看他的表情，用贝淡宁的话说，是"只在中国最偏远的乡下才能见到"。

他在讲座上谈了自己学习语言的技巧。他开玩笑说，找个说英语的男朋友或女朋友会有帮助。而在英国广播公司（BBC）和美国之音（VOA）之间应当选择听 BBC，因为 VOA 是美国政府的宣传工具。在讲座后的交流中，学生们询问贝淡宁有关社群主义、马克思主义，以及儒学的观点，贝淡宁小心地让自己的回答不涉及政治内容。

这是贝淡宁在中国小心探寻边界的一次尝试。这类尝试的开端，是他选择来北京。

2004 年，当贝淡宁决定接受清华大学的邀请，前往北京讲授政治理论的时候，他的西方朋友都觉得他疯了。

贝淡宁于 1991 年毕业于牛津大学哲学系，毕业论文以柏拉图风格的对话体写就,题为《社群主义及其批评者》。凭借该论文,他在西方学界一举成名。

他的太太是中国人,夫妻俩商讨毕业后的去向,希望能在兼容中西方文化的地方定居,于是他们选择了新加坡。

贝淡宁在新加坡国立大学任教,但三年的教职经历并不是很愉快。他回忆说,系主任会审核并规定他的授课内容,要求他多谈社群主义。有的时候,贝淡宁在课上谈马克思主义就会来一些特别的人旁听。当地的同事在与他交流时,十分谨慎。合同期满,贝淡宁没有续聘。

他仍然想研究西方思想,但也对中国的东西感兴趣,即将回归中国的香港给他提供了这样的机会。1996 年,贝淡宁任香港大学哲学系副教授。

在香港的八年,贝淡宁得偿所愿,做了比较研究。在这里,他还有一份意外收获,接触了儒学。身为政治学者的贝淡宁在研究儒学后发现,儒家思想所提倡的政治制度,正是他认为最理想的政治制度。

因此,当位于北京的清华大学向他发出邀请时,贝淡宁欣然接受。他想深入中国内地,进一步研究儒学。另外,作为政治学者,进入全中国最好的学校执教,对他也很有吸引力。在他看来,这所学校培养的都是未来的政治精英。

让他吃惊的是,他向清华大学提出了一个授课提纲,获得了批准,并没有曲折的探讨、妥协的过程。他被允许讲授除马克思主义之外的任何课程。

虽然他不被允许开课专门讲授马克思主义，但如果他在哲学理论或类似的课程中偶尔提起马克思主义，并阐述自己的理解，并不会有人干涉他。

有一次他接受媒体采访，因涉及敏感话题，他的言论没有被全面刊登，报纸的编辑特意向他致歉，并表示，这些言论可以全文发表在学术刊物上。这让他很惊讶。

不过，他仍然严格地自我审查。一名学生邀请他参加一个沙龙，谈论民主话题。贝淡宁咨询身边的朋友，朋友都劝他离这种活动远一些。他后来发现，沙龙实际上是哲学系几个研究生的讨论会，自己多虑了。

第二年，他受北京大学的邀请，在北京大学开课，同样没有受到太多的干预。而一名来自中央党校的学生引起了他的注意。

第一次课程结束后，这名学生用流利的英语问他，是否可以旁听他的课程。贝淡宁同意了。但他心中略有担心，去问自己的朋友，这个人是否有可能是被派来监督他的，朋友笑他疑神疑鬼。

不久后，这名学生就邀请贝淡宁去中央党校做了上文提到的讲座。

2006年，贝淡宁在美国左派杂志《异议者》上发表文章《在北京教政治理论》，他在里面将自己描述成"对于政治正确的边界不清楚的初

来乍到者"。他写道:"如果审查以公开的和表示歉意的方式,如果有别的方式在国内或者国外发表全文,那么对于写作的限制比较容易忍受。如果你曾经有更严厉限制的经历,那么对于教学的限制会比较容易容忍。"

"中国化"

贝淡宁有个妹妹。兄妹俩小时候争论时,总是直来直去。现在,贝淡宁不再这样做,他会想一想有些话怎么表达更得体,他变得委婉。这份委婉,是贝淡宁一点点摸索到的。

刚来中国不久,他被邀请去做有关社群主义的报告,主办方的一位教授对他的观点做出评论,提出西方的社群主义应被看作西方自由主义的延伸。这恰恰是贝淡宁试图区分开的。他打断了那位教授,说他说得不对。后来,贝淡宁再也没有接到过这位教授的邀请。

上他课的学生,不会在课堂上对他提出批评性意见,他们通常选择在电子邮件中表达。有的邮件内容很严厉,但措辞很礼貌。

贝淡宁很快学会了这样的表达方式。

在北京大学的政治理论课上,他和一名教授合作授课。对方会说,需要补充一些贝淡宁所说的东西,然后开始批评贝淡宁的观点,接着为自己的观点辩护。贝淡宁也会说,自己同样想做一些补充。就这样,双方开始有礼貌地争论,在这样的争论中把对方"撕成碎片"。在这个过程中,贝淡宁从来不会直呼对方的名字,一直称呼他"老师"。

身为教师多年,贝淡宁明显感觉到,这个称呼在中国收获的社会地位比他想象得要高得多。

他提出过一些很有趣的观察结论。比如,教师证享受全国各地的一些旅游优惠,他觉得,这是国家正式承认教师社会贡献的方法。每年的9月10日是教师节,学生常常给教师送花,校园便道两旁都是卖花的人。

他当时的汉语还没有那么流利。课下,他会让自己的研究生帮助他学习古汉语。当他提出要给学生付经济报酬时,学生怎么都不同意。他后来也理解了,教师付钱给学生,与中国社会对师生关系的认知相差太远。

对贝淡宁来说,公私生活的界限模糊了。他和学生单独见面的时候,需要询问学生的生活和家庭成员情况,因为他所观察到的教授都这么做。学期结束时,他邀请学生到他家做客,学生也会问许多关于他的家人的问题。

在课堂上,他习惯于尽量不让自己的观点影响讲课内容,而让学生自己辩论,自己做出判断。但这样的做法让中国学生失望,他们一再提问,希望老师能发表权威意见。

贝淡宁出生于加拿大魁北克省的蒙特利尔市。魁北克省是众所周知的北美地区法国文化中心，官方语言是法语。贝淡宁的母亲说法语，信奉天主教。而贝淡宁的父亲是犹太人，母语是英语。这份文化冲突伴随着贝淡宁成长。后来，他娶了一位中国女性，开始适应东西方的文化冲突。

事实上，他有时会带着"中国化"的思维回到加拿大，并有些不适应。他在过去接受媒体采访时说，他和自己的母亲告别时，母亲送他到家门口就转身了。对已经习惯了中国送客方式的他来说，不能理解母亲为何不送自己去机场。

当然，被儒学影响的他也有遗憾。子曰："君子务本，本立而道生。孝弟也者，其为仁之本与！"远在中国的他，无法在母亲生病的时候照顾她，在床前尽孝的是他的妹妹。

与官员对话

在北京的长城附近，贝淡宁面对同处一室的一位中国高级官员提出了自己的问题：在中国，招聘和提拔政府官员的过程中，评判能力和品德的标准是什么？

这是 2012 年 5 月，贝淡宁被中共中央对外联络部邀请，参加首届和平发展论坛。和他一起被邀请的，还有《当中国统治世界》的作者马丁·雅克、《中国震撼》的作者张维为等二十余位中外学者。

在论坛的最后一天，学者们受邀与时任中共中央组织部部长李源潮对话。

从成为清华大学的政治学教授，到参加这次和平发展论坛，八年间，贝淡宁的政治制度理念发生了变化。

在中国香港时，贝淡宁及身边的人仍然倾向于研究一人一票的民主制度，他们争论的焦点往往是怎么样能更好地抵达这个目标，但从不会有人质疑这个目标本身。

而到了清华大学，身边的同事、朋友更多地在讨论贤能政治，包括怎样甄别领导人，领导人身上的什么能力、品德更加重要。

贝淡宁知道，中国对政治制度的讨论当然不会与西方相同，但他过去最多只是用儒家的理论来研究中国的政治制度。当真的置身于这个舆论场中，周围的人都在探讨自己从未思考过的某个问题，感受就不同了。

他说，到北京后，逐渐更正了自己自小受到的政治价值观的教育，不再用西方的标准来判断什么是好，什么是不好。"把握主流价值观，方法论就不一样了。"他说。

过去，他研究政治哲学，主要还是接触学者。但到达北京之后，他通过一些场合结识了官员，与他们讨论，并与其中的一些人有了私交，私下的讨论也就更开放一些。

他非常欣赏现任中央社会主义学院党组书记潘岳。他们相识于七八年前,那时的潘岳是环保部副部长,他们二人讨论环保、教育、恢复经典等问题。贝淡宁认为,这些讨论让他深受启发。

类似的接触、观察、讨论与研究帮助贝淡宁陆续出版了新作,其中,在中国出版的有《超越自由民主》《中国新儒家》等。

他在《超越自由民主》中提出,选举制的民主有一个明显的缺陷:选举出来的领导人倾向于关注公民利益,而忽视外国人的利益。小国家的领导人这样没什么可担心的,但像中国这样大国的领导人的决策会影响世界。他认为,就中国而言,有理由期待有比西方国家运转得更好的模式。

他观察中国的执政者正在复兴一种"精英文化",包括挑选优秀的学生,鼓励他们入党。他认为,应该对此进行更多体制上的试验,然后推广到全国。

或许是他的立场与观点被关注,如前文所述,2012年,贝淡宁第一次参加了有高层领导出席的会谈。他对这位中央高层的提问,可以看作对自己贤能政治理论的验证。这位领导回答说,官员选拔的标准取决于政府层面。在基层,与民众的亲密联系十分重要。在高层,重点会更多地放在理性思考能力上,因为干部需要考虑多样因素。另外,这位官员还提到了关心民众和实事求是的工作态度,以及廉洁自律。

这位官员向贝淡宁举了个例子,谈有关中央某部秘书长的选拔程序。在提名程序之后,获得最多提名的十多个人会进入笔试阶段。笔试后，前五名进入面试。面试由部长、副部长和大学教授组成的考核小组主持，为秘书长工作的普通官员也可以监督整个面试过程。前三名会进入下一轮，由人事部门率领的考察组考察他们的政绩及品德，后者是重点。前两名再次胜出，由十二名拥有投票权的部长组成的委员会进行投票，候选人必须获得至少八票。如果第一轮投票无法达到所需票数，部长们会持续讨论，直到三分之二的人对某一个候选人达成一致意见。

贝淡宁认可了这个回答。在四年后出版的《贤能政治》一书中，他记录了这段对话，并专门用了一小节来探讨这个问题。他评价说，西方所认为的用同一种选举过程来选拔各级政府领导人过于简单化了。中央层面的领导人确实需要高超的能力和品德，政治选拔体制应该对此予以设计。这也恰好是他所认为的贤能政治的核心：低层民主，高层贤能。

自 2012 年后，贝淡宁每年都会参加一次中共中央对外联络部组织的针对外国学者的座谈会。某一年他恰好在国外，错过了与王岐山的会面。他后来想，如果再见到王岐山，他一定要问问对方解决腐败问题的方式。

贝淡宁所持有的学术理念让一些官员了解到，他并不是找麻烦的人，这些人愿意和他探讨问题，尤其是在吃饭的时候。

贝淡宁发现，中国人平时相对谨言慎行，但在喝酒时却非常开放，愿意讨论一些话题。不过,因为酒量不好,他常常在第二天醒来时,就忘记了头天晚上的细节。

"洋和尚"的"投名状"?

一次,贝淡宁受邀在复旦大学做讲座。讲座后,一名学生对他说了些不客气的话。贝淡宁不愿意对《中国新闻周刊》复述当时的场景。他只说,自己还不够理性,但尽量控制住了自己。

不难想象这名学生说了什么。至今,仍有人这样评价贝淡宁:"洋五毛"。

《贤能政治》一书的译者是武汉科技大学教授吴万伟。在译后记中,吴万伟将贝淡宁此书归类为"吃力不讨好型"。他认为,这本看似为中国辩护的书,恐怕西方读者讨厌,中国读者也未必领情。因为"这本阐述中国模式优越性的书在某些中国读者看来,不过是被收买的'外国辩护士'的'投名状'而已,他们不仅不会充满感激地接受,反而会用嘲讽的口吻说,这个'洋和尚'到中国'骗吃骗喝'"。

吴万伟将此比喻为"开着豪车的人对一心想买轿车的人大谈特谈开车的烦恼,让人忍不住想叫他赶紧闭嘴"。同时,他也认为,贝淡宁在清华大学教书的事实,也可能让人将其归于精英的行列,在草根文化盛行的当下,遭受奚落和嘲讽或许在意料之中。

贝淡宁确实对中国最基层的地方没有经验。但他辩称，有关基层政府的民主选举已有很多开放且透明的研究，他基本上不需要再自己去做研究，他看了许多这方面的材料。

贝淡宁似乎已经习惯了别人针对他的不客气的言论，"洋五毛"这个词也是他主动向《中国新闻周刊》提起的。

有人认为他被"洗脑"了，失去了中立性。贝淡宁则反驳说，自由主义者应是开放而宽容的，但批评他的人却往往用自由主义的标准判断什么好什么不好，如果不按照这个思维考虑问题，那这个人就失去了批判的精神，就是个"洋五毛"。"我也有批判的精神，但我是用主流的价值观来批判的，这有什么问题吗？"

"如果我一直在批评中国的所有制度，中国的领导干部不愿意跟我讨论问题，我的学术会更好吗？不一定。所以，你还是要看我的学术水平，你可以反对，那应该说说你为什么反对。而不应该说，我跟谁谁谁见过面，我不是中立的，所以你反对我。这个就没什么意思了。"

贝淡宁说，他也碰到过很多中国学者在用西方价值观判断中国的问题，他愿意与这些人讨论，毕竟一个国家需要多元化的环境。"如果大家都是统一的思想，对国家也不好。"贝淡宁口中的"国家"已习惯性地指代中国。

尽管他不看网上有关对自己的评论，也尽量不让陌生人的抨击伤害到自己，但他仍避不开身边的学生、朋友的伤害。他的一个学生与他有着长期的交流,对他说了一些很不客气的话,贝淡宁觉得很受伤。

不过贝淡宁认为,现在的学界讨论比 20 世纪 80 年代的中国要好一些。他的夫人在 20 世纪 80 年代毕业于北京大学。贝淡宁认为,那时的一部分学者,喜欢用全盘西化的思维研究政治哲学,把西方视为理想,考虑的唯一问题就是怎样学习西方的经验。

而现在,有很多人按照中国思维来思考问题了,包括他本人。"现在的学术环境是多元化的。"他说。

"外王"

一年前的冬天,山东大学青岛校区党工委书记孔令栋来北京拜访贝淡宁。

他们认识已有七八年了,孔令栋也是一名政治学者。他们相识于一次孔令栋主办的讲座,贝淡宁陪同"软实力"的提出者、著名国际问题专家约瑟夫·奈拜访山东大学。出生于山东的孔令栋觉得与推崇儒学的贝淡宁有许多共同语言,日后成了朋友。

五六年前,孔令栋向贝淡宁发出邀请,希望他考虑去山东大学工作,可以担任政治与公共管理学院院长。孔令栋本人曾担任过这个职位,他觉得贝淡宁的国际背景和国内外的影响力都十分适合就任这个岗位。

贝淡宁始终对此不置可否。但在一年前,他告诉孔令栋,自己正在考虑去山东大学的可行性。当时,贝淡宁与清华大学的合约只剩一年多就到期了。

山东大学是教育部直属的重点大学,一个学院的院长是正处级岗位。孔令栋立刻向山东大学校领导汇报了自己的想法,并得到了校方的支持。校方提出,希望贝淡宁能为学院带来国际化,以及"儒化"。

这对贝淡宁来说都是力所能及的事情。而对他本人来说,山东大学之所以吸引他,除了山东是孔子的故乡外,另一个重要原因是他们提供的这个行政岗位。

过去,贝淡宁一直在看书、研究,从未尝试过任何行政工作。让一名外籍人士成为中国一所重点大学的院长,这样的机会并不常见。他已有一套关于中国贤能政治的理论,包括怎样培养领导干部、怎样衡量领导干部的能力等。而此时,他有机会去亲身体验这些理论。"内圣外王,我现在没有外王的经验。"

他提前了解了一下自己可能就职的学院。该学院有四位副院长,制度比较健全,没有烂摊子或遗留问题等待他去解决。

孔令栋说,清华大学努力挽留贝淡宁,提出双聘制等解决方法。贝淡宁亦希望与清华大学保持良好的关系。目前,清华大学为贝淡宁保留了教职。贝淡宁很在意这份良好的关系,他是一个希望与周围人和谐共处的人。

有人告诉他,成为院长之后,最有可能伤害他的情况是,也许有很多人不喜欢他。若是陌生人,或许不会影响贝淡宁的行事作风和心情,但如果是朝夕相处的老师,贝淡宁说,"恐怕会觉得不太舒服"。

他目前能想到的方法是请客吃饭。贝淡宁曾在以色列待过一个学期。他在那里做一个讲座,一位教授对他的讲座内容直截了当地提出了批评,导致两个人关系紧张。贝淡宁打算写一本有关中国问题的书,当他知道这位教授是唯一一位研究中国问题的专家时,贝淡宁请他吃了顿饭,以缓解关系。

请客吃饭是中国人保持良好人际关系的方法,贝淡宁如法炮制。他觉得,这个方法或许会用在他担任院长期间。

2017 年 1 月,寒假开始之前,贝淡宁在山东大学工作了一个星期。孔令栋观察到,贝淡宁在这一周里见了学校的主管领导,也见了学院的一部分老师,听取不同人的建议。他觉得这是十分中国化的上任方式。他认为,贝淡宁对中国的政治文化有多年的研究,适应这个岗位应该不会有什么问题。

不过,他们也担心过多的行政工作会分散贝淡宁学术研究的注意力。为此,校方为该院配备了一名常务副院长。

当《中国新闻周刊》问他,是否了解这个岗位的行政级别时,对中国官场有着多年观察的贝淡宁摇了摇头:"我不知道自己有没有被纳入体制,我不明白自己的角色是什么。这个问题我现在还不清楚。我感觉我应该是有档案的，但是我不知道他们会写什么。"

他强调说，中国应当开放公务员考试，允许外籍人士参加。一个崇尚贤能的官员选拔体系，不应以种族、肤色、国家背景来区分候选人。更何况，在中国的历史上，本就有外国人成为朝堂上的官员。

贝淡宁希望自己被认同为中国人。"这个人了解中国文化，在中国待了这么长的时间，还会说中文，为什么不说他是中国人呢？"他拥有中国永久居留权。他希望，有朝一日自己能拥有中国和加拿大的双重国籍。

在采访的末尾，贝淡宁援引了柏拉图的"哲学王"理论来回答《中国新闻周刊》有关他是否期待当副校长、校长等职位的问题。他说，最有资格当领导的人并不是想当领导的人。如果一个人追求真理，则他当上领导后会愿意为别人服务。

"我不想说我想当副校长。如果有机会，我当然会考虑，但是这不是我的期望。"说这话时，贝淡宁措辞谦虚、眼帘低垂，神情里透露着些许不好意思，几乎就是个中国意义上的谦谦君子。

记者 徐天

本文原载于《中国新闻周刊》，2017 年 2 月 28 日

人们在社会关系中担当责任才是首要的

儒家需要新的解释

《文汇报》：多年来，您致力于研究儒家思想在变动社会中的价值与意义。但是我们也知道，儒家思想本身是庞大复杂的。按照您的理解，儒家能够为当下变动的社会提供哪些具有借鉴价值的思想？

贝淡宁：儒家有很丰富的资源。我二十五年前读研究生的时候，论文的题目同社群主义有关。西方社群主义强调的一些价值观同儒家价值观相似，但是社群主义主要是自由主义的一部分，它没有自己的传统，也没有丰富的资源。我开始读儒家著作的时候则发现，它们很值得读。因为其中的很多内容，人们一直都有不同的理解，这里面有丰富的资源。

什么是儒家最核心的价值观呢？很多人都在讨论这个问题。我个人认为，就政治方面而言，儒家特别强调贤能政治。我们都知道，儒家的政治理想是大同，《礼记》讲"天下为公""选贤与能"，强调我们要选一些有能力、有道德的领导。如何培养这样的领导，是儒家一直都关心的问题。在自由主义传统中，19世纪的约翰·穆勒也强调这方面的内容，但不是作为其最核心的价值观。而儒家在政治方面一直强调贤能政治。现在，我们也需要民主，但最大的问题就是如何把民主同贤能政治融合起来。这个问题非常重要，我现在就在研究这方面的问题，而儒家能够为此提供丰富的资源。

贤能政治的第一个前提是有教无类，在教育和政治参与等方面，大家都应该机会平等。问题在于：怎样才能选出比较优秀的领导？现在已经不会因为你是女性或者你的背景不好，导致你不能拥有平等的机会了。

儒家在家庭方面的很多价值观也非常有意义。比如，儒家一般都强调"孝"，在这方面，它同自由主义有所区别。其实，儒家的价值观更类似于女性主义的价值观。很多人认为儒家是大男子主义传统；当然，其他许多价值观，包括基督教和自由主义，过去也都有大男子主义传统。但是儒家有自己的特色，总是强调家庭的价值观。就这方面而言，自由主义是有欠缺的。女性主义者谈论关怀伦理（care ethics），这种"关怀伦理"同儒家的价值观，尤其是其家庭的价值观很类似。他们都觉得,人类的习得总是从家庭开始的,然后才去推及在家庭里所习得的东西。这类问题是女性主义者和儒家都在讨论的。

当然,儒家也需要新的解释。现在,男女平等很重要,没有人会反对。就此而言,我觉得中国同韩国的儒家传统有所不同。韩国人说他们受到儒家文化更大的影响,但是他们的儒家有更多的大男子主义特色。这同中国的革命传统有关,因为革命之后的中国,尤其是上海这类大城市,更加强调男女平等。这是好现象。儒家需要新的解释,而在中国比较容易做这样的工作。

《文汇报》:您提到民主同贤能政治的融合,那么,您在做这方面的研究时发现最困难的地方在哪里?

贝淡宁:还是有一些人对儒家有偏见,认为儒家是封建价值观,过于强调家庭了。这是一个问题。当然,一些比较年轻的人对儒家还是持比较开放的态度。所以,我对未来比较乐观。

《文汇报》:您认为儒家的社会等级制实际上有助于中国的经济平等;认同强调"礼"是其中克服差别的一面,而不是其所传达的社会差别那一面。那么在倡导儒学时,这个看上去有些不可思议,但可能更贴近实际状况的理路,如何更容易得到学术界甚至政策制定者们的理解和认同呢?

贝淡宁:在我的《中国新儒家》一书里,有一篇专门讨论荀子学说对现代社会有无意义。我认为荀子的学说对现代社会很有意义。因为荀子承认，每个社会都存在一些权力关系，这是不可避免的。问题在于，哪些人有地位？他们又是如何被选拔出来的？荀子认为有些人是因为年龄而获得地位的，比如父母长辈因为年龄大，我们应该多尊重他们。这是一种等级，而且有其道理。我们可以强调这类等级，但在物质和经济方面则应该强调平等。

所以，问题在于如何用这些合理的等级来应对不合理的等级。一方面，荀子学说值得我们学习，另一方面，我觉得可以借鉴韩国和日本这类受儒家文化影响的国家做法，它们的贫富差距比中国稍好。它们也不是福利国家，在法治之外主要是依靠"礼"来规范社会。这同荀子学说有很大关系。它们认为应该让不同等级者处在一些共同的社群里，这些社群有共同的"礼"，那些或有权或有钱的人就会关怀那些没有那么多钱或权的人，就会考虑他们的利益。

可以举一个例子，日本和韩国大公司的老板会同员工一起旅游、吃饭、唱卡拉 OK。老板关怀员工，员工当然对公司有感情，这很重要。全球金融危机后，美国的投行首先动用的手段就是解雇员工，而对日本和韩国公司来说，解雇员工是最后一个手段。这同法治没有关系，而是因为老板能关怀员工。这种关怀就来自于一些共同的"礼"。

在解决中国的贫富差距问题方面，我们当然需要法治，但是我们也需要一些共同的"礼"。现在有一个可怕的现象，就是一些有钱人，他们生活的小区及日常生活很少同外界有共同的经验。这有点像美国的社会。而韩国人和日本人在日常生活方面仍然有等阶,例如会以鞠躬来传达年龄或成就上的社会等级,但正是因为拥有不同年龄和成就的人在日常生活中都遵从共同的"礼",居高位者便会表达对身处低位者的关怀。由此,这些居高位者会愿意支持那些改善低位者物质福利的政策和措施,贫富差距因此就不会那么严重。这也是儒家特色。自由主义者是不会提倡这些的。

儒家可以弥补自由主义的缺陷

《文汇报》:学界常常有人批评说,儒家的内圣外王之道往往只是抽象的道理,很难落实为具体可操作的社会改革的规范性方案。牟宗三先生的《政道与治道》也谈道,儒家重在内圣,而外王不是很强,中国传统上只强调政道而不是治道,在制度制定和落实方面总是比较弱。您同意这样的观点吗?

贝淡宁:20世纪中国港台学者主要强调儒家的教育学说,或者说强调儒家的"内圣"思想,不大重视儒家的"外王"思想。在这方面,我比较赞同学者蒋庆的看法,他认为儒家也有自己的"外王"传统,荀子、黄宗羲等诸多儒家学者也探讨政治制度以及教育对政治的意义问题。

中国学者这些年思想比较开放,他们认为,如果说自由主义价值观同儒家价值观有冲突的话，也可以用儒家的价值观来弥补自由主义价值观的不足。比如，大家都同意领导人要为人民服务，但是谁是人民？自由主义认为人民就是投票者，应该用一人一票制来选领导人，理想的状况就是领导人能为投票者服务。但最大的问题就是，这些国家尤其是大国，其政策也会影响非投票人的利益，比如子孙后代和外国人。如果只用一人一票制，就没有人会代表那些非投票人的利益，没有人会代表子孙后代的利益，甚至用儒家的话来说，也就没有人会代表"天下"的利益。就此而言，儒家可以弥补自由主义的缺陷。

《文汇报》：中国港台不少学者在西方也有一定影响，其中也有用新儒家来自称，或希望用西方理论来重新诠释儒家传统的。您和他们之间最大的区别在哪里？

贝淡宁：儒家传统一直在学习别的思想，先后受到道家、法家、佛教等学说的影响，现在当然也在学习西方价值观中的合理内容。尽管如此，儒家还是应该保留自己的核心价值观。就此而言，我觉得中国港台学者总体来说同中国其他地区的学者包括我自己是有所区别的。港台学者似乎更倚重西方自由主义的框架。

《文汇报》：您最先是受到社群主义的吸引，认同社群主义对共同体和公共秩序的维护。在您看来，社群主义同个人主义之间是否就是截然对立的，还是说其间有可以沟通的空间？

贝淡宁：西方的社群主义并不反对个人主义，它其实是在自由主义的框架里来考虑问题的。社群主义认为国家应该为个人服务。他们想对太过分的个人主义加以纠偏。比如离婚问题，自由主义者会认为那是个人的决定，国家不应干涉；但在社群主义者看来，离婚固然是一个人自己的决定，可是不应该马上就离，而是可以在两年后，在此期间应首先思考家庭责任等问题。社群主义倡导对个人选择加以限制，当然，他们并不反对自由主义所认同的那些最基本的原则。

与此相比，儒家则能够从不同的价值观来考虑问题。儒家强调，社会关系才是最重要的。西方社群主义的理路就是先有个人主义的文化，然后再用社群主义来修正一些问题；而儒家的文化则是首先强调社会关系，然后再考虑以个人主义的价值观来修正一些问题。

我认同儒家价值观。因为在我看来，如果没有家庭、朋友，没有城市、国家和天下，那是不可想象的。这是一个最基本的问题。要优先考虑社会关系，考虑如何对这些社会关系加以排序，如何解决个人选择过程中出现的矛盾。重要的是要强调人们在社会关系中应该担当的责任，随后才可以考虑别的东西。

差等之爱要求人们爱自己所生活的城市

《文汇报》：您是否关注到中国新近发生的"小悦悦事件"？在此事

件中，民间社会有人呼吁借鉴外国经验，立法规定惩罚见死不救者。您认为有必要对此加以立法吗？完善制度与道德重建哪个更重要？

贝淡宁：制度和道德当然都很重要。中国应当完善自己的法律制度。不过，在此之外，教育是一个问题，道德价值观也是一个问题。还有一些比较特殊的问题，比如中国现在的一些城市，大部分都是外地人，他们一般来说不会有很强的社群感。有人说这是儒家价值观的问题所导致的，因为儒家过于强调家庭价值观，没有考虑陌生人的利益。在我看来不是这样的。儒家价值观是从家庭开始，但是它还要把这些家庭价值观推及他人。真正把握儒家价值观的核心，就不会发生这样的悲剧。

《文汇报》：相似事件在国外也有，1964 年纽约的吉诺维斯案件中也有至少十二个人看到她正受到伤害，但没有人出来援助她。后来法庭审判时，人们都很慷慨激昂，欢呼正义得到伸张。这也促成了有关旁观者心理的研究。

贝淡宁：有时候，偶然几个人出现的问题，很难说就带有普遍性。吉诺维斯案发生的 1964 年，纽约还是比较可怕的城市；现在的纽约则不会再发生这样的事件了。现在的纽约比较安全，总体来说大部分人都愿意助人。在一个比较安全稳定的城市，人们一般都比较愿意帮助陌生人。

在是否帮助陌生人方面，儒家的确存在一些缺陷。如果跟我们的家庭没有什么关系,我应不应该帮陌生人的忙? 基督教里讲到过类似好撒玛利亚人这样的故事,南非的"班图"伦理里也专门提到帮助陌生人这一点。

《文汇报》:有关见死不救引发的全社会对道德堕落的讨论,会使人感叹历史和道德进步论是虚妄的。您是一个历史进步论和道德进步论者吗?

贝淡宁:道德滑坡的确同市场经济有关。市场经济改革以后,大家都优先考虑自身利益,比如如何找到合适的工作。这会导致过于个人主义的现象,造成整个社会缺乏社会责任。就社会责任而言,不同的伦理、宗教、传统都可以做出贡献,包括基督教、佛教和道教,而儒家在其中所起的作用更重要。因为儒家更加强调现世的社会责任,它在这方面的资源更为丰富。这就是我觉得教育等方面都应该恢复儒家的原因。

《文汇报》:您也曾在文章中提到,实验证据表明,个人主义的美国人和注重关系的中国人在移情能力上存在重要的差别。您觉得这样的文化或道德情感上的差异真的能够被实验证明与测量吗?

贝淡宁:我的一个朋友,已故杜克大学和清华大学教授史天健,调查发现中美在政治价值观方面有很大差异。中国的价值观更接近于儒家传统。起初他并不相信调查能表明这一点,但恰恰根据他自己的调查,他后来改变了想法。所以,我们要考虑,究竟应该用什么标准来判断政治的进步；如果完全按照美国的价值观，会是一个问题。

中国人的政治价值观当然受到自身传统文化和教育的影响。清华大学心理学系主任彭凯平也是伯克利的教授，他通过调查也发现，不同的价值观同心理学有很大关系。当然，也存在一些普遍的道理，最基本的价值观如人权、不滥杀无辜等，儒家、自由主义和社会主义者都是认同的。

《文汇报》：您之前提到富人和穷人没有混居，就不会感受到相互之间的利益。您与阿夫纳·德–沙利特著的新书《城市的精神》最近也出版了。刚刚提到的那个混居的例子，是您写作这本书的原因之一吗？

贝淡宁：两者之间没有直接关系。这本书是同一位以色列朋友合著的。那时我住北京，他住耶路撒冷。耶路撒冷人热衷宗教问题，在北京，人们则谈论政治。我们发现，城市的气质存在明显区别。在我的老家蒙特利尔，大家都讨论语言问题，讨论如何保留法语。我们发现，不同城市其实有各自不同的价值观，从而导致人们不同的生活方式。

这样的发现同我们前面讨论的问题有什么关系呢？的确有关系。我赞同儒家价值观，如差等之爱这个概念就很重要，首先爱家庭、爱朋友，然后加以推及。但是推及到哪儿呢？难道直接推及到国家吗？其实我们对自己所生活的城市也有感情，比方自认为是北京人，或是蒙特利尔人、耶路撒冷人。无论是英语还是汉语,都有"爱国主义"一词。但是一个人爱自己的城市、对自己的城市有感情,却找不到一个对应的理论或对应的词。所以,我们发明了"civicism"一词,中文翻译成"爱城主义"。这很重要。中国在改革开放后出现了国际化趋势,每个城市都开始同质化、单一化了,而它们又都想强调自己的特色文化。这和儒家的差等之爱也有关系。孔子、孟子所生活的春秋战国时代都是一些小国,更类似于我们现在的城市。所以,他们会更容易强调先从家庭的价值观开始,然后推及到城市,推及到国家、天下。

《文汇报》:您在这部书的序言中提到自己受到本雅明写作方式的影响,用有些印象主义的、个人化的体验来发现、唤起和推进城市伦理。您是如何在个人体验与学术写作之间寻求平衡的?

贝淡宁:在我看来,研究城市的气质,一方面要通过科学调查特别是社会学的调查,但是城市也有一些感性的、个人化的东西。因此,我们就要用诸如漫步的方法,这样才可以发现那座城市的气质。这样的方法不那么科学,但是会得出比较有意思的结果。

《文汇报》:您的博士论文和《东方遭遇西方》,以及《超越自由民主》和《中国新儒家》里的一些章节都采用对话体。为什么偏好这种形式? 是不是平时心里会有两个小人在吵架?

贝淡宁:有时候是三个人一起在吵架吧! 也是因为开始读哲学时,我读的是柏拉图,柏拉图就是用对话来考虑问题的。《论语》《孟子》也用对话来讨论政治理想。不论中国还是西方,很多哲人都用对话形式来表达思想。我也觉得自己的思想里有一些矛盾,我不能说这个百分之百是真理,那个百分之百是错误。因此,用对话方式比较容易表达自己思想中的矛盾。

记者 李纯一

本文原载于《文汇报》,2011 年 11 月 7 日

译后记

《在北京教政治理论》是我首次翻译贝淡宁教授的文章,2006 年 5 月发表在《光明日报》旗下的网络杂志《光明观察》,原载于《异议者》。该文在中国引起巨大反响,极大地激发了我们继续合作努力的热情。承蒙贝淡宁教授的厚爱和信任,在过去十多年里,我翻译了他的多本学术著作和不少随笔、杂文。

本书不同于学术著作,而是将贝淡宁教授在课堂教学、学术活动、日常生活中的思考和感想汇集成册,随笔式的记录比学术著作更加接近思考的底色,观点更加平易近人、接地气!

本书所收录文章的时间跨度较大,讨论的话题非常丰富,涵盖政治、经济、文化、历史、社会等,读者可以从中领略作者广泛的学术兴趣、敏锐的视角和细腻的情感,以及如何从批判自由主义和个人主义的社群主义者,转变为深入研究儒家思想的汉学家。

为什么说贤能政治是个好东西?

为什么要复兴中国传统文化?

儒家与民族主义能相容吗？

北京课堂里的政治讨论是什么样子的？

部分西方人为什么对中国感到恐惧？

为何想成为中国人这么难？

……

一位出生于加拿大的西方人在中国讲授政治哲学二十余年，贝淡宁教授具有"外眼看中国"的独特问题视角，善于讲故事和把握细节的能力，以及敢于提出不同观点的勇气。我未必完全赞同他的观点和论证，但他时常促使我反思生活中所谓的习以为常。

如何从世界视野出发来观察中国？外国学者的视角十分重要！中国的形象伴随着中国的发展，在外国学者眼里也迅速地变化着，国家败则形象差，国家兴则形象佳。时至今日，虽然也伴有"中国威胁论""中国崩溃论"等标签化偏见，偏见背后是"盲人摸象"般的自以为是，但也不乏优秀的当代外国学者关于中国的研究成果，向西方读者介绍一个更加真实的当代中国！贝淡宁教授扎根中国二十余年，亲身体验中国发展进程，弥足珍贵！

由于收录译文时间跨度大，且出自不同译者之手，我对原译文做了略微修订。感谢贝淡宁教授针对中译本提出的诸多宝贵建议，感谢天津人民出版社赵子源和"爱思想"网站副主编黎振宇两位老师的大力支持，同时感谢重庆出版社、《中国新闻周刊》《文汇报》《齐鲁晚报》等单位授权使用相关文章，为本书增色添彩。

希望读者在阅读本书后，能与贝淡宁教授一同思考，如何发掘儒家思想的当代价值，为中国的发展和中国人的美好生活而努力！

吴万伟